Watching over You

Mein Leben für Deines

Kristin Wöllmer-Bergmann

WATCHING OVER

YOU

MEIN LEBEN FÜR DEINES

Bibliografische Information der Deutschen Nationalbibliothek: Die Deutsche Nationalbibliothek verzeichnet diese Publikation in der Deutschen Nationalbibliografie; detaillierte bibliografische Daten sind im Internet über dnb.dnb.de abrufbar.

Covergestaltung: K. Wöllmer-Bergmann, finish: Anna-Karina Malek, Bildlizenz über Shutterstock

Herstellung und Verlag: BoD – Books on Demand, Norderstedt

ISBN: 9783755735809

1

Ich wollte schon immer ein Schutzengel sein.

Es war im ersten Jahr meiner Ausbildung gewesen, dass ich von dieser besonderen Abteilung im Himmel hörte. Sofort läuteten in meinem Kopf alle Glöckchen und ich wusste, dass ich diese Aufgabe unbedingt für mich wollte.

Es gab keine Alternative.

Schutzengel, das war das, was ich machen wollte. Meine Berufung, das spürte ich sofort. Also setzte ich alles daran, diesen Job zu bekommen.

Ich quälte mich durch alle Prüfungen, machte zusätzliche Ausbildungen und meldete mich für jede noch so kleine Extra-Aufgabe, um allen zu beweisen, dass ich das Zeug dazu hatte.

Mit Erfolg.

Am Ende des Grunddienstes kamen die Zuständigen zu mir und beriefen mich zu den Schutzengeln.

Kurz darauf übernahm ich meinen ersten Schützling.

Ich hätte nicht glücklicher sein können.

Zumindest kurz.

Mittlerweile sehe ich die Dinge etwas anders.

Ich liebe meinen Job immer noch.

Das Problem ist mein Schützling. Leo ist der langweiligste Mensch der Welt.

Ich wusste es gleich, als sie mir zugeteilt wurde.

Ich blickte in ihr freundliches Gesicht und wusste, dass sie weder Politikerin, noch Superstar oder Umweltaktivistin werden würde.

Ich riet richtig, denn Leo wurde nach ihrem Studium der Informatik Softwareentwicklerin. Der langweiligste Job auf der Welt.

Den ganzen Tag sitzt sie vor dem Rechner und ich stehe unsichtbar dahinter und weiß, dass meine Arbeit hier eine Verschwendung meines Könnens ist.

Ich versuchte, mit meinem Vorgesetzten darüber zu sprechen. Vorsichtig erklärte ich ihm, dass meine Fähigkeiten bei einem anderen Schützling besser verwendet wären. Zachariah verstand das Problem nicht einmal ansatzweise. Außerdem bekam ich Ärger, weil ich mich beschwerte.

»Ziva, es ist nicht dein Job, dir über die Zuteilung Gedanken zu machen«, schnauzte er mich an. »Das ist mein Job und ich weiß, was ich tue. Die Auswahllisten, nach denen wir zuteilen, sind gesetzt und es werden niemals, *niemals* die Schützlinge getauscht, hast du verstanden? Geh auf die Erde, bewach das Mädchen und tu, was du gelernt hast.«

Damit war ich entlassen und keine weitere Diskussion erwünscht. Ich hätte schreien können, weil er mir überhaupt nicht zuhörte und meinen Einwand einfach abtat. Wozu war ich denn Zweitbeste meines Jahrgangs, wenn ich nicht mal jemand Wichtiges bewachte?

Leo hatte keine glänzende Zukunft vor sich. Ihre Bewachung machte keinen Sinn.

Gar keinen.

Und im schlimmsten Fall hatte Zachariah mich jetzt auch noch auf dem Kieker. Jetzt musste ich die Füße stillhalten und ihm beweisen, dass ich meinen Job richtig machte.

Es gibt doch dieses geflügelte Wort ›sich ins eigene Fleisch schneiden‹. Das hier war ein Paradebeispiel dafür. Seitdem fühlte ich mich auf dem Prüfstand und ich wusste nicht, was ich dagegen tun sollte. Immer wieder kaute ich das Gespräch in meinen Gedanken durch und kam einfach nicht weiter.

Ich hätte einfach den Mund halten sollen, war die unangenehme Erkenntnis, aber ich wollte diese winzige Chance nutzen, als ich bei Zachariah wegen einer anderen Sache zum Gespräch gebeten wurde.

Das hatte ich nun davon und fühlte mich immer noch schlecht, obwohl es mehrere Monate her war.

Ich ballte die Hände zu Fäusten und schloss kurz die Augen.

»Ist alles okay, Ziva?«, fragte Rahel und riss mich aus meinen finsteren Gedanken.

Sie ist ebenfalls ein Schutzengel, wir trafen uns manchmal hier im Kontrollraum. Dies war der Ort, an dem ich die Zeit herumbrachte, wenn Leo schlief oder andere Dinge tat, bei denen ihr nichts passieren konnte. Auf der Couch liegen oder im Kino sitzen zum Beispiel.

Der Kontrollraum war in der Himmlischen Dimension. Hier konnte ich gleichzeitig meine Energiereserven auftanken.

Ich ließ mein »Auge« bei Leo, wenn ich herkam, eine kleine Figur, die ich ihr geschenkt hatte, als sie noch ein Kind war. Das »Auge« war wie eine Überwachungskamera, sodass ich sie jetzt auf einem Monitor an meinem Sessel sehen konnte.

Ich drehte dem Monitor den Rücken zu und sah Rahel an. Ich mochte sie, aber ich nahm ihr übel, dass sie einen tollen Schützling hatte - die Erste Bürgermeisterin von Hamburg, der Stadt, in der auch Leo lebte.

»Ja, alles bestens«, wiegelte ich ab und deutete hinter mich. »Sie schläft. Wie ist es bei dir?«

Rahel rollte mit den Augen. »Ich wünschte, meine wäre so entspannt wie deine Kleine. Sie hatte heute ewig Sitzungen im Rathaus. Danach hat sie es mal wieder mit dem Innensenator getrieben. Wenn das rauskommt, habe ich richtig viel zu tun. Jetzt ist sie endlich zu Hause und schläft friedlich bei ihrem Mann.«

Ich verzog den Mund, um ihr nicht zu zeigen, wie neidisch ich war. Jeder einzelne Punkt war interessanter als Leos ganzer letzter Monat.

»Klingt nach viel Stress«, rang ich mir ab.

Rahel zuckte mit den Schultern. »Es bringt auch Spaß. Mein letzter Schützling war auch eher von der ruhigen Sorte. Caritatives Engagement. In den ganzen siebzig Jahren hatte ich nur drei- oder viermal Action.« Sie lachte, als sie mein Gesicht sah. »Kopf hoch, das war auch ein guter Job und ich mochte sie. Du solltest deinen Frieden mit Leonore machen und dankbar sein, dass du nicht als Erstes gleich einen Soldaten im Kriegsgebiet oder einen Regierungschef bekommst. Unauffällige Akten geben mehr Pluspunkte als Todesfälle.«

Und die Pluspunkte entschieden, wann man aufstieg.

Ich war noch sehr jung für einen Engel, gerade einmal hundert Jahre, und stand noch auf der untersten Stufe in der Hierarchie - Grundengel.

Es würde ewig dauern, bis ich die nächste Stufe - Himmelsbote - erreichte.

Es sei denn, ich hätte einen tollen Schützling, den ich unter Einsatz meines Lebens rettete und der mir so viele Pluspunkte brachte, dass meine Akte ganz oben auf dem Stapel für Beförderungen landete.

Ich starrte auf meinen Monitor. Leo schlief tief und fest, sie schnarchte leise.

Das würde mit ihr niemals passieren.

Rahels Schützling bekam einen Anruf und wachte auf. Meine Kollegin grüßte und verließ den Kontrollraum, um zu ihr zu gehen. Ich blieb einfach sitzen und starrte düster auf den Bildschirm, bis es Morgen wurde und Leos Wecker klingelte.

Also machte auch ich mich auf den Weg und wechselte auf die Astralebene, eine Art Nebenebene der Erde, auf der ich mich unsichtbar bewegen konnte. Wie hinter einem hauchdünnen Schleier. So war ich direkt an Leos Seite, ohne dass sie mich wahrnahm.

Ich betrat ihr Schlafzimmer, als sie sich gerade aufsetzte und die dunkelblonden Strähnen aus dem Gesicht strich. Sie gähnte und streckte sich, dann angelte sie nach ihrer Brille und ihrem Smartphone und schlurfte an mir vorbei ins Badezimmer.

Ich blieb stehen, beim Gang aufs Klo und unter die Dusche brauchte und wollte ich nicht dabei sein.

Stattdessen checkte ich ihren Kalender: Heute um neun hatte sie ein Meeting auf der Arbeit. Daran konnte ich mich vage erinnern. Bei Besprechungen schaltete ich meist auf Durchzug und starrte Sem, Leos Teamleiter, an. Der war ganz süß für einen Menschen.

Solche Probleme kannte Rahel sicher nicht.

Leo kam aus dem Badezimmer und frottierte sich die Haare, während sie ihre Unterwäsche zusammensuchte. Dann holte sie eins ihrer geblümten Kleider aus dem Schrank und legte sich noch einmal aufs Bett.

Das machte sie jeden Morgen so. Leo hatte einen festen Ablauf, von dem sie nur selten abwich. Wie Langweiler das eben tun.

Endlich rappelte sie sich auf und ging in die Küche. Ich setzte mich aufs Fensterbrett und sah hinaus auf die Straße, während sie sich Tee kochte und Cornflakes frühstückte.

Dann ging es los wie jeden Morgen: Erst suchte sie ihre Schlüssel, dann leise fluchend ihr Smartphone, das sie in der Hand hielt.

»Mein Gott, ich bin so blöd«, murmelte sie, als sie es bemerkte, und schob das Ding in ihre Jeansjacke. Ich konnte leider nicht widersprechen. Sie stieg in ihre Doc Martens und zog die Tür hinter sich zu.

Ich blieb im Flur stehen und wartete.

Zehn Sekunden später öffnete sich die Tür erneut und sie holte fluchend ihren Motorradhelm.

»Jeden Morgen«, maulte sie. Ich nickte.

Jepp, jeden Morgen.

Wir fuhren hinunter in die Tiefgarage, wo Leos Vespa stand. Ich setzte mich hinter sie und schlang meine unsichtbaren Arme um ihre Taille. Sie wusste nie, dass ich bei ihr war, es sei denn, ich zeigte mich ihr absichtlich.

So war ich einfach nur da, nicht zu sehen, nicht zu hören. Ich könnte alles anfassen und sie spüren lassen, dass ich da war, aber ich wollte schließlich nicht, dass sie sich erschreckte.

Bis zu Leos Arbeit war es nur eine kurze Fahrt. Mit dem kleinen Motorroller schlüpften wir durch den Verkehr. Leo liebte das Ding und bastelte ständig daran herum. Noch so ein langweiliges Hobby. Das Aufregendste waren die Fahrten damit nach Lüneburg, wenn wir ihre Eltern besuchten.

Wir hielten und ich legte den Kopf in den Nacken, um das Firmenlogo zu betrachten. *Bellmann GmbH*, wahrscheinlich der Grund, warum ich Leo bewachte.

Die Firma organisierte gemeinnützige Aktionen und betreute Projekte, die mit Spendengeldern und Staatsmitteln finanziert wurden. Bedeutsam und caritativ, deswegen für den Himmel interessant.

Leo war eine Weltverbesserin. Dass ihr Arbeitgeber für einen guten Zweck arbeitete, war ihr wichtig. Während ihres Informatikstudiums war sie als Praktikantin bei *Greenpeace*. Damals dachte ich kurz, unser Leben würde doch noch spannend, doch sie entschied sich gegen *Greenpeace* und für *Bellmann. Bellmann* und Leo hatten eins gemeinsam: Sie waren nett und langweilig.

Wir betraten das Gebäude, Leo grüßte am Empfang und wir fuhren mit dem Fahrstuhl zu ihrem Büro. Währenddessen holte sie ihr Smartphone heraus und schrieb eine Nachricht. Kurz darauf vibrierte meine Tasche. Ich holte mein Telefon heraus und las die Nachricht.

Dank des Himmlischen Mobilfunkservers war das möglich.

Hey, wie geht's dir? Alles okay?

Ich sah in ihr Gesicht, sie lächelte. Sie liebte es, mir zu schreiben.

Nein, nicht mir, sondern *Gwen,* ihrer Schulfreundin, als die sie mich kannte. Wenn ich Gwen war, konnten wir uns sehen und miteinander sprechen. So fiel meine Hilfe weniger auf, wenn ich eingreifen musste.

Leo und Gwen kannten sich, seit ich den Job übernommen hatte. Damals war Leo zwölf. Ich war froh, dass ich nicht mehr in eine Kindergestalt schlüpfen musste und die Pubertät vorbei war. Das waren die schlimmsten Jahre bisher. Nicht langweilig, aber super frustrierend.

›*Alles bestens und bei dir? Steht heute was an?*‹, schrieb ich ihr zurück.

>*Ein neues Projekt. Bin aufgeregt. Hast du morgen Zeit?*<, antwortete sie.

Am liebsten hätte ich nein gesagt, aber der Kodex verbot das. Wenn mein Schützling mich sehen wollte und ich ihn so besser bewachen konnte, hatte ich da zu sein.

>*Na klar*<, antwortete ich ihr deswegen. Leo lächelte und schob das Gerät zurück.

Die Fahrstuhltüren öffneten sich und wir liefen zu ihrem Schreibtisch.

»Leo-Hase, da bist du ja«, winkte Ludwig, einer von Leos Kollegen. Ich rollte mit den Augen. Der Typ war so aufdringlich, dass ich immer Gänsehaut bekam. Und Leo war einfach zu freundlich, um ihm zu sagen, dass er sie in Ruhe lassen sollte.

»Moin Ludi«, sagte Leo und winkte zurück. Ludi hängte sich über die Trennwand zwischen den Schreibtischen und riss die Augen auf. Das Ding ächzte bedenklich unter seinem Gewicht. Ludi brachte gut hundertzwanzig Kilo auf die Waage.

»Hast du schon von dem neuen Kollegen gehört?«, hauchte er bedeutungsschwer.

»Ja, klar, Sem hat ihn doch angekündigt«, erwiderte Leo verwundert. »Matteo, heißt er, oder?«

»Er kommt über Vitamin B«, machte Ludi weiter und verzog den Mund. »So was kann ich ja gar nicht leiden. Ich bin schließlich wegen meiner Kompetenz hier.«

»Ludi, jetzt komm mal runter«, sagte Pay, der Leo gegenüber saß, augenrollend. »Sem wird ihn nicht eingestellt haben, obwohl er gar nichts kann. Nur weil er jemanden kennt, muss er ja trotzdem durch den Bewerbungsprozess und den Betriebsrat.« Ludi schnaubte und ließ sich auf seinen Stuhl plumpsen.

Leo grinste Pay an und fuhr ihren Rechner hoch. Ich vertrat mir ein wenig die Beine, während sie ihre Mails checkte.

Schließlich war es viertel vor neun. Die Tür ging auf und Sem kam herein. Er hatte den neuen Kollegen dabei.

Ich blieb stehen und starrte an den beiden Männern vorbei auf den dritten, den sie nicht sehen konnten.

Er sah mich und blieb ebenfalls stehen. Sein Mund verzog sich zu einem herablassenden Grinsen, das ich nur zu gut kannte.

»Ach was, Ziva, du hier. Was für ein Zufall.«

Ich holte tief Luft und unterdrückte den Wunsch, mich aus dem nächsten Fenster zu stürzen. Meine Zunge fühlte sich schwer an und mein Gesicht wie eine Gummimaske, als ich mich zu einem Lächeln zwang.

»Hallo Seth.«

Ich starrte ihn an.

Warum war er hier?

Ausgerechnet er.

Wir kannten uns von der Ausbildung zum Schutzengel. Er hatte die Klasse als Bester abgeschlossen. Nicht allein deswegen konnte ich ihn nicht leiden, aber das war der Hauptgrund.

Und weil er ein widerlicher Besserwisser war.

Er verschränkte die Arme vor der breiten Brust und zog die blonde Augenbraue hoch. Seine Augen waren seit der *Großen Freiheit* blau. Damals, im Grunddienst, als es die Sperre noch gab, waren sie silbern.

Wie von uns allen.

Jetzt hatte ich braune Augen mit silbernen Sprenkeln.

Ich konnte mir schon denken, dass einer wie Seth die Aufhebung der emotionalen Sperre intensiv genutzt hatte.

Erst seit Kurzem war es uns Engeln erlaubt, Gefühle zu haben - auch füreinander. Die Entscheidung war *ganz oben* gefällt worden. Ich wusste immer noch nicht, ob ich das gut oder schlecht fand. Ohne Emotionen war das Leben viel leichter[1].

Dass er hier war, ließ nur einen Schluss zu: »Der neue Kollege ist also dein Schützling«, sagte ich und nickte in Richtung der beiden Männer. Sem stellte den Neuen gerade vor.

Seth grinste auf diese Art, die ich so an ihm hasste. »Allerdings. Aber dass du hier bist, hat mir keiner gesagt.«

»Warum sollten sie auch?«, fragte ich.

»Falls ich dir noch was beibringen soll«, meinte er achselzuckend. »Aber anscheinend sollst du allein klarkommen.«

»Das tue ich immerhin seit siebzehn Jahren, also mach dir keine Sorgen«, zischte ich. Er schenkte mir ein mitleidiges Lächeln und ließ mich stehen.

Ich drehte mich um und stellte mich demonstrativ neben Leo. Was für ein Vollidiot. Er hatte sich seit unserer Ausbildung kein Stück verändert.

»Matt übernimmt mit Leo zusammen das neue Projekt«, sagte Sem gerade.

Ich betrachtete Matt, Seths Schützling. Er war etwa dreißig und hatte kurzes braunes Haar und braune Augen. Er grinste Leo an, dabei wurde eine kleine Zahnlücke zwischen den Schneidezähnen sichtbar.

---

vgl. »Simone - Im Bann der Unterwelt Band 5«

Er sah nett aus, aber ich beschloss, alles dafür zu tun, dass er und Leo so wenig Zeit wie möglich miteinander verbrachten.

Je weniger ich diesen Idioten Seth um mich hatte, desto besser.

»Wie sieht die Deadline aus?«, fragte Leo.

»Wir haben bis Ende des Jahres Zeit, also sollte das passen«, erwiderte Sem. »Wenn ihr merkt, dass ihr nicht hinterherkommt, kann Ludi unterstützen.«

Ludi schnaubte beleidigt. Sah nicht so aus, als brächte er seine Hilfe gern ein.

Ich beobachtete Seth aus dem Augenwinkel. Er stand etwas abseits, aber in Griffweite seines Schützlings, und tat so, als höre er interessiert zu. Oder er interessierte sich seit Neuestem für Softwareentwicklung.

Innerlich wand ich mich. Warum musste ausgerechnet er mir über den Weg laufen? In unserer Klasse waren damals über vierzig Engel und ich hatte keine Ahnung, wie viele es in Zachariahs Verantwortungsbereich gab.

Sicher mehr als drei. Und trotzdem musste er es sein.

Ich konnte mich auf unendliche Klugscheißereien und Belehrungen gefasst machen. Deswegen war Seth damals vielleicht der Klassenbeste, aber auch der unbeliebteste Engel von allen. Nicht nur ich, auch die anderen waren genervt von seiner altklugen Art und den Verbesserungsvorschlägen, die ständig ungefragt kamen. Ich glaube, die kamen nicht einmal bei unseren Ausbildern gut an.

Wenn ich nur die belustigt hochgezogene Augenbraue sah, sträubte sich alles in mir.

Und jetzt hatte ich ihn am Hals, für wer weiß wie lange.

Ich betrachtete Matt. Er sah wenig aufregend aus, ein Durchschnittstyp in seinem Hoodie. Er war nicht schüchtern, brachte sich gleich in das Meeting ein.

Ich sah die anderen schmunzeln, als er einen Witz machte(außer Ludi natürlich, der noch immer schmollte). An mir ging die Pointe, wie so oft, vorbei.

Softwareentwickler-Humor war nicht meins. Leo war speziell, aber ihre Kollegen waren waschechte Nerds.

»Wie ist sie so?«, fragte Seth plötzlich und deutete mit dem Kinn auf Leo. Sie hockte auf ihrem Stuhl und machte sich Notizen auf ihrem Tablet. Wie so oft sagte sie nicht viel und stellte nur ein paar Verständnisfragen. Sich in den Vordergrund zu spielen war noch nie ihr Ding.

Ich schluckte den ersten Impuls hinunter, der aufkam, wenn ich auf Leo angesprochen wurde. Seth würde ich nicht sagen, dass sie sterbenslangweilig war.

Wie stünde ich denn dann da?

»Sie ist ein lieber Mensch«, sagte ich. Neben mir schmunzelte Leo über eine von Matts Bemerkungen. Ich sah, wie sie ein kleines Smiley auf ihr Tablet malte. Und ein Herz daneben.

Großer ...

Mir wurde schlecht.

»*Ein lieber Mensch*«, wiederholte Seth andächtig. Mein Kopf ruckte hoch. Wieder dieses herablassende Lächeln. »Das klingt ja ... nett.«

»Und deiner?«, schoss ich zurück. »Abgesehen von schiefen Zähnen ist mir noch nichts an ihm aufgefallen.«

»Aber, aber«, winkte er ab. »Warum denn gleich so aggressiv, Ziva? Mach dir keine Sorgen. Mit mir in der Nähe ist auch Leonore gleich viel sicherer.«

»Besten Dank, aber ich komme allein klar«, sagte ich gepresst. »Kümmere dich lieber um deinen Schützling. Es war noch nie gut, sich in anderer Engel Angelegenheiten einzumischen.«

Er hob begütigend die Hände. »Ich wollte nur helfen. Immerhin sind wir aus gutem Grund hier, nicht wahr?«

»Ich gehe nicht davon aus, dass in den nächsten anderthalb Jahren hier etwas besonders Aufregendes passiert«, erwiderte ich schnippisch. »Leos Leben ist geordnet und ruhig. Ich bin wegen ihres guten Herzens hier.«

Hatte ich das gerade wirklich gesagt?

Meine Wangen röteten sich leicht.

So was Nettes hatte ich noch nie über sie gesagt. Das war mir direkt unangenehm. Ich sollte nicht immer so schlecht über sie denken.

Doch wenn ich auf das zweite Herzchen neben dem Ersten auf ihrem Tablet schielte, wollte ich ihr einfach eine knallen.

»Ein gutes Herz ist natürlich eine feine Sache«, sagte Seth gönnerhaft. Er sah zu Matt hinüber. »Matt hat ein besonderes Talent, er ist einfach begnadet, was die Softwareentwicklung angeht. Ich denke, in ein paar Jahren wird er CIO eines Großkonzerns. Dann werde ich alle Hände voll zu tun haben.«

»Wie schön für *Matt*«, meinte ich. Ich fand nicht, dass er wie einer aussah, der unbedingt Karriere machen wollte. Dazu wirkte er viel zu entspannt. Zu lustig und redselig. Gerade erzählte er von einem Trick, über den er beim Programmieren gefallen war. So etwas machte niemand, der ganz nach oben wollte, solche Leute hatten eher eine Ellenbogen-Mentalität.

Ich kannte ambitionierte Menschen, sie wirkten meist viel verkniffener. Leider eher, wie ich die meiste Zeit aussah.

Ich atmete tief durch und entspannte meinen Mund, damit Seth die Anspannung nicht sah. Er sollte wissen, dass er mir vollkommen egal war.

Matt war jedenfalls keiner von den Karrieretypen.

Anscheinend hatte sein Schutzengel leicht übertrieben.

Ich stockte, als mir ein Gedanke kam.

Wollte Seth sich etwa vor mir wichtigmachen?

Ich betrachtete sein kantiges Gesicht mit dem ausgeprägten Kinn. Sein linkes Auge zuckte ein wenig, er wich meinem Blick aus.

Bei allen Erzengeln, konnte er nicht einfach verschwinden? Er war so ein Arschloch (und dieses Wort hätte ich zu Zeiten der Sperre nie verwendet) und wollte mir unbedingt zeigen, dass er besser war als ich.

Diese scheinheiligen Angebote, mir zu helfen, würden immer wieder kommen. Wie damals in der Ausbildung: Seth konnte alles, wusste alles und tat alles, was verlangt wurde.

Und noch mehr.

Ich ahnte, dass die nächste Zeit unangenehm wurde. Mir sträubten sich die Nackenhaare, wenn ich nur daran dachte, und mein Puls stieg. Ich würde immer darauf lauern, dass er etwas Ätzendes sagte, bereit zu kontern. Ich musste Zeit damit zubringen, mir passende Erwiderungen zu überlegen, damit ich diese dann abfeuern konnte, wenn sie passten.

Und sie mussten spontan aussehen.

Ich war furchtbar schlecht in Spontaneität.

Er würde mich nicht in Ruhe lassen, vermutlich verlor ich eines Tages die Nerven.

Das war nicht gut. Es würde mir schaden, das wusste ich jetzt schon. Solche persönlichen Fehden wurden im Himmel nicht gern gesehen. Ein weiteres Problem, das zusammen mit der *Großen Freiheit* (den Namen habe ich mir nicht ausgedacht) aufgetaucht war.

Früher gab es sicherlich Neid, aber alles war unterschwelliger und viel unpersönlicher. Eher eine Art Indignation, wenn ich meine Ziele nicht erreichte, und milde Belustigung über einen Kerl, der sich so aufrieb wie Seth.

Seitdem die Sperre weggefallen war, brodelten die Emotionen. Auch in mir. Ich mochte das nicht.

Ich musste ihn loswerden ...

Neben mir lachte Leo vergnügt.

... und zwar bevor Schlimmeres passierte.

Aber ich ahnte, dass meine Mittel begrenzt waren. Zu Zachariah brauchte ich nicht zu gehen. Mein Vorgesetzter hatte kein Interesse an meiner persönlichen Abneigung. Sie hatte nichts mit dem Job zu tun.

Ich wollte nicht dumm dastehen. Nicht schon wieder.

Nicht nach der Bauchlandung mit dem Versetzungsgesuch.

Ich war gefangen in dieser Situation.

Ich spürte, dass Seth mich beobachtete. Was er wohl darüber dachte, dass wir jetzt aufeinander hockten? Störte es ihn auch oder sah er in mir nur jemanden, den er mit seinem Getue nerven konnte?

Dass er sich überlegen fühlte, brauchte er mir nicht zu sagen, das wusste ich auch so.

Ich kaute auf meiner Unterlippe. Offenbar musste ich ihn selbst loswerden. Jetzt war Kreativität gefragt.

»Sehr gut«, sagte Sem in diesem Moment und nickte in die Runde. »Dann haben wir fürs Erste alles geklärt, denke ich. Hab einen guten Start, Matt. Wenn ihr Fragen habt, kommt einfach zu mir. Aber ich habe ein gutes Gefühl bei der Sache.«

Das konnte ich leider nicht bestätigen.

Schon gar nicht, wenn ich in Leos eifriges Gesicht blickte.

Ich merkte Leo den ganzen Tag an, wie nett sie Matt fand. Sie hatten gleich einen guten Draht zueinander und dass er so offen und freundlich war, erleichterte ihr den Kontakt. Leo war schüchtern, es dauerte, bis sie auftaute und viel mit fremden Menschen redete.

Für Matt war diese Hürde kein Problem, er schaffte es in kurzer Zeit, das Eis zu brechen.

Sie war es schon gewohnt, dass sie von männlichen Kollegen nicht ernst genommen wurde, doch er lauschte ihr aufmerksam und stellte intelligente Rückfragen. Dabei streute er immer wieder kleine Witze ein, die ihren Humor trafen.

Auch das noch.

Ihre Augen leuchteten und es dauerte nicht lange, bis sie sich fachlich austauschten und über verschiedene Programmiersprachen philosophierten. Dabei bemerkten sie, dass sie ähnliche Interessen hatten und sich ihre Portfolios ergänzten - ideal für ihr neues Projekt.

»Irgendwas wird Sem sich dabei ja gedacht haben, als er mich eingestellt hat«, meinte Matt schulterzuckend. Selbstironisch war er also auch noch.

Leo mochte es, wenn man sich nicht so ernst nahm. Ich hingegen spürte Verzweiflung.

»Wollen wir es hoffen, ich finde die Deadline ziemlich sportlich«, meinte sie.

»Dann zeig mir gern, wo wir einhaken sollen. So können wir gemeinsam die Arbeitspakete erarbeiten und schauen, wer was übernehmen kann. Dann schaffen wir die Sprints auf jeden Fall«, schlug er vor. Leo nickte enthusiastisch und klickte sich durch Programme und Fenster.

Mir schwirrte der Kopf vor lauter Algorithmen, Schleifen und sonstigen Begriffen, die sie abfeuerten.

»Sie haben Spaß«, sagte Seth mit unbewegter Miene. Er stand ein Stück links von mir und sah Matt über die Schulter.

»Interessiert es dich?«, fragte ich.

Er zuckte mit den Schultern. »Ich habe mit Matt ein paar Semester Informatik studiert. Ich verstehe einiges, aber ich konnte mich dafür nie so begeistern wie er.«

»Also ist dein Link zu ihm ein Studienfreund?«, fragte ich. Rahel trat als Mitarbeiterin einer Behörde bei der Bürgermeisterin auf.

»Ein Schulfreund«, korrigierte Seth. »›Elias‹. Wir kennen uns schon fast zwanzig Jahre.«

Ich nickte. »Bei mir auch. ›Gwen‹.«

»Wer hat dir denn den Namen verpasst?«, fragte er mitleidig.

»Ich mir selbst«, sagte ich prompt. Er glückste und drehte sich weg. Ich schnaubte und konzentrierte mich wieder auf Leo.

Sollte er doch denken, was er wollte. Seine Meinung zu meinem Tarnnamen interessierte mich nicht.

Vor uns stürzten sich Leo und Matt mit Feuereifer auf ihr neues Projekt, gleichzeitig übernahm sie die Einführungsaufgaben. Sem kam noch einmal herein und betonte, wie wichtig das Projekt war.

Ludis Gesichtsausdruck sprach mir aus der Seele, wenn auch aus anderem Grund. Er war richtig ›angepisst‹, wie Pay es ausdrückte. Das war ich auch und der Tag war nicht einmal zur Hälfte herum.

»Ich weiß, es ist viel auf einmal«, sagte Leo beim Mittagessen zu Matt, als sie mit dem Team in der Cafeteria saßen. »Normalerweise ist die Anfangszeit entspannter.«

»Das macht mir nichts aus«, sagte Matt gelassen. »Ich komme am besten in einen Job rein, wenn ich gleich starten kann. Alles andere kommt mit der Zeit. Und die wichtigsten Leute habe ich ja schon kennengelernt und ihr bewahrt mich sicher vor Unheil.« Er grinste in die Runde. Alle erwiderten das Lächeln, nur Ludi war immer noch beleidigt.

Ich stand in Hörweite und beobachtete Leo, Seth machte einen Rundgang durch die Cafeteria und erkundete das Gebäude. Ich kannte es jetzt, nach drei Jahren, bereits wie meine Westentasche. In meinem Kopf war ein Plan der Räume und ich wusste jederzeit, welcher Fluchtweg der schnellste war, falls ich Leo evakuieren musste.

Theoretisch, denn das Aufregendste, was hier bisher passiert war, war ein Probe-Feueralarm.

Aber gut, dadurch hatte ich ein paar Seth-freie Minuten zum Durchatmen. Von mir aus hätten wir auf dem Frankfurter Flughafen sein können, das wäre eine willkommene Auszeit von meinem ›Kollegen‹.

Erneut betrachtete ich seinen Schützling.

Nein, Matt wirkte genauso wenig interessant wie Leo. Ein Durchschnittstyp, nicht besser oder schlechter als Leos Kollegen. Er war freundlich und harmlos, wie Leo.

Und genau wie bei ihr hatte ich auch bei ihm keine Ahnung, warum er als schützenswert eingestuft wurde.

Die Beweggründe wurden uns Schutzengeln nicht mitgeteilt. Die Anweisung musste reichen. Es war nicht mein Job, diese Entscheidung zu hinterfragen.

Ich tat es trotzdem, auch wenn ich nie eine Antwort bekommen würde. Ich hatte einmal versucht, Zachariah darauf anzusprechen, doch er war mir sofort über den Mund gefahren und hatte mich angewiesen, mich um meine Aufgaben zu kümmern.

Wollte ich ja, aber ich hatte auch gelernt, zu hinterfragen und aufmerksam zu sein. Ich hätte gern gewusst, worauf ich bei meinem Auftrag mein Augenmerk legen musste. Auf welche spezielle Situation ich mich vorbereiten musste, um Leo zu schützen.

Mitzudenken war gewünscht, aber eben nicht in Dingen, die die Organisation des Himmels betrafen. Aber vielleicht gab es ja irgendwann ein Ereignis, das mir diese Frage beantwortete.

Oder es ging mir so wie Rahel mit ihrem letzten Schützling und wir verbrachten einfach ein langweiliges Leben miteinander.

Möglichst ohne Seth und Matt.

Abends telefonierte Leo Ewigkeiten mit ihrer Schwester, die in Kiel studierte, und ich zog mich in den Kontrollraum zurück. Wenn sie zu Hause war, war sie in Sicherheit und ich konnte mir die Distanz erlauben. Erst zu spät fiel mir ein, dass Seth diese Möglichkeit auch nutzen könnte, doch er ließ sich nicht blicken.

Ich blieb die ganze Nacht allein dort, auch Rahel kam nicht vorbei. Wahrscheinlich hatte die Bürgermeisterin die ganze Nacht eine Tagung oder sie musste sie beschützen, dachte ich missmutig, aber heute machte es mir nicht so viel aus wie sonst. Ich war nach dem anstrengenden Tag dankbar für eine Pause.

Ich musste mir einen Plan zurechtlegen, wie ich Seth wieder los wurde. Dieser Weg führte über Matt.

Wenn ich dafür sorgen könnte, dass er gefeuert wurde ...

Ich verzog den Mund. Das verstieß zwar nicht gegen den Kodex, aber es war Seths Aufgabe, genau solches Unheil von ihm abzuwenden. Wenn ich also etwas unternahm, schrillten bei ihm die Alarmglocken.

Und Leo dazu anzustiften ...

Ja genau.

Also ob sie das in einer Million Jahre täte.

Herzchen, Herzchen.

Vergiss es, Ziva.

Ich schnaubte frustriert und fühlte mich so beleidigt wie Ludi. Alle Optionen waren schlecht.

Mir blieb nichts anderes übrig, als auszuhalten. Im besten Fall mochten die beiden sich nicht besonders und das Projekt ging nur bis Jahresende.

Ein Wimpernschlag, sogar für Leos Lebensspanne. Danach arbeitete sie dann hoffentlich wieder mit Pay oder Ludi zusammen.

Und Matt und Seth zogen idealerweise weiter.

Möglichst nach Südafrika.

Oder Australien.

Hauptsache weit weg.

Am nächsten Morgen spulte Leo ihre übliche Morgenroutine ab, als wäre gestern nichts Außergewöhnliches passiert.

Immerhin. Ich hatte schon Angst, dass sie singend die Augen aufschlug und mit einem Lippenstift (sie besaß genau einen von einer Kostümparty) Matts Namen an den Spiegel schrieb.

Nichts dergleichen passierte natürlich, aber ich war trotzdem erleichtert. Die Herzchen auf dem Tablet hatten mich die ganze Nacht beschäftigt.

Nachdem sie ihr Smartphone in ihrer Hand verloren und wiedergefunden hatte, schloss sie die Tür hinter sich.

Automatisch wartete ich wieder im Flur darauf, dass sie ihren Helm holte. Ich grübelte darüber, wie der Tag ablaufen würde. Was Seth sagen und wie ich antworten würde, um ihn richtig auflaufen zu lassen. Ich hatte mir schon ein paar gute Sachen überlegt. Jetzt mussten sie mir nur noch im richtigen Moment einfallen.

Ich lächelte, als ich mir sein überraschtes Gesicht vorstellte. Wie sich sein Mund stumm öffnete und schloss, weil ihm nichts Kluges auf meine vernichtende Bemerkung einfiel.

Meine Vorbereitungen hatten es in sich. Ihm blieb nur noch die Schnappatmung.

Ich würde ihm klarmachen, dass ich ihm ebenbürtig war. Und besser in meinem Job als er. Er sollte mich einfach in Ruhe lassen. Dann konnten wir miteinander auskommen. Nur dann.

Ich hatte nicht vor, ihm zu sagen, wie er Matt schützen sollte. Schon in der Ausbildung hatten sie uns beigebracht, dass jeder seinen eigenen Stil finden musste. Das hatte ich getan und ich arbeitete anders als Seth. Auch das würde ich ihm sagen, sobald ich die Gelegenheit dazu bekam.

Leos Helm lag verwaist auf der Hutablage ihrer Garderobe. Heute war sie also richtig zerstreut. Ich hoffte nur, dass es nichts mit Matt zu tun hatte. Aber sie würde nie ohne Helm losfahren, so verantwortungsvoll war sie bei aller Zerstreutheit.

Also wartete ich und dachte weiter darüber nach, wie ich Seth in seine Schranken weisen würde. Mittlerweile hatte ich ein paar weitere gute Sätze zusammen. Vielleicht sollte ich sie mir notieren.

Nein, das käme blöd herüber, wenn ich sie ablas, aber eventuell prägten sie sich so besser ein.

Immer noch lag der Helm auf der Hutablage.

Ich runzelte die Stirn.

Wo blieb Leo nur? Sie war schon mindestens fünf Minuten draußen. Stand sie mit dem Handy an der Vespa und schrieb jemandem? Auf meinem Handy war keine Nachricht angekommen. Vielleicht schrieb sie einer ihrer Schwestern. Oder sie träumte vor sich hin, das passierte ihr auch manchmal. Oder ...

In meinem Hinterkopf klingelte ein Glöckchen, als ich mich an einen Satz von gestern erinnerte, den sie zu Matt gesagt hatte. Es ging um nachhaltige Verkehrsmittel. Er hatte ihr gesagt, dass er immer mit dem Rennrad fuhr, weil das am schnellsten und CO_2-ärmsten war.

Und Leo sagte daraufhin ...

Alarmiert stürzte ich ans Fenster und sah sie gerade noch mit dem Fahrrad um die Straßenecke biegen.

»Scheiße!«, entfuhr es mir. Wie konnte sie einfach das Rad nehmen?

Wie konnte ich sie einfach unbeaufsichtigt lassen?

Und das bei dem Berufsverkehr!

Sie hatte mich abgehängt! Ich hatte sie aus den Augen gelassen!

Ich riss das Fenster auf und machte einen Satz auf die Straße hinunter. Dieses Problem musste ich später beheben, jetzt durfte ich keine Sekunde verlieren. Ich landete auf den Füßen und ging in die Knie, um den Sturz abzufedern. Dann rannte ich hinter ihr her, fegte um die Straßenecke und sah mich hektisch um.

Sie war nirgendwo zu sehen.

Mein Gehirn ratterte. Der Weg mit dem Fahrrad war ein anderer als mit der Vespa. Sie konnte Abkürzungen nehmen. Und es gab verschiedene Möglichkeiten, zu fahren. Ich musste schnell umdenken und mich erinnern, welchen Weg sie meistens nahm, wenn sie mit dem Rad fuhr.

Scheiße, das letzte Mal war ewig her.

Ich rannte einfach weiter. Je länger ich wartete, desto größer wurde ihr Vorsprung.

Es waren circa zweieinhalb Kilometer bis zum Büro. Nicht weit, aber weit genug für Unfälle und andere Katastrophen.

Jeden Tag gab es Unfälle in Hamburg. Wenn Radfahrer angefahren wurden, hatten sie meist einen tödlichen Verlauf.

Die Leute fuhren hier wie die Verrückten und waren absolut rücksichtslos.

In der Ferne erklangen die Sirenen eines Rettungswagens. Gänsehaut überzog meinen Körper.

Der war nicht für sie. Auf gar keinen Fall. Das konnte nicht sein. Leo fuhr immer vorsichtig, egal ob mit dem Rad oder mit der Vespa. Immer.

Aber gegen aggressive Autofahrer hatte sie keine Chance.

Erst gestern war davon in den Nachrichten wieder die Rede. Der Radfahrer hatte sogar grün ...

Ich rannte noch schneller und wich den Autos aus, als ich über die Straße hechtete. Überfahren zu werden konnte mich nicht umbringen, aber es wäre schmerzhaft und würde bedeuten, dass ich Leo für die Zeit der Regeneration nicht beschützen konnte.

Von dem Papierkram und dem Ärger mal ganz abgesehen. Und der Ärger wäre riesig, wenn ich wegen einer Unaufmerksamkeit verletzt wurde. Es war alles meine Schuld. Das durfte einfach nicht passieren.

Ich biss mir auf die Lippe.

Seths Auftauchen brachte mich durcheinander. Dafür konnte ich ihn nicht die Schuld geben, für mein Verhalten war ich allein verantwortlich.

Ich fluchte und legte noch einen Zahn zu.

Ich war so dumm. Absolut ungeeignet für meinen Job.

Wenn Leo etwas zustieß, war das allein meine Schuld.

Der Rettungswagen raste an mir vorbei, ich sprang im letzten Moment beiseite. Er fuhr in die Richtung, in die ich lief. Er bog genau in die Straße ein, in die ich als Nächstes musste.

Mein Herz hämmerte gegen meine Rippen und ich bekam Seitenstiche vor Stress. Ihr durfte einfach nichts passiert sein.

Das Martinshorn ertönte erneut, es vibrierte in meinem Körper.

Schreckliche Szenen tauchten vor meinem geistigen Auge auf, in denen ich sie blutüberströmt vorfand. Wenn sie starb, war es das. Bei solchen Fehlleistungen verstand Zachariah keinen Spaß. Im schlimmsten Fall wurde ich aus dem aktiven Dienst abgezogen und sortierte für den Rest meiner Tage Akten im Himmlischen Archiv.

All meine Karrierechancen waren damit hinfällig.

Wieder die Sirene.

Leo durfte einfach nichts passieren. Das könnte ich mir nie verzeihen.

Außerdem ... wollte ich, dass es ihr gut ging.

Ich erreichte das *Bellmann*-Gebäude und sah ihr Fahrrad, vorbildlich am Radständer abgestellt und angeschlossen. Von ihr selbst keine Spur, sie musste schon drin sein.

Ich kam zum Stehen und verschnaufte. Schweiß rann über meinen Körper und ich bekam kaum Luft.

Es ging ihr gut.

Sie war heil angekommen.

Ich lachte hilflos und strich mein Haar zurück. Dann wurde ich wütend. Eine Wohltat nach der ganzen Angst.

»Diese blöde Kuh!«, moserte ich und wusste nicht einmal, ob ich sie oder mich selbst meinte.

»Ziva?«

Seths Stimme ließ mich hochfahren. Ich machte mich kerzengerade und sah ihn mit Matt die Straße entlangkommen. Matt schob sein Rennrad, in der Hand hielt er eine Brötchentüte, auf dem Gepäckträger balancierte er einen Kuchenkarton.

Ich starrte ihn an. Genau das war der Inhalt des Gesprächs gestern gewesen: Leo war aufgefallen, dass sie schon ewig nicht mehr mit dem Rad zur Arbeit gefahren war und wollte das mal wieder machen.

Das hatte ich vergessen.

Übersehen.

Für nicht wichtig genug erachtet, weil ich mich auf die Morgenroutine verlassen hatte.

Ich war so eine Idiotin.

Genau so passierten die schlimmsten Fehler.

Das musste Seth aber nicht wissen.

Er kam auf mich zu, seinen Gesichtsausdruck kannte ich gut. »Alles in Ordnung? Du siehst aus, als seist du hergerannt.« Seth blieb vor mir stehen und hob die Augenbraue.

»Leo ist mit dem Fahrrad hier. Ich bin gelaufen«, erwiderte ich gepresst und deutete auf ihr Rad.

Seth betrachtete mich misstrauisch und verzog den Mund. »Dann scheint sie dir davongefahren zu sein, ich habe eben nur dich gesehen. Du sahst verstört aus. Und abgehetzt. Vielleicht solltest du mehr trainieren.« Er verschränkte die Arme vor der Brust. »Du darfst deinen Schützling nie aus den Augen verlieren, Ziva. Schon gar nicht bei dem Verkehr hier.«

»Das weiß ich, Seth!«, fauchte ich. »Besten Dank für die unnötige Belehrung! Kümmere dich um deine Angelegenheiten.«

»Kein Grund, so ruppig zu werden«, meinte er und ging neben Matt an mir vorbei. »Ich will doch nur helfen.«

»Danke, ich komme allein klar.« Ich warf mein Haar über meine Schulter und legte einen Zahn zu, um an den beiden vorbei zu stolzieren. Ich hätte schreien können. Ausgerechnet er musste mich dann auch noch bei meinem Sprint sehen.

Am liebsten hätte ich etwas zertrümmert, aber er durfte mir nicht anmerken, wie sehr ich mich ärgerte.

Diese Genugtuung gönnte ich ihm nicht.

Leo saß an ihrem Schreibtisch, als ich in das Büro kam. Seelenruhig und unversehrt.

Ihren Laptop hatte sie schon hochgefahren und neben ihr dampfte ein Becher Tee. Ich sah Ludi über den Monitoren hängen und sie vollquatschen. Konnte mir schon denken, dass er versuchte, herauszufinden, wie sie Matt fand.

Er hatte es noch nie ausformuliert, aber auf mich wirkte es manchmal, als stünde er auf sie.

Leo war sensibel, sie musste das auch bemerkt haben, aber sie würde ihn niemals abblitzen lassen. Pay eignete sich gut als Puffer zwischen den beiden.

Und jetzt Matt.

Herzchen, Herzchen.

Er und Seth waren direkt hinter mir.

Nach all der Aufregung heute Morgen war meine Laune auf dem Nullpunkt. Ich hätte ihr nur zu gern die Meinung gesagt. Zu Matt, zum unangekündigten Radfahren, zu Herzchen auf dem Tablet. Sie war doch keine vierzehn mehr, Herrgott!

Der Schöpfer konnte mir auch nicht helfen. Ich war auf mich allein gestellt. Ich warf einen schnellen Blick über meine Schulter zu Seth.

Nicht ganz allein. Nicht so allein wie es mir lieb wäre.

Leo sah auf und winkte freundlich, als Matt kurz nach mir ankam. Er schwenkte den Kuchenkarton und die Brötchentüte.

»Frühstück und was Süßes zum Kaffee. Zum Einstand«, sagte er lächelnd. »Das habe ich gestern ganz vergessen.«

»Super, ich liebe Kuchen!«, rief Pay. »Ludi, der Nachmittag ist gerettet!«

Ludi blubberte etwas Unverständliches in seine Kaffeetasse. Er war also immer noch beleidigt.

Anscheinend sah er seine Chancen, bei Leo zu landen, endgültig schwinden.

»Ich bin auf Diät«, murrte er schließlich.

»Vergiss es«, meinte Pay freundlich und winkte mit seinem Kaffeebecher auf dem irgendwas von Kaffee und Code stand. »Der Zug ist abgefahren.«

Jetzt verstand ich Ludis schlechte Laune sogar, obwohl Pay es nicht einmal gehässig gemeint hatte. Der Typ hatte einfach kein Feingefühl. Ludi aber in vielen Fällen auch nicht. Was die Frotzeleien anging, gaben sich die beiden nichts.

Leo bekam von dem Gespräch nichts mit, sie tippte eifrig auf ihrer Tastatur herum und trank ihren Tee.

Matt stellte den Kuchen in die Teeküche und kam zu ihr herüber. »Machen wir gleich weiter?«

»Klar, gerne«, sagte sie und rutschte zur Seite, damit er mit auf ihre Monitore schauen konnte. »Hast du den ersten Tag gut verarbeitet?«, fragte sie.

»Mir schwirrte ganz schön der Kopf«, gab er zu. »Du hast mich nicht geschont.«

»Und das werde ich auch in Zukunft nicht tun«, sagte sie ernst. »Du bist der Auserwählte und musst die Welt retten. Und wenn du einen Agenten siehst: Lauf.« Sie verstummte und flammende Röte überzog ihre Wangen. Ich sah auf und blickte in ihr erschrockenes Gesicht.

Das war einer ihrer Nerd-Momente. Manchmal brachen Filmzitate einfach aus ihr heraus. Die anderen kannten das schon, doch für Matt war das neu.

Mein Herz machte einen Satz. Vielleicht verschreckte sie ihn damit so, dass er ein bisschen auf Abstand ging!

Matts Gesicht war ernst und er schwieg nachdenklich. Ich sah, dass Leo sich ans andere Ende der Welt wünschte.

»Eigentlich heißt es: Renn, so schnell du kannst«, erwiderte er langsam.

Sie starrte ihn an, die Röte vertiefte sich. »Du kennst *Matrix*?«, fragte sie leise.

Matt grinste. »Natürlich. Die besten Filme aller Zeiten. Also neben schätzungsweise fünfzig anderen. Aber der Erste aus der Reihe, die anderen beiden waren nur sehr gut. Mein Gott, geiler Film, du hast recht. Die Zitate sind mega, habe ich selbst schon viel zu lange nicht benutzt. Und dann die Effekte. Bahnbrechend. Die Zeitlupen. Die schwebenden Körper. Ich habe das als Kind ewig mit meinen Freunden nachgespielt. Keine Ahnung, wie oft ich den Film gesehen habe. Mindestens zwanzig Mal.«

Ein strahlendes Lächeln breitete sich auf Leos Gesicht aus. Dieser schwachsinnige Film war ihr absoluter Favorit. Ich konnte nicht mehr zählen, wie oft ich ihn schon mit ihr gesehen hatte. Sie hatte es damals sogar irgendwie geschafft, sich ins Kino zu schmuggeln, obwohl sie viel zu jung war. Das war vor meiner Zeit, sonst hätte ich es verhindert.

Der Blick, den Leo und Matt tauschten, gefiel mir überhaupt nicht. Ich schaute schnell zu Seth. Seine Miene war unbeweglich, schwer zu sagen, was er darüber dachte. Nach unbändiger Freude sah es zumindest nicht aus.

»Vielleicht könntest du beim einundzwanzigsten Mal dabei sein, Trinity?«, fragte Matt.

Ich schluckte. Auch das noch.

Das wurde immer schlimmer.

Leo wiegte den Kopf. »Darüber muss ich erst nachdenken, ich habe mein einundzwanzigstes Mal schon hinter mir, Neo.«

Matt grinste. »Oha, dann bin ich anscheinend zu spät dran und muss mir etwas Besseres überlegen, um deine kostbare Zeit zu füllen.«

»Tu das. Ich verlasse mich auf deinen Einfallsreichtum.« Leo ging hinüber zur Kaffeeecke. Ich folgte ihr und versuchte, zu verstehen, was gerade passiert war.

»Und nimmst du die blaue Tasse oder rote Tasse?«, rief er ihr hinterher.

»Immer die Blaue!«, sagte sie vergnügt und kicherte in sich hinein.

»Bist du wahnsinnig?«, flüsterte ich. »Du kannst mit dem Typen doch nicht flirten! Du kannst dich doch nicht mit ihm verabreden. Willst du mich umbringen?«

Doch sie hörte mich nicht. Ich sah in ihr Gesicht. Ihre Wangen waren immer noch leicht gerötet, ihren Mund umspielte ein Grinsen.

Scheiße. Sie war verknallt.

Ich stöhnte. Das konnte doch nicht wahr sein!

Warum? Warum er?

Gut, die Auswahl war begrenzt, Pay und Ludi waren beide keine Augenweiden, es sei denn, man stand auf kleine haarige oder große dicke Männer in schrillen Klamotten. Und Sem war verheiratet und hatte Kinder.

Natürlich war Matt der interessanteste von den dreien, aber *musste* das sein? Ich verdiente so viel Pech einfach nicht. Und dann machte er sie auch noch mit albernen Filmzitaten klar!

Ich biss mir auf die Lippe und kaute an meinem Ärger. Ein verzweifeltes Lachen stieg in mir auf.

Warum passierte immer genau das, was ich absolut nicht wollte? Und warum hatte ich das Gefühl, dass es immer schlimmer wurde?

Leo kochte sich einen Ingwertee und fummelte an ihren Haaren herum.

»Ich müsste mal wieder zum Friseur«, murmelte sie und betrachtete die Haarspitzen.

›Das wäre auch gern mein Problem‹, dachte ich verzweifelt. Ich sah über meine Schulter hinüber zu Seth, der lässig auf einem leeren Schreibtisch saß. Er sah es und zuckte mit den Schultern, dabei rollte er mit den Augen. Schön, wenigstens gefiel ihm die Entwicklung auch nicht.

»Wir werden uns wohl ein Konversationsthema aussuchen müssen, wenn die beiden sich treffen«, meinte er gelangweilt, als ich zurückkam. Er lehnte sich zurück und sah aus dem Fenster. »Ich kenne alle Lieblingsfilme von Matt in- und auswendig. Ich musste *Matrix* auch zwanzig Mal sehen.«

»Geht mir bei Leo genauso«, erwiderte ich.

»Ich hatte nicht vor, mein Repertoire um schmalzige Frauenfilme zu erweitern.« Seth streckte sich und rollte den Kopf in den Nacken. »Diese furchtbaren Dialoge stehe ich nicht durch. Dieses ekelhafte Geschmachte, wie das wahre Leben nie wäre. Glücklicherweise habe ich einen Mann als Schützling.«

Weil wir Engel so viel Zeit zum Schmachten und Schmalzen hatten, dachte ich verdrossen.

Und nett, sein Frauenbild zu kennen. Das machte ihn noch unsympathischer.

»Glück für dich, sie liebt Horrorfilme«, sagte ich scharf. »Also wenn die beiden einen Filmabend machen, kannst du dich auf Blut einstellen, je mehr, desto besser. Ich hoffe, die sind nicht zu gruselig für dich.«

Ich als Gwen hatte leider schon viele solcher Filmabende hautnah miterlebt. Da half nichts. Und ich hasste Horrorfilme aus tiefsten Herzen.

Ich verstand die Menschen einfach nicht, warum sie über die kranken Gehirne einiger ihrer Vertreter auch noch Unterhaltungsfilme machen mussten. Mich unterhielt das kein bisschen, es verstörte mich nur.

»Ich kann für die Zeit übernehmen, wenn du dazu zu zart besaitet bist«, meinte Seth.

Ich lächelte ihn unfreundlich an. Das könnte ihm so passen. Eher sah ich mir alle Splatterfilme der letzten fünf Jahre an einem Tag an, als ihm das Feld zu überlassen.

»Es sieht so aus, als fänden unsere Schützlinge sich ganz nett«, sagte er und ließ mich nicht aus den Augen. »Du könntest ein wenig freundlicher zu mir sein. Wahrscheinlich verbringen wir bald viel Zeit zusammen.«

»Das sehen wir dann«, erwiderte ich schulterzuckend. Dieses Mal ließ ich mich nicht aus der Reserve locken. Ich war es leid, mich von ihm provozieren zu lassen. »Wenn es dazu kommt, kann ich es mir überlegen. Aber Leo braucht etwas mehr als Kuchen und einen lahmen Spruch, um sich beeindrucken zu lassen.«

Ich log und ich sah, dass er mir nicht glaubte. Leos Emotionen waren schon immer viel zu offensichtlich. Sie war grundehrlich und konnte sich nicht verstellen. Und leider war sie mit Filmzitaten durchaus zu beeindrucken.

Verdammt.

»Wie du meinst.« Seth grüßte und machte einen Rundgang durch die Etage. Ich setzte mich zu Leo und beobachtete sie beim Arbeiten.

Ja, ich hatte mir Abwechslung gewünscht und auch mehr Aufregung, aber doch bitte nicht so.

Sie und Matt redeten miteinander über die Aufgaben, doch es lag etwas zwischen ihnen in der Luft, das mir gar nicht gefiel.

»Pass auf, was du dir wünschst«, murmelte ich und sah ihre Finger über die Tastatur fliegen. »Es wird vielleicht wahr.«

Ich beobachtete Leo den Rest des Tages argwöhnisch und Matt mit Argusaugen. Jede Bewegung und jedes Wort analysierte ich mit tiefer Unruhe und versuchte, daraus zu lesen, wie sehr Leo sich verknallt hatte.

Es machte mich verrückt.

Sie vertieften sich in ihre Arbeit und hatten keine Zeit mehr, zu flirten, aber ich hatte den Schock noch nicht überwunden. Ich fühlte mich, als hätte ich einen Fehler gemacht und als wäre diese Entwicklung meine Schuld.

»Leo, Matt, habt ihr einen Moment für mich?«, fragte Sem und winkte sie zu dem digitalen Projektplan im hinteren Teil des Raumes, wo sie auch ihre morgendlichen Stand-up-Meetings machten.

Leo sperrte ihren Bildschirm und stand auf. »Klar, worum geht's?« Matt stellte sich ebenfalls zu den beiden.

»Ich hatte gerade einen Termin mit Dr. Bremer«, sagte Sem und nestelte an seinem Tablet herum. Er verband es mit dem Screen und teilte seinen Bildschirm mit den beiden. Ich sah nur Gekritzel, er hatte eine schlimmere Schrift als ein Arzt. »Er hatte noch ein paar Wünsche bezüglich des Interfaces, die ich euch mitgeben muss, bevor ihr die Arbeit doppelt macht. Er ist da recht eigen.«

Dr. Bremer war der Geschäftsführer von *Bellmann*. Er tauchte manchmal in den Büros auf und machte harmlosen Small Talk mit den Mitarbeitern.

Er betonte immer das soziale Engagement der Firma und wie wichtig die Arbeit jedes Einzelnen war. Ich fand ihn sympathisch und wunderte mich, dass er keinen Schutzengel an seiner Seite hatte. Ihm hätte ich es eher zugetraut, denn er wirkte zerstreut wie ein verrückter Professor. Ohne seine Sekretärin war er komplett aufgeschmissen, aber irgendwas musste er ja können, sonst wäre er nicht in seiner Position.

»Das stimmt«, sagte Leo zu Matt. »Mach dich auf Last-Minute-Mock-ups gefasst.«

»Ich bin Kummer gewöhnt«, entgegnete er gelassen. Sem verknüpfte seine Notizen mit der Beta-Version des Programms, an dem Leo und Matt arbeiteten. Danach erläuterte er ihnen, an welchen Punkten Bremer die Änderungen haben wollte. Es waren viele, stellte ich fest.

Pay und Ludi hörten milde interessiert zu, ohne sich am Gespräch zu beteiligen. Ludis Gesicht war noch immer angespannt und wenn sein Blick auf Matt fiel, machte er eine saure Miene.

Ich verstand ihn nur zu gut.

Seth behielt die beiden ebenfalls im Auge. Ich erriet seine Gedanken zu der Entwicklung nicht. Erfreut hatte er zumindest nicht ausgesehen, aber ich bezweifelte, dass es ihm genauso gegen den Strich ging wie mir.

Ich maßregelte ihn schließlich nicht ständig.

Vielleicht sollte ich damit anfangen, damit er es merkte.

Ich beobachtete, wie die drei an dem Screen arbeiteten und sich austauschten. Es funktionierte bemerkenswert gut, Matt brachte sich bereits voll ein. Eventuell hatte Seth doch nicht so maßlos übertrieben, was seine Kompetenzen anging. Und wieder warfen sie einander diese Blicke zu, die mir gar nicht gefielen.

Herzchen, Herzchen.

Es war so offensichtlich.

Und so unerfreulich.

Ich musste mir etwas einfallen lassen, bevor sich das weiter entwickelte. Ich hatte zwar das Gefühl, dass es schon fast zu spät war, aber sie kannten sich immerhin erst vierundzwanzig Stunden. Das konnte auch einfach nur eine spontane temporäre Verknalltheit bei Leo sein ...

Ach, wem machte ich etwas vor? Sprunghaft war sie nicht und dass er sie so schnell aus der Reserve gelockt hatte, wollte was heißen.

Ich nagte an meiner Unterlippe.

Irgendwie musste ich ...

»Ziva?« Ich zuckte zusammen. In meinen Grübeleien hatte ich gar nicht bemerkt, dass Seth zu mir gekommen war. Er stand neben mir und sah mich an, seine Augenbraue war hochgezogen. Anscheinend hatte er mich schon mehrmals angesprochen.

»Was ist?«, fragte ich feindselig.

»Du solltest aufmerksamer sein«, tadelte er mich. »Dann passieren dir solche Sachen wie heute Morgen nicht.«

Ich biss die Zähne zusammen. »Was ist denn heute Morgen deiner Meinung nach passiert?«

»Dein Schützling ist dir abgehauen«, informierte er mich herablassend. Ich sah ihm an, dass es ihm Spaß machte, mich runterzuputzen. »Passiert dir das öfter?«

»Nein, und auch vorhin nicht«, knirschte ich.

Seine Augenbraue rutschte fast bis zu seinem Haaransatz hoch. »Wirklich? Dann ist es merkwürdig, dass Leo schon im Gebäude war, als du ankamst.«

»Seth, was willst du von mir?«, fauchte ich.

»Ich will, dass du deinen Job richtig machst«, sagte er knallhart. »Wenn die beiden in Zukunft Zeit miteinander verbringen, kann ich Leo nicht zusätzlich beschützen, nur weil du nachlässig bist.«

Mir fehlten die Worte und meine Wangen fühlten sich so heiß an, als würden sie brennen.

»Ich bin nicht nachlässig«, presste ich zwischen meinen zusammengekniffenen Lippen hervor. »Und untersteh dich, solche Unwahrheiten zu verbreiten. Leo ist noch nie etwas passiert, ich habe sie immer im Auge. Und das heute Morgen war Zufall. Außerdem solltest du dich um deinen Schützling kümmern. Halte dich aus meinem Job heraus, hörst du?«

»Das will ich ja auch, aber ich kann nicht zulassen, dass du mich beeinträchtigst.« Seth ließ mich nicht aus den Augen und belauerte mich.

Ich holte Luft, aber ich wusste nicht, was ich sagen sollte. Ich wünschte mir einfach die Sperre zurück, dann könnte ich gelassen damit umgehen. Es als unangebrachte Kritik abtun und weitermachen. Ihn belächeln und einfach stehenlassen. Danach nicht einmal darüber nachdenken, was er für ein Idiot war.

Es ging nicht.

Die Wut kochte in mir und mein Körper kribbelte. Ich ballte die Hände zu Fäusten und biss die Zähne so fest zusammen, dass mein Kiefer schmerzte. Jedes seiner Worte hatte mich wie ein giftiger Pfeil getroffen.

»Das wird nicht passieren«, sagte ich erstickt und drehte ihm den Rücken zu.

Ich hielt es in seiner Gegenwart nicht mehr aus. Er wusste genau, wie er die Schwachpunkte anderer angehen musste. Er stellte sich selbst immer auf Kosten anderer besser dar, als er war.

Mit langen Schritten lief ich zur Fensterfront. Am liebsten hätte ich das Fenster aufgerissen und meinen Ärger hinausgeschrien, doch das ging nicht.

Kein einziger meiner bissigen Sprüche war mir eingefallen. Ich fühlte mich hilflos wie ein kleines Kind.

Ich verschränkte die Arme vor der Brust und grub meine Finger in mein Fleisch. Es tat weh und lenkte mich ein wenig von dem Schmerz in meiner Brust ab. Von der Wut, die wie Säure in meiner Kehle brannte.

Der Druck ließ etwas nach. Ich verwandelte mein Gesicht in eine steinerne Maske und schluckte den Kloß in meinem Hals hinunter.

Er sollte nicht sehen, wie sehr er mich getroffen hatte.

Jemand trat neben mich.

Matt.

»Stört es jemanden, wenn ich ein bisschen lüfte?«, rief er in den Raum. »Hier riecht's nach Pumakäfig.«

»Mach ruhig«, winkte Leo ab. Er zwinkerte ihr zu.

»An dir liegt's nicht«, versprach Matt.

»Ich hab heute wieder den animalischen Duft drauf«, feixte Pay. Ludi schwieg beleidigt.

Ich beobachtete Matt dabei, wie er den Griff drehte und den Fensterflügel aufstieß. Dabei sah er hinaus und entdeckte anscheinend etwas Interessantes. Er lächelte und beugte sich vor.

Wenn er doch einfach gehen und nie wieder kommen könnte! Wenn ich doch nur dieses Arschloch von einem Schutzengel nie wiedersehen müsste!

›Ruhig, Ziva.‹ Ich atmete durch die Nase ein und aus. ›Denk dir einfach, die Sperre wäre noch da.‹

Noch nie hatte ich sie mir so sehr zurückgewünscht wie heute.

Ich starrte aus dem Fenster und auf die Dächer, die von hier aus zu sehen waren. Hinunter auf die Straße und weiter hinten auf den Park und den Mühlenteich.

Ich durfte Seth keine Macht über mich geben.

Ich machte meinen Job, er seinen.

Je mehr wir uns aus dem Bereich des jeweils anderen heraushielten, desto besser.

Es kam nicht so oft vor, dass sich zwei Schützlinge zusammentaten. Dass wir überhaupt so eng aufeinander hockten war großer Zufall.

Das war kein dauerhafter Zustand.

Schon bald würde es sich fügen, dass einer der beiden sich einen neuen Weg suchte und unsere Schicksale einen gesunden Abstand bekamen.

Ich holte tief Luft durch die Nase und presste die Hände vor meiner Brust zusammen.

›Das hier ist ein temporärer Zustand‹, sagte ich mir wie ein Mantra.

Nicht mehr und nicht weniger.

Das stand ich durch.

Irgendwie.

3

Am Nachmittag meldete sich Rosalie bei Leo. Auch sie kannte ich schon, seitdem ich den Job übernommen hatte, aber Rosalie und Gwen hatten nur über Leo miteinander zu tun. Sie war manchmal bei meinen Treffen mit Leo dabei, aber ich hatte es vermieden, den Kontakt mit ihr so eng werden zu lassen, dass ich mich auch noch um sie bemühen musste. Das war mir zu viel und so waren wir nur lose ›befreundet‹.

Ich fand Rosalie anstrengend. Sie hatte ein Händchen für Katastrophen, in die sie oft sehenden Auges hineinstolperte. Leo fungierte dann meistens als Retterin. Oder als diejenige, bei der Rosalie sich ausweinte.

Mehrfach und mit steigenden Details. Und zusammen mit Leo musste auch ich mir alles anhören. Ich war sehr oft sehr froh, dass ich nicht Rosalies Schutzengel war. Das hätte mir den letzten Nerv geraubt.

Leos ohnehin blasses Gesicht wurde noch bleicher, während sie Rosalies Stimme am Telefon lauschte. Das musste mal wieder eine ausgewachsene Katastrophe sein. Wenigstens lenkte mich das ein wenig von Seth ab. Ich stellte mich dicht neben sie, um mitzuhören.

»Ich brauche wirklich deinen Rat«, sagte Rosalie gerade. *»Du bist die Einzige, die mir helfen kann. Können wir uns bitte heute Abend sehen?«*

»Es tut mir leid, ich bin schon mit Gwenny verabredet«, sagte Leo betroffen. Ich sah ihr an, dass sie diese Antwort schier umbrachte. »Wäre es okay, wenn sie dabei ist?«

»*Nichts für ungut, aber ich würde lieber mit dir allein sprechen*«, erwiderte Rosalie. »*Normalerweise habe ich nichts dagegen, wenn sie dabei ist, aber heute ist es mir nicht recht. Sie hat sicher Verständnis dafür, wenn du euer Treffen verschiebst. Ich kann ihr auch selbst schreiben, wenn du willst.*«

Natürlich hatte ich Verständnis dafür, das Treffen zu verschieben.

Und Erleichterung. Pure Erleichterung.

Mein Kopf war so voll und ich fühlte mich so schrecklich, dass ich zu einer Konversation gar nicht fähig war. Mir graute schon seit Stunden davor, dass Leo es bemerkte und mich die ganze Zeit ausquetschte, was mit mir los war.

Ich hatte sogar schon angefangen, mir Erklärungen auszudenken, doch so war es viel einfacher.

Trotzdem sah ich Leo das schlechte Gewissen an.

Mein Handy vibrierte.

»*Ich habe ihr geschrieben*«, informierte Rosalie Leo.

Ja, das hatte sie: ›*Hey Gwen, hoffe es geht dir gut. Leo hat mir erzählt, dass ihr euch heute Abend trefft, aber ich brauche dringend ihre Hilfe. Darf ich sie dir wegschnappen? Ich revanchiere mich auch beim nächsten Mal mit einem Drink, versprochen. Danke und LG, Rosalie.*‹

Ich rollte mit den Augen und antwortete ihr: ›*Hey, klar, kein Problem. Hoffe, bei dir ist alles okay? Den Drink werde ich nicht vergessen. LG*‹

»*Für sie ist das kein Problem*«, sagte Rosalie zu Leo. »*Hab ich doch gesagt.*«

Leo nickte unglücklich, sie sorgte sich dennoch. So war sie nun mal.

›*Rosa hat mich angeschrieben, triff dich gern mit ihr*‹, schrieb ich ihr also und rollte darüber mit den Augen, dass Menschen so kompliziert waren. ›*Hoffe, du kannst helfen. Wir treffen uns dann ganz bald.*‹ Dazu noch ein paar grinsende Gesichter, damit sie auch wirklich glaubte, dass es okay war.

›*Ich rufe dich nachher noch mal an*‹, schrieb Leo prompt. ›*Es tut mir so leid.*‹

Es dauerte noch ein paar Nachrichten, bis sie zufrieden und überzeugt war, dass ich nicht sauer wegen der Absage war. Im Gegenteil: Ich war erleichtert, dass sie sich mit Rosalie traf. Natürlich war ich auch bei diesem Treffen anwesend, aber ich musste wenigstens nicht aktiv an der Unterhaltung teilnehmen.

»Alles klar, Leo-Hase?«, fragte Ludi. Er hatte doch noch nicht ganz aufgegeben.

»Ja klar«, sagte sie mit einem schiefen Lächeln.

»Rosalie?«, mutmaßte er. Rosalie war im Team bereits legendär. Sie war einmal im Büro aufgetaucht, als sie dringend Leos Hilfe brauchte, weil sie dachte, ihr damaliger Freund hätte ihr Gesicht in einen Porno gemorpht.

Das ganze Team hatte sehr hilfsbereit sämtliche Internetseiten abgesucht und sich einen guten Nachmittag gemacht, ohne einen entsprechenden Film zu finden.

Trotzdem hatte sich die Aktion natürlich unauslöschlich in die Gedächtnisse der Jungs eingebrannt. Und Rosalie hatte seitdem den Ruf, Leos verrückte Freundin zu sein.

Damit hatten die Kollegen unbestritten recht.

Matt sah auch interessiert auf, als Leo kurz erklärte, dass sie sich mit ihr verabredet hatte.

»Ich hoffe, es ist nicht so schlimm wie damals«, sagte Ludi.

»Ich denke nicht, dass wir noch einmal Film-Websites durchforsten müssen«, erwiderte Leo. Matts Augenbrauen zogen sich hoch.

»Falls doch, melde dich. Ich stehe jederzeit bereit«, sagte Pay grinsend.

»Und wie war die andere Geschichte noch mal, wegen der du einmal sofort losmusstest?«, fragte Ludi. Er kam gerade in Fahrt.

Bei der Geschichte hatte Rosas Freund ihre EC-Karte geklaut und versucht, ihr Konto leerzuräumen. Das und die Sache mit dem Porno waren genau die Art von Katastrophen, die sie anzog.

»Dann drücken wir mal die Daumen, dass es dieses Mal nicht ganz so *creepy* ist«, sagte Pay.

»Ich hoffe es auch«, murmelte Leo, aber ich sah ihr an, dass sie genau so etwas befürchtete.

Ludi erzählte Matt beide Geschichten mit wichtiger Miene. Ich beobachtete ihn und der Gedanke, der sich kurz in mein Gehirn geschlichen hatte, nämlich Matt und Rosalie zu verkuppeln, verflüchtigte sich sofort wieder, als ich Matts entsetztes Gesicht sah. Er stand offenbar nicht auf Chaotinnen.

Damit musste er bei Leo nicht rechnen. Sie war zwar zerstreut, aber nicht ansatzweise so verrückt wie Rosa.

Ich würde schon früh genug erfahren, was ihr jetzt wieder passiert war.

Seth sagte zu alldem nichts und ließ mich den restlichen Tag in Ruhe.

Zum Glück.

Ich fieberte dem Feierabend entgegen und wartete am Fahrradständer auf Leo. So etwas wie heute Morgen würde mir nicht noch mal passieren.

Matt machte zur gleichen Zeit Schluss. Ich spürte Seths lauernden Blick auf mir. Ich ignorierte ihn und setzte mich auf Leos Gepäckträger, als sie sich von ihm verabschiedete. Mir steckte unser Streit in den Knochen und ich ärgerte mich noch immer, weil ich keinen einzigen meiner vorbereiteten Sätze anbringen konnte.

Leo trat in die Pedale und ich gab ihr Rückenwind. Natürlich spürte sie mein Gewicht wenig bis gar nicht, aber ich wollte heute einfach schnell weg von *Bellmann*.

Sie fuhr nach Hause und legte sich auf ihr Sofa. Das machte sie oft so und döste noch mal eine Viertelstunde, wenn sie heimkam.

Leo war eine Nachteule, es war nicht ungewöhnlich, dass sie nach Mitternacht noch an ihrem Rechner saß und programmierte oder spielte.

Es war auch schon vorgekommen, dass sie um zwei Uhr nachts noch mal aufstand und einen Kuchen fürs Büro backte - wenn sie denn alle Zutaten fand.

Ich betrachtete ihr ovales Gesicht, während sie sich ausruhte. Leo war schon immer dünn, in der Schulzeit hatte sie mal ein idiotischer Mitschüler ›Spinnenmädchen‹ genannt. Dabei konnte sie nichts dafür, sie gehörte so.

Sie war keine klassische Schönheit, aber interessant. Und ihr Charakter machte sie noch viel sympathischer, als reine Haut es je könnte.

Ich holte tief Luft und wandte den Blick ab.

Lag es an Seth, dass ich plötzlich besser von ihr dachte? Weil ich das Gefühl hatte, sie gegen ihn verteidigen zu müssen?

Jetzt fühlte ich mich schlecht, weil es sich wie eine Trotzreaktion anfühlte, obwohl sie es verdiente, dass ich gut über sie dachte.

Ich drehte noch durch, wenn das so weiterging.

Nach exakt zwanzig Minuten schlug sie die großen grünen Augen wieder auf und rollte sich vom Sofa. Sie streckte sich und strich ihr langes dunkelblondes Haar zurück. Dann kümmerte sie sich um ein paar Sachen in der Wohnung, stellte die Waschmaschine an und holte dann ihr Tablet, um ein wenig zu lesen.

Ein Windstoß fuhr in das Zimmer. Ich zuckte zusammen. Ich hatte vergessen, das Fenster wieder zu schließen, als wir zurückkamen.

»Oh Mann«, murmelte Leo. »Ich war mir ganz sicher, dass ich alle Fenster zugemacht habe. Ich bin echt hin.«

Ihr Handy vibrierte. Ihr Gesicht begann zu leuchten, als sie die Nachricht las.

Ich ahnte, von wem sie war.

Und es gefiel mir überhaupt nicht.

Später machte sie sich auf den Weg zu ihrem und Rosalies Stamm-Thai-Restaurant. Es lag genau auf halber Strecke zwischen den Wohnungen und sie ging zu Fuß. Rosalie wohnte nur fünfhundert Meter von Leo entfernt, sodass sie sich oft spontan verabredeten.

Ich erspähte Rosalie schon von Weitem, ihre türkisgefärbten Haare leuchteten. So unauffällig Leo war, so schrill hatte sich Rosalie schon immer gegeben. Sie hatte mehrere Piercings und Tattoos, außerdem trug sie immer mindestens vier Farben am Körper.

»Ich versuche halt auszusehen, wie man sich eine ›Rosalie‹ *nicht* vorstellt«, sagte sie immer. Ich wusste nicht, was ihre Vorstellung von einer Rosalie war, aber für mich gab es nur eine und das war sie. Rosa arbeitete bei einem Verlag als Marketingassistentin.

Ich wusste, dass sie für Anzeigenkunden verantwortlich war und manchmal auch den Journalisten zuarbeitete, wenn Not an der Frau war, doch sie redete immer so viel, dass ich auf Durchzug schaltete. Vor allem, weil sie sich oft wegen ihres Jobs wichtigmachte und so tat, als kenne sie alle Prominenten Deutschlands persönlich.

»Was ist denn so dringendes passiert?«, fragte Leo, nachdem sich die beiden um den Hals gefallen waren.

Rosalie schnalzte mit der Zunge. »Ich hab mich neulich mit einem Typen getroffen, der ein absoluter Totalausfall war. Schrecklicher Abend. Wir hatten nichts gemeinsam und er war echt *spooky*. Einer von deiner Zunft, wenn du es wissen willst. Jedenfalls habe ich ihn hinterher in der App und überall sonst blockiert, aber er schreibt mir immer noch. Kannst du mal schauen, ob er mein Telefon gehackt hat?«

Sie legte ihr Smartphone auf den Tisch. Es hatte eine Schutzhülle mit glitzernden Schuppen. Rosalie war gerade in ihrer ›sexy-Mermaid‹-Phase, wie sie es nannte.

Deswegen auch die türkisen Haare.

»Natürlich.« Leo riss die Augen auf. »Das wäre ja schrecklich!« Sie werkelte an dem Gerät herum und stellte ein paar Rückfragen, während Rosalie sich in aller Ausführlichkeit darüber auslieβ, wie furchtbar das Date mit dem Typen war. Und die vier anderen, die sie seitdem gesehen hatte.

»Es muss doch möglich sein, in einer Stadt mit fast zwei Millionen Einwohnern einen Mann kennenzulernen, der nicht total verrückt und gestört ist«, monierte sie.

Leo zuckte mit den Schultern. Sie war selbst seit drei Jahren Single, datete aber nicht so wahllos wie Rosa.

Glücklicherweise, denn ihre Freundin erzählte die haarsträubendsten Geschichten. Da hätte ich alle Hände voll zu tun. Außerdem waren mir Nächte am liebsten, in denen Leo keinen Sex hatte.

Mein Dienst endete niemals.

Leider.

Was das anging, hatte ich Glück, denn auch in dieser Hinsicht war Leo zurückhaltend. Es wäre der Horror für mich, wenn sie wie Rosalie One-Night-Stands hätte. Bei denen müsste ich wahrscheinlich am Bett stehen und mich bereithalten, falls der Kerl durchdrehte. Damit war bei Leo nicht zu rechnen. Ich hoffte, es blieb auch dabei.

Ich hielt inne und sah aus dem Fenster.

Womit wir wieder bei Matt und Seth wären.

Ich ballte die Hände zu Fäusten. Zum ersten Mal hatte ich das Bedürfnis, Leo auch als Menschen zu schützen.

Vor Seth.

Er hatte sie so abschätzig angesehen, als hätte sie es nicht verdient, geschützt zu werden. Natürlich haderte ich seit Jahren mit meiner Aufgabe, aber es stand ihm nicht zu, das zu tun. Ich zweifelte ja auch nicht an Matt. Ich kannte ihn nicht. Wenn ich mir jetzt ausmalte, dass Seth dabei war, wenn sie und Matt miteinander im Bett waren, schwoll mir der Kamm.

Wieder lächelte ich matt über mich selbst.

Kaum tauchte Seth auf, änderte sich mein ganzes Leben.

Ich sah zu Leo hinüber, die gerade die Augen aufriss.

»Was für ein Arschloch! Er hat dir tatsächlich einen Trojaner eingeschleust!« Sie griff nach ihrem Rucksack und holte ihr Smartphone heraus. Ihre Augenbrauen zogen sich zusammen, als sie sich an die Entfernung des Trojaners machte. »Ich kratze jetzt erst einmal alles raus und dann installiere ich dir eine vernünftige Firewall«, sagte sie zu Rosa. »Komm nach dem Essen mit zu mir, dann scanne ich das Gerät noch mal, damit ich wirklich alles erwische.«

»Ich danke dir«, seufzte Rosa. »Und eins ist klar: Um Softis mache ich zukünftig einen großen Bogen.«

»Der Typ ist ein Schwein«, bestätigte Leo. »Das macht man einfach nicht. Es ist nichts Schlimmeres passiert, soweit ich sehen kann, aber du musst vorsichtig sein. Er ist über deine Mailadresse gegangen. Ändere bitte alle Passwörter. Und Rosa«, sie sah ihre Freundin streng an. »Wenn du schon *solche* Fotos von dir machst, pack sie wenigstens in einen sicheren Ordner, ja? Denk an die Sache mit dem Video.«

Rosalies Gesicht rötete sich ein wenig, doch dann nickte sie. »Am klügsten wäre es, das gar nicht zu tun, oder?«

Leo zuckte mit den Schultern. »Sicherlich, aber wenn du es trotzdem machst, sei einfach vorsichtig. Ich lege dir einen sicheren Ordner an. Und denk dran: Je weniger Daten du produzierst, desto weniger kann damit angestellt werden.« Auch das war typisch Leo: Anstatt Rosa die Leviten zu lesen, unterstützte sie sie auch noch bei ihrem Blödsinn.

»Hast ja recht. Danke, meine Süße.« Rosalie nahm ihr Essen entgegen und ich entschied mich, kurz rauszugehen. Solange die beiden aßen, war Leo in Sicherheit, außerdem war ich in der Nähe.

Die Bedrohungen für die Menschen wurden immer diffuser. Ich hatte Glück, dass Leo für ihre eigene Cybersicherheit sorgen konnte.

Wäre ich Rosas Schutzengel, könnte ich ihr bei solchen Sachen kaum helfen. Meine Ausbildung hatte zu einer Zeit stattgefunden, als es solche Probleme noch nicht gab.

So oder so musste ich Zachariah fragen, ob diese Themen mittlerweile Bestandteil der Ausbildung waren und ob ich das nachholen konnte.

Später irgendwann. Was den Cyberspace anging, war Leo sicher und vorsichtig. Von ihr gab es keine *solchen* Fotos.

»Wie sieht es bei dir eigentlich aus?«, fragte Rosa gerade, als ich wenig später zurückkam.

Auf Leos Wangen bildeten sich rote Flecken. Jeder, der sie kannte, wusste sofort, dass da etwas im Busch war. Rosalie natürlich auch. Ihre Augen weiteten sich und sie beugte sich vor. »Wer ist er?«

Leo rieb sich den Nacken. »Ein neuer Arbeitskollege«, sagte sie. Ich stieß Luft aus und schloss die Augen.

Verdammt, ich hatte es gewusst. Trotzdem war Leos Geständnis wie ein Faustschlag in die Magengrube.

»Er ist nett«, sagte Leo weiter. »Ich mag ihn, aber ich denke nicht, dass das was wird.« Ich riss die Augen wieder auf und ein Funken Hoffnung breitete sich in mir aus.

»Was? Wieso nicht?«, fragte Rosalie enttäuscht.

»Weil wir zusammenarbeiten und uns gerade einmal einen Tag kennen«, erklärte Leo. »Er ist zwar ganz lustig, aber ich glaube nicht, dass er ernsthaft Interesse hat. Außerdem sind wir zu zweit in einem neuen Projekt und das wäre nicht gut. Viel zu großes Konfliktpotenzial.«

Rosa schüttelte den Kopf. »Und das sagst du, der freundlichste Mensch der Welt. Als würde sich jemand mit dir streiten.«

»Das kommt auch vor«, widersprach Leo. »Vor allem im Beruf. Außerdem haben wir uns nur nett unterhalten und ein kleines Bisschen geflirtet. Das scheint aber seine Art zu sein. Wahrscheinlich ist er einfach nett zu mir und denkt sich nichts dabei.«

Rosalie war enttäuscht, doch mich durchflutete Erleichterung. Das war die richtige Einstellung. Sie ersparte Leo Kummer und mir Nervenzusammenbrüche.

Je mehr wir uns emotional von diesen beiden Männern distanzierten, desto besser.

Am nächsten Morgen waren wir pünktlich und ich saß wie immer auf dem Sozius der Vespa, als wir das *Bellmann*-Gebäude erreichten.

Von Weitem sah ich Matt und Seth ankommen. Seth lief neben dem Fahrrad her, er kam nicht einmal ins Schwitzen, obwohl ich wusste, dass Matts Arbeitsweg länger als Leos war.

Na gut, er dachte natürlich auch nicht, sein Schützling sei überfahren worden.

Heute fühlte ich mich gelassener. Leos Worte an Rosalie hallten nach und ich schaffte es, meine Zweifel abzuschütteln. Es bestand keine Gefahr, dass Leo etwas mit Matt anfing. Sie war vernünftig und ging kein Risiko ein.

Das gab mir die nötige Stärke, um Seth einfach unverbindlich zuzunicken, als die beiden Schützlinge sich erspähten und begrüßten. Er belauerte mich, doch da konnte er lange warten. Ich hatte mich wieder im Griff.

»Endlich Freitag!«, rief Matt vergnügt. »Hast du was Schönes vor?«

»Bisher noch nicht«, sagte Leo. »Ich fahre vielleicht morgen nach Lüneburg zu meinen Eltern, aber fest geplant ist noch nichts. Vielleicht entspanne ich auch einfach ein bisschen. Und du?«

»Ich treffe mich mit meinem besten Freund. Einmal die Woche machen wir ein Cheeseburger-Wettessen«, erzählte er gut gelaunt.

Leo starrte ihn an. Sie lebte schon seit fünfzehn Jahren vegetarisch, teilweise auch vegan, und fand Burgerbuden grundsätzlich widerlich. Allein der Gedanke an Frittierfett und kleingehackte Tiere verursachte ihr Übelkeit.

Das konnte man wissen, wenn man sie kannte. Matt wusste es bisher noch nicht, wie ich schadenfroh feststellte. Entsprechend sparsam fiel jetzt ihr Lächeln aus.

Noch ein Grund, sich nicht weiter mit ihm einzulassen, dachte ich zufrieden. Matt registrierte ihre Reaktion.

»Es ist weniger eklig, als es klingt«, sagte er lahm.

»Wenn du das sagst«, meinte sie neutral.

Irrte ich mich, oder war sie weniger euphorisch als gestern? Gestern war ich mir ganz sicher, dass sie sich in ihn verknallt hatte, doch heute war sie viel gelassener. Vielleicht hatte sie sich gestern selbst die Augen geöffnet.

Ich hoffte es zumindest.

»Ziva, wie ich sehe, bist du heute mit ihr zusammen gefahren«, begrüßte mich mein sympathischer Kollege.

Ich lächelte kühl. »Guten Morgen Seth. Ja, so wie jeden Tag. Gewöhn dich schon mal an den Anblick, dann überrascht er dich nicht so.«

Er feixte. »Mal sehen. Ich mag Abwechslung, also hoffe ich, dass ich noch den einen oder anderen Sprint zu sehen bekomme.«

Ich ließ ihn stehen und ging ins Gebäude. Das war mir wirklich zu dumm. An der Tür drehte ich mich um. Leo und Matt unterhielten sich, er bemühte sich um Konversation, doch Leo war abgelenkt.

Ich kannte das von ihr schon. Ihr Kopf war voller Gedanken und sie bekam sie nicht sortiert.

Wahrscheinlich haderte sie gerade mit ihrem eigenen Verhalten und fühlte sich schlecht. Dann brauchte sie eine Zeit, um alles für sich einzuordnen und weitermachen zu können. Das dauerte manchmal ein bisschen.

In solchen Momenten wirkte sie immer abwesend, beinahe apathisch. Ich lief neben ihr und hielt die Augen offen. Solche Situationen waren dafür prädestiniert, dass sie stolperte oder sich verletzte.

Matt gab die Konversation am Fahrstuhl auf und sah Leo unsicher an. Er konnte mit diesem Verhalten nichts anfangen.

Das verstand ich sogar, wenn man sie nicht kannte und das zum ersten Mal erlebte, war es irritierend. Sie meinte es nicht böse.

»Leo, guten Morgen!« Leos Kopf ruckte hoch, als die enthusiastische Stimme sie aus ihren Gedanken riss. Zu den beiden gesellte sich Atalanta, eine Kollegin aus der Grafik, mit der sie sich gut verstand. Die quirlige Griechin strahlte sie und auch Matt an.

»Oh, hey, wir kennen uns noch gar nicht, oder? Atalanta Agidis, ich bin in der Blumen-und-Bildchen-Abteilung bei Mike. Du musst Matt sein, willkommen. Gefällt es dir hier?« Sie strahlte ihn an.

»Äh, ja, danke«, sagte Matt verdattert. Kein Wunder, Atalanta war laut und redete unglaublich schnell.

»Gut so, wir sind nämlich ein ziemlich cooler Haufen«, nickte Atalanta nachdrücklich. »*Bellmann* ist ein guter Arbeitgeber und mit Leo an deiner Seite hast du auch noch die liebste Kollegin der Welt.« Sie schlang den Arm um Leos Schultern.

Deren Gesicht wurde flammend rot. »Du übertreibst.«

»Kein Bisschen, Liebes, das musst du dir jetzt anhören. Jedenfalls, Matt, gut, dass du da bist. Ich habe schon lange gedacht, dass die IT unterbesetzt ist, die arme Leo macht oft Überstunden. Dabei kannst du sie ja jetzt unterstützen«, plauderte Atalanta weiter.

»Jederzeit«, sagte Matt, der langsam wieder er selbst wurde. Ich unterdrückte ein Grinsen. Atalanta redete immer so viel. Das war manchmal anstrengend, aber auf der anderen Seite angenehm, weil sie allem immer etwas Positives abringen konnte.

Manchmal täte mir das auch gut.

»Ich hab's auch schon bemerkt«, sagte Matt jetzt vertraulich zu Atalanta. »Leo ist etwas Besonderes. Ich freue mich, dass ich das neue Projekt mit ihr zusammen machen darf.«

»Jetzt hört doch auf!«, rief Leo, ihre Wangen brannten. »Ihr macht euch über mich lustig!«

»Stimmt was nicht mit ihr?«, fragte Seth.

»Was meinst du?«, fragte ich unbeteiligt, obwohl ich genau wusste, was er meinte.

»Sie ist anders als die letzten Tage. Hat sie was?«, wollte er wissen. Ich zuckte mit den Schultern.

»Ich glaube nicht, dass das etwas ist, was du verstehst.«

Sein Mund wurde schmal. »Ich frage aus Höflichkeit.«

»Ach so. Ja dann: Danke.« Ich sah ihm an, dass es ihn aus der Fassung brachte, wenn ich nicht auf ihn einstieg.

Innerlich jubilierte ich. Es hatte zwar zwei Tage gedauert, aber jetzt wusste ich endlich, wie ich ihn mir vom Hals halten konnte.

Wir erreichten den zweiten Stock und Atalanta verabschiedete sich winkend. »Bis nachher, wir sehen uns zum Mittagessen!«

»Die Frau hat Temperament«, murmelte Matt und rieb sich den Hinterkopf.

Leo sah ihn an. »Das stimmt, aber sie hat einen Freund,.«

Er riss verblüfft die Augen auf. »So hatte ich das gar nicht gemeint, aber danke für die Info.«

»Nicht?«, hakte sie nach.

Matt schüttelte den Kopf. »Ich mag Frauen mit Temperament, aber ich hoffe, dass ihr Freund da hinterherkommt. Mir gefallen ausgeglichene Frauen besser. Jemand, der in sich ruht.« Er warf ihr einen Blick zu, den ich nur als Flirt deuten konnte.

Leos Wangen röteten sich wieder leicht, sie atmete tief durch und ging zu ihrem Schreibtisch.

»Leo-Hase! Wie war der Abend mit Rosalie? Hast du deine Freundin gerettet?«, rief Ludi und warf die Arme in die Luft.

»Guten Morgen. Ich hab mein Bestes gegeben«, antwortete sie.

»Das glaube ich. Was war los?«, ließ er nicht locker.

»Erzähle ich später, ja?« Leo winkte und setzte sich auf ihren Stuhl. Sie brauchte dringend ein paar Minuten für sich. Ludi kannte das schon von ihr und ließ es gut sein. Wenigstens einer.

Seth beobachtete sie mit hochgezogener Augenbraue. Anscheinend verstand er nicht, warum sie sich nicht schon das Kleid über den Kopf gezogen und sich Matt an den Hals geworfen hatte, nur weil er mit ihr flirtete.

»Sie hat doch was«, beharrte er. Ich zuckte erneut mit den Schultern.

»Finde ich nicht. Mach dir keine Sorgen, ich hab alles im Griff.« Damit ließ ich ihn stehen.

Leo war eben nicht leicht zu haben. Für manche Männer war eine solche Erkenntnis ein Schock.

Wenn Matt sie wirklich gut fand, musste er sich ins Zeug legen und hartnäckig sein.

Ich betrachtete meinen Schützling mit gemischten Gefühlen. Ich wollte nicht, dass sie etwas mit Matt anfing. Aber das war mein persönliches Problem.

Viel weniger wollte ich, dass sie unglücklich verliebt war. Das zog immer lange Telefonate und noch endlosere Abende nach sich. Sie und Gwen waren für Sonntag verabredet. Ich hatte Angst, dass sie mir dann ihr Herz ausschüttete.

Ich wüsste nicht, was ich ihr sagen sollte.

Liebesdinge waren nicht meins.

Die Sperre hatte jahrzehntelang verhindert, dass ich auch nur an Sex dachte. Seit sie nicht mehr existierte, ignorierte ich jeden Gedanken daran. Ich vermutete, dass ich in meinem menschlichen Leben Sex hatte, aber daran konnte ich mich nicht erinnern.

Es gab niemanden in meiner Umgebung, den ich genug mochte, um mich darauf zu konzentrieren. Außerdem: Wann sollte ich das denn tun? Ich war rund um die Uhr im Dienst. Und Sex im Kontrollraum war eine schlechte Idee. Ich wollte nicht dabei überrascht werden, wie ich meine Pflichten verletzte.

Ich zuckte innerlich mit den Schultern. Das war etwas für Leute mit einem anderen Job. Und je weniger Leo mich mit diesem Thema konfrontierte, desto besser konnte ich damit leben.

Ich setzte mich auf das Fensterbrett und sah hinaus. Das Wetter war heute trüb, viele Wolken zogen über den Himmel. Ich vermutete, dass es noch regnen würde.

Seth ließ mich dankenswerterweise in Ruhe und ich ruhte meinen Geist aus, während Leo arbeitete und wieder sie selbst wurde.

Ich musste nicht schlafen, aber manchmal war es nicht schlecht, mich ein wenig herunterzufahren und neue Kraft zu tanken. Die benötigte Energie bekam ich im Himmel, doch die mentale Kraft musste ich aus mir selbst ziehen. Die Wolken zu beobachten half meist dabei.

Der Tag ging ereignislos vorüber und Leo verbrachte einen entspannten Abend auf dem Sofa. Sie suchte einen Film aus und machte es sich mit einer Schale Popcorn auf dem Sofa gemütlich. Mit einem wohligen Seufzen zog sie ihre Wolldecke über sich und startete den Film.

»Das habe ich gebraucht«, murmelte sie.

Ich setzte mich auf die Lehne des Sofas und blickte auf den Fernseher. Ausnahmsweise war ich mit einem langweiligen Fernsehabend mehr als einverstanden.

Genau wie mit dem anstehenden Wochenende.

Zwei ganze Tage, an denen ich Seth nicht sehen und hören musste.

Ihr Handy klingelte.

Sie nahm es zur Hand und zog verblüfft die Augenbrauen hoch. Dann nahm sie das Gespräch an.

»Hallo Matt, was gibt's?«

Ich schluckte und rutschte so nah an sie heran, dass ich seine Stimme hören konnte.

»*Hey, ich hab mich gefragt, ob du spontan Lust hast, mit mir etwas trinken zu gehen?*«, sagte er.

Ich riss die Augen auf und schüttelte heftig den Kopf. Was fiel ihm ein? Er konnte hier doch nicht einfach um halb neun Uhr abends anrufen und erwarten, dass sie sofort parat stand. Was dachte der Kerl sich?

»Ich ... Ähm ...«, stammelte Leo.

»*Sorry, ich weiß, es ist echt spontan. Tut mir leid, ich wollte dich nicht stören. Vielleicht ein anderes Mal.*«

»Warte«, sagte sie.

Ich traute meinen Ohren nicht. Leo biss auf eine ihrer Haarsträhnen und schüttelte sich, als müsse sie sich einen Ruck geben.

»Na gut. Wann und wo?«

Ich starrte sie fassungslos an, als Matt ihr den Namen und die Adresse einer Bar nannte.

Aber sie hatte doch gesagt, dass sie nicht glaubte, dass aus den beiden etwas werden könnte!

Sie hatte Rosalie doch gesagt, dass es Unsinn war, mit einem so engen Kollegen etwas anzufangen.

Warum sagte sie zu?

Warum?

4

Eine halbe Stunde später kam Leo durch die Tür der Bar. Sie trug eins ihrer Lieblingskleider und ihre Docs, außerdem hatte sie ihre Brille gegen Kontaktlinsen getauscht.

Ich sah ihr an, dass sie aufgeregt war.

Vielleicht hatte sie sogar darauf gehofft, dass Matt sich bei ihr meldete. Ihre Wangen waren rosig, das gefiel mir gar nicht.

Ich stiefelte finster hinter ihr her. Ich konnte immer noch nicht fassen, dass sie sich einfach mit diesem Typen traf.

›Vielleicht hat er ja noch die anderen Kollegen eingeladen‹, dachte ich, doch ich ahnte, dass das nur Wunschdenken war.

Matt mochte Leo. So einfach war das.

Und das hier war ein waschechtes Date.

Leider ahnten die beiden nicht, dass sie mich zeitgleich zu einem Abend mit Seth verdonnerten.

Die beiden waren schon da.

Matt sprang auf und holte Leo an der Tür ab. Er hatte einen kleinen Tisch am Fenster ergattert und erklärte ihr euphorisch die umfangreiche Karte.

Leo starrte verdattert darauf. Sie trank normalerweise Bier, für ausgefallene Cocktails hatte sie nichts übrig. Matt hatte schon ein Glas vor sich stehen - wenigstens war es weder mit einem Schirmchen noch mit Obst verziert.

»Was magst du denn?«, fragte er interessiert und blätterte durch die bunten Seiten. Leo bemühte sich um eine Antwort, doch sie war mit der Auswahl einfach überfordert. Hilflos zuckte sie mit den Schultern.

»Ist sie immer so komisch?«, fragte Seth. Er lehnte neben dem Tisch an der Wand.

»Wieso komisch? Sie ist eben kein Cocktail-Mädchen. Damit kann er sie nicht aus der Reserve locken«, meinte ich und stellte mich hinter sie wie ein Bodyguard.

»Normalerweise zieht das immer«, meinte er und verzog das Gesicht, als würde mit ihr etwas nicht stimmen.

»Seth, was willst du?«, fragte ich genervt. »Wenn Matt sie gut findet, muss er sie kennenlernen und nicht nur abspulen, was er bei anderen Frauen macht. Leo ist was Besonderes. Entweder kapiert er das oder er hat keine Chance bei ihr. Den Tipp kannst du ihm sonst gern weitersagen. Wird auch in späteren Situationen helfen.«

»Danke für diese wunderbare Rede«, erwiderte Seth mit vor Ironie triefender Stimme, doch meine Worte zeigten Wirkung. Sein Augenlid zuckte. »Wie schön, dass du so einen besonderen Schützling hast.«

»Findest du nicht, dass deiner besonders ist?«, schoss ich zurück und spürte, wie ich schon wieder ärgerlich wurde. Ich hatte Leo noch nie so verteidigt, aber es fühlte sich gut an, das zu tun.

Seth hatte kein Recht, über sie zu urteilen. Heute nicht, morgen nicht und auch nicht in einem halben Jahr. Dann war das alles hier hoffentlich längst kein Thema mehr.

Wenn Matt weiterhin nur sein Standard-Programm abspulte, blieb mir schlimmeres hoffentlich erspart.

Mittlerweile hatte er für Leo etwas ausgesucht und bestellt. Sie hatte vor der Karte kapituliert und er erbot sich als Retter.

»Das ist auch ganz spannend«, sagte er grinsend. »Da können wir gleich mal gucken, ob dein Geschmack zu meinem Bild von dir passt.«

»Du betreibst Cocktail-Psychologie?«, fragte Leo und zog amüsiert die Nase kraus.

Er wackelte mit den Augenbrauen. »Ich war bei Tom Cruise höchstpersönlich in der Lehre.«

»Herrje, du stehst auf diese steinalten Filme, oder?«, seufzte sie scherzhaft.

»Leo, *Cocktail* ist ein Klassiker«, sagte er tadelnd. »Den muss man kennen.«

»Klingt nach einer Rechtfertigung«, meinte sie, ihre Mundwinkel zuckten. »Bist du nicht eigentlich viel zu jung für Kultfilme der Achtziger?«

»Ich habe zwei ältere Brüder, die mir die Filme gezeigt haben«, erwiderte er.

»Die müssen ja um einiges älter sein als du.« Und ich sah Leo an, dass sie Spaß daran hatte, ihn etwas zu ärgern.

Meine Mundwinkel sanken immer tiefer.

»Der eine geht hart auf die vierzig zu, also hat er einen Vorsprung in Sachen Cineastik«, stimmte er zu. »Wie sieht's bei dir aus?«

»Ich habe zwei jüngere Schwestern«, erzählte Leo. »Valentina ist vierundzwanzig und studiert in Kiel auf Lehramt. Mathilda ist drei Jahre älter. Sie ist Ingenieurin und letztes Jahr zu ihrem Freund nach Kassel gezogen.«

»Das ist ziemlich weit weg«, stellte Matt fest.

»Stimmt leider. Wir sehen uns trotzdem einmal im Monat bei unseren Eltern«, sagte sie.

»In Lüneburg«, nickte er.

Sie blinzelte. »Ja genau. Gut aufgepasst.«

»Ich merke mir immer Sachen, die mich interessieren«, sagte er leichthin. Sie lächelten einander an.

Mir lief es kalt den Rücken hinunter. Die Chemie stimmte, es war sinnlos, das zu leugnen.

Verdammt.

Der Kellner kam und brachte Leos Cocktail. Er wurde in einem Metallbecher serviert. Kein Schnickschnack, kein Schirmchen. Ich sah nur ein paar grüne Blätter, vielleicht Basilikum oder Minze.

Matt behielt sie im Auge, während sie den Becher an die Lippen führte und einen Schluck trank. Sie lächelte dabei, dann weiteten sich ihre Augen.

»Oh«, sagte sie. »Der ist ja wirklich gut.«

Matt grinste übers ganze Gesicht und nickte. »Ich hab's voll drauf.«

»Offenbar.« Leo nahm noch einen Schluck. »Wie bist du darauf gekommen, dass er mir gefällt?«

»Du magst kein Girlie-Zeug, bist trotzdem verspielt«, erwiderte er. Ihre Augenbraue hob sich. »Also kein süßer Fruchtcocktail, sondern eher was Prickelndes. Und dann dachte ich, dass du eher ein Gin-Fan als ein Rum-Trinker sein könntest. Voila!«

Leo lächelte. »Anscheinend sollte ich mir den Film doch einmal ansehen, wenn man dadurch lernt, so gut in Menschen zu lesen.«

»Ich stelle ihn dir gern zur Verfügung«, sagte Matt.

Seth beobachtete die beiden schweigend. Ich konnte aus seiner Miene nicht ablesen, was er über sie dachte. Das Herablassende war aus seinem Lächeln gewichen, doch er beobachtete Leo genau.

Das gefiel mir nicht. Ich wollte nicht, dass er sie betrachtete, als müsse er sich überlegen, ob sie gut genug für Matt war. Oder, noch schlimmer, als wäre sie eine Gefahr für ihn.

Die Frage stellte sich eindeutig andersherum.

»Willst du nicht mal einen Sicherheitsgang machen?«, fragte Seth unvermittelt.

»Nein, warum?«, erwiderte ich. Die Bar war sicher, es lungerten hier keine Leute herum, die Ärger machen könnten. In dieser Straße gab es nur selten Probleme, es war unnötig, dass ich ums Haus ging.

»Das gehört dazu, Ziva«, maßregelte er mich.

»Dann geh du doch.«

Er verdrehte die Augen. »Habe ich schon.«

»Dann ist es unnötig, dass ich noch einmal gehe. Oder hast du schlampig gearbeitet?«, schob ich boshaft nach. Seths Augenlid zuckte. Volltreffer.

»Natürlich nicht. Es gehört zur Arbeitsanweisung, sich eine Übersicht zu verschaffen«, sagte er gepresst.

»Wir sind zu zweit. Warum sollte ich Leo allein lassen, um die Aufgabe doppelt zu erfüllen?«, erwiderte ich.

»Ich bin schließlich hier«, sagte er.

»Dann muss ich auch nicht deine Arbeit kontrollieren.« Seths Augen weiteten sich und er wandte den Blick ab.

Sprachlos starrte ich ihn an und wartete. Es dauerte ein paar Sekunden, bis ich verstand, dass ich ihn gerade ausmanövriert hatte.

Ich biss mir auf die Lippe, um nicht laut zu jubeln.

Endlich! Endlich war es mir gelungen, mich zu wehren!

Ich sah aus dem Fenster und grinste. Wenigstens einen Moment wollte ich diesen Triumph genießen.

Er war klein, er bedeutete eigentlich nichts, aber ich fühlte mich zum ersten Mal seit einiger Zeit zufrieden.

»Ich freue mich übrigens, dass ich mit dir zusammenarbeiten darf«, sagte Matt gerade. »Pay ist auch nett und Ludi ... Na ja, der bestimmt auch, wenn er irgendwann mal nicht mehr beleidigt ist.«

»Er ist ein komischer Kauz«, sagte Leo lächelnd. »Aber fachlich wirklich gut. Er hat mir schon oft weitergeholfen. Ich glaube, er wäre gern für das Projekt verantwortlich. Wenn wir ihn fragen, wird er jederzeit einspringen, das weiß ich genau.«

»Gut zu wissen. Trotzdem freue ich mich, dass du meine Projektpartnerin bist«, nahm er den Faden wieder auf.

Leo winkte verlegen ab. »Das ist nett, danke.«

»Lieb auch, dass du dir heute Abend die Zeit genommen hast, herzukommen. Ich brauchte ein bisschen, um mich zu trauen«, redete er schnell weiter. Sie sah ihn überrascht an. Feine Röte überzog Matts Gesicht und er zuckte mit den Schultern. »Es besteht halt immer das Risiko, dass ein Mädchen nein sagt, oder?«

»Das stimmt natürlich. Und ich hatte es mir schon auf der Couch gemütlich gemacht«, gab sie zu bedenken.

»Dann muss ich mich wohl noch einmal bedanken, oder?«, fragte er grinsend.

Sie krauste die Nase. »Das kommt drauf an, was du dir von dem Treffen versprichst.«

»Für heute treffe ich mich mit meiner Lieblingsarbeitskollegin und gebe ihr einen Drink dafür aus, dass sie sich so nett um mich kümmert«, sagte er.

Leos Lächeln wurde etwas schmaler. Ich hielt den Atem an. War es doch nur eine freundschaftliche Geste? Ich sah ihr an, dass sie sich mehr ausgerechnet hatte.

Ich vermied es, Seth anzusehen. Leos Gesicht war wie ein offenes Buch, er las ihre Gedanken mühelos, dazu brauchte man sie nicht lange zu kennen.

»Aber ich würde mich sehr freuen«, fuhr Matt fort. »Wenn die Lieblingskollegin Lust auf ein richtiges Date hätte. Eins, das nichts mit der Arbeit zu tun hat.«

Ich fühlte mich, als hätte mir jemand den Boden unter den Füßen weggezogen. Mein Magen machte eine merkwürdige Bewegung, als stünde ich im Fahrstuhl, der gerade unsanft zum Stehen kam.

Leos Mundwinkel zuckten, dann breitete sich ein Lächeln über ihrem Gesicht aus. »Das wäre schön«, sagte sie.

Ich sah wieder aus dem Fenster und kontrollierte meine Mimik. Für zehn Sekunden hatte ich gehofft, dass ich um die Sache herumkam.

Wider besseren Wissens, denn die beiden machten mit ihrer Körpersprache klar, dass sie aneinander interessiert waren: Leo hatte den Kopf leicht geneigt und lächelte die ganze Zeit, Matt lehnte sich zu ihr hinüber und sah ihr tief in die Augen.

Ich war keine Flirtexpertin, aber das verstand sogar ich. Wenn ich mir eingestand, dass es sich nicht ändern ließ.

»Wir kommen nicht drum herum«, sagte Seth schmallippig. Ihm gefiel es genauso wenig wie mir. Also mussten wir beide das Beste draus machen.

Mir fiel kein Ausweg ein, denn ich durfte nicht aktiv in das Leben meines Schützlings eingreifen. Vorhin, als Matt anrief, hatte ich mit dem Gedanken gespielt, sie als Gwen anzurufen und einen Notfall zu erfinden, doch das wäre gegen die Regeln.

Mir waren buchstäblich die Hände gebunden.

Genau wie Seth.

»Sieht so aus«, erwiderte ich.

Er stieß Luft aus und seufzte. »Das müssen wir Zachariah melden.«

Darüber hatte ich noch nicht nachgedacht, aber er hatte recht. Unser Vorgesetzter musste informiert werden, damit er entschied, wie wir uns organisierten.

›Vielleicht‹, dachte ich und mein Herz machte einen Satz. ›Vielleicht bekomme ich dann die Möglichkeit, manchmal eine Auszeit zu nehmen und mich im Himmel weiter zu qualifizieren. Möglicherweise hat die Sache doch ihr Gutes. Wenn ich mehr kann, teilen sie mir als Nächstes jemand Spannenderem zu.‹

Ich blickte zu den beiden jungen Menschen, die sich über ihre Cocktailgläser hinweg schöne Augen machten.

Ich wollte mich doch um Optimismus bemühen. Das war die richtige Einstellung.

»Nein«, sagte Zachariah.

»Nein?«, echote ich.

Seth und ich hatten unsere Schützlinge jeweils zu sich nach Hause und ins Bett verfrachtet und uns anschließend im Kontrollraum getroffen. Es war besser, das Gespräch schnell hinter sich zu bringen, deswegen waren wir gleich zu unserem Boss gegangen.

Zachariah saß an seinem Schreibtisch und sah uns genervt an. »Nein«, wiederholte er nachdrücklich. »Erstens hatten die beiden gerade einmal ein Date und zweitens ist die Bewachung jedes Einzelnen auch weiterhin zwingend. Ihr habt weder Zeit noch Grund, um euch dem zu entziehen.«

»Aber wir sind zu zweit«, wandte ich ein. »Ist das kein unnötiger Aufwand, wenn die beiden ohnehin viel Zeit zusammen verbringen?«

»Soweit ich mich erinnere, sind ist man nicht aneinander gekettet, nur weil man liiert ist. Zumindest nicht mehr in diesem Jahrhundert«, sagte Zachariah und runzelte die breite Stirn. Er war schon ewig im Geschäft und ich merkte, dass er sich mit der *Großen Freiheit* immer noch schwertat. Seine Augen waren noch überwiegend silbern, nur ein paar grüne Sprenkel waren zu sehen.

Seine Gestalt war Seths sehr ähnlich: Groß, breitschultrig, lange Gliedmaßen. Der Himmel legte Wert auf Einheit, bis die Sperre gefallen war, deswegen war auch das Aussehen aller ›alten‹ Engel uniform.

Die ›neuen‹ Engel behielten viel mehr von ihrer alten Gestalt und sie durften sich an einiges aus ihrem menschlichen Leben erinnern. Manchmal beneidete ich sie darum, aber andererseits wusste ich nichts mehr über mein altes Leben. Ich konnte nicht einschätzen, ob es etwas gegeben hatte, wegen dessen Verlust es sich lohnte, traurig zu sein.

So oder so waren diese Erinnerungen verloren. Ich konnte meinen menschlichen Namen nicht herausbekommen und somit auch keine Hinweise auf mein Leben als Mensch finden. Das war in Ordnung für mich und ich dachte nur selten darüber nach.

Zachariah, der wahrscheinlich tausend Jahre alt war, hatte sicher mehr Probleme mit der Umstellung als ich. Und dass Seth und ich so dreist nach einer Sonderbehandlung fragten, ärgerte ihn sichtlich. »Oder hattet ihr vor, die beiden in einen Raum einzusperren?«, fragte er weiter.

»Nein, haben wir nicht«, antwortete ich kleinlaut.

»Dann ist es jederzeit möglich, dass sie sich räumlich trennen. Korrigiere mich, Ziva, aber ab diesem Moment dürfte es für einen schwierig werden, beide adäquat zu schützen. Aber du bist die Expertin, sag du es mir«, forderte er mich auf.

Mein Gesicht wurde heiß. »Nein, das ist nicht möglich. Aber ich dachte ...« Ich sah zu Seth hinüber, doch er schwieg mit angespannter Miene und mied meinen Blick.

Dieser Idiot ließ mich einfach ins offene Messer laufen.

Ich hätte wissen müssen, dass er mir in den Rücken fiel. »Tut mir leid«, sagte ich lahm. »Wir wussten, dass wir die Beziehung bei dir melden müssen und hatten uns überlegt, dass sie auch Vorteile für unsere Ausbildung bringen könnte. Das wollten wir beide mit dir besprechen. Nicht war, Seth?«

»Zachariah hat vollkommen recht«, sagte er sofort. »Unsere Schützlinge haben oberste Priorität.«

Ich könnte ihn umbringen. Dieser Feigling!

»Dann ist das ja geklärt«, sagte unser Vorgesetzter und warf mir einen strengen Blick zu. Ich ahnte, dass ich mich gerade unbeliebt gemacht hatte.

Wir waren entlassen und verließen das Büro. Die Tür fiel kaum hinter uns ins Schloss, da wirbelte ich zu Seth herum und funkelte ihn zornig an. »Danke für nichts, Verräter!«

»Was denn? Hätte ich jetzt auch noch diskutieren sollen? Er hat sich klar ausgedrückt«, widersprach er. Auf seinen Wangen bildeten sich rote Flecken.

»Das ist mir auch aufgefallen«, schnappte ich. »Es wäre dennoch nett gewesen, wenn du mich nicht im Regen stehengelassen hättest.«

Seth zögerte, dann zuckte er mit den Schultern. »Das hätte auch nichts geändert.«

»Du bist ein Vollidiot«, zischte ich. »Dass ich jetzt mit dir zusammenarbeiten muss, ist wirklich eine Strafe! Ich hoffe, Matt behandelt Leo nicht so schlecht wie du mich. Aber dann hätte ich wenigstens einen Grund, sie von ihm fernzuhalten.«

»Ich bin kein Vollidiot und deine Reaktion ist unangemessen«, sagte er gepresst. »Davon abgesehen ist Matt ein netter Mensch, der niemanden schlecht behandelt.«

»Dann solltest du dir das eine oder andere von ihm abschauen, denn das kann ich von dir nicht behaupten.«

Ich drehte mich auf dem Absatz um und ließ ihn stehen, bevor ich mich völlig vergaß.

Wütend stapfte ich in den Kontrollraum und suchte mir den Sessel in der hintersten Ecke. Ich aktivierte das Auge und rollte mich zu einer Kugel zusammen.

Ich drückte meine Fingerspitzen in meinen Oberarm und versuchte, etwas von der Wut und dem Druck loszuwerden. Es nützte nichts. Ich war so sauer, dass mir die Tränen kamen.

Ich atmete tief, bis ich etwas ruhiger wurde und konzentrierte mich auf meinen Monitor. Mein Job duldete keine Emotionen, ich musste jederzeit wachsam sein.

Auch jetzt.

Leo lag im Bett und schlief selig, sie umarmte ihr Kissen und streckte den Hintern in die Luft. Wenigstens hier war alles in Ordnung. Sie und Matt hatten sich mit einer Umarmung verabschiedet, aber ich ahnte, dass da bald mehr ging.

Und Seth und ich durften es hautnah miterleben.

»So viel zum Thema positiv zu denken«, murmelte ich finster. »Das hat ja gar nicht funktioniert.«

»Alles okay?«, hörte ich Rahels Stimme. Ich zuckte zusammen. Vor lauter Wut hatte ich sie übersehen. Jetzt stand sie auf und kam zu mir herüber. Ich biss mir auf die Lippe und wusste nicht, was ich antworten sollte.

Seth vor ihr schlecht zu machen, warf nur ein ungutes Licht auf mich.

»Harter Tag«, sagte ich.

Sie nickte verständnisvoll. »Ist manchmal so. Ich musste mich heute zwischen sie und einen wildgewordenen Demonstranten werfen.« Sie deutete auf ihre Seite. »Er hatte ein Messer. Furchtbarer Mensch.«

Ich lächelte verzweifelt. »So schlimm war es bei mir glücklicherweise nicht. Geht es dir gut?«

Rahel zuckte mit den Schultern. »Ich habe durchgehalten, jetzt schläft sie endlich. Die Sache hat sie sehr beschäftigt.«

»Verständlich«, meinte ich.

»Was war denn bei dir los?«, wollte sie wissen.

»Ach, weißt du, gegen deine Messerattacke war mein Tag wirklich Kindergarten. Vergiss es einfach.«

»Hat es was mit Seth zu tun?«, fragte sie offensiv.

»Wie kommst du darauf?«

»Die Geschichte macht die Runde. Ihr hockt aufeinander und gerade habe ich gehört, dass ihr bei Zachariah wart, weil eure Schützlinge ein Verhältnis haben.«

Ich hätte es wissen müssen. Der Flurfunk funktionierte hier genauso gut wie in jedem irdischen Unternehmen. Rahel war nicht übermäßig neugierig, aber das gab mir nur noch mehr zu denken.

»So weit ist es noch nicht, aber ja, die Situation ist ungewohnt. Wir wollten abklären, wie wir uns organisieren müssen«, antwortete ich ausweichend.

»Zachariah hat euch bestimmt gern eine ausführliche Antwort gegeben.« Rahel zog die Augenbraue hoch. Auch sie kannte unseren Boss gut.

»Genau. So, wie man ihn kennt.« Ich sah auf den Monitor. Leo hatte sich auf den Rücken gerollt.

»Kopf hoch, Ziva, das wird schon«, sagte Rahel.

Ich schenkte ihr ein schwaches Lächeln und hoffte, dass sie recht behielt.

Das restliche Wochenende verbrachte Leo bei ihren Eltern in Lüneburg und traf sich mit Freunden und ihren Schwestern, die ebenfalls zu Besuch waren.

Mathilda und Valentina hatten keine Schutzengel. Ich betrachtete die drei Schwestern und fragte mich wieder einmal, warum ausgerechnet Leo ausgesucht worden war. Die beiden anderen waren genauso nett und idealistisch wie sie. Es gab keinen ersichtlichen Grund, warum die Älteste ausgewählt wurde und ihre Schwestern nicht. Wenn man mich fragte, hätte es jede von den dreien sein können, es machte keinen Unterschied.

Es musste so sein, dass Leos großer Tag noch kam.

Oder niemals.

Auf diese Frage fand ich keine Antwort, doch mir tat die Auszeit von Seth gut.

Leo und Matt schrieben sich beinahe ununterbrochen Nachrichten, doch das war der einzige Kontakt. Ihrer Familie sagte sie noch nichts, in solchen Dingen war Leo vorsichtig. Ihre Eltern und ihre Schwestern wünschten sich einen Partner für sie, wenn sie ihnen von Matt erzählte, könnte sie sich vor Fragen nicht mehr retten. Sie würde es tun, sobald es etwas zu berichten gab.

Wenn ich das Leuchten in ihren Augen sah, sobald eine Nachricht von ihm ankam, ahnte ich, dass es für meinen Geschmack viel zu schnell dazu kommen würde.

Trotzdem hatte sie zwei schöne Tage und ich genoss ein entspanntes Wochenende, der Montag kam viel zu früh.

Von mir aus hätten wir gern noch eine Woche Urlaub in Lüneburg dranhängen können. Ich mochte die Fallendorfs, sie waren bodenständige freundliche Leute, die ihren drei Töchtern genau diese Werte mitgegeben hatten. Ich hatte einiges von ihnen gelernt.

Ich sollte Seth ein Praktikum bei ihnen anbieten.

Jetzt war es so weit und es dauerte nur noch Minuten, bis ich ihn wiedersah.

Wir hielten vor dem *Bellmann*-Gebäude und ich wartete, während Leo ihre Vespa anschloss.

Von ihrem Verehrer und meinem unerträglichen Kollegen war nichts zu sehen. Ich bekam etwas Aufschub, bevor es weiterging.

›Ruhig bleiben‹, sagte ich mir selbst. ›Du hast ihn mit Gelassenheit mundtot bekommen, also stress dich nicht.‹ Das half mir nicht, ich war trotzdem gestresst. Und das schon seit Samstag. Es war ein unterschwelliger Stress, der mich nie verließ, egal wie ich mich ablenkte.

Ich betrachtete Leo, die sich ebenfalls umsah. Nur hatte sie sicherlich dabei ein viel besseres Gefühl als ich und hoffte sogar auf die unvermeidliche Begegnung.

Weil ich befürchtete, ihn im Kontrollraum zu treffen, war ich in den letzten zwei Nächten bei ihr geblieben.

Doch die Zeit, in der sie schlief, war ebenfalls schlimm für mich, denn sie ließ mir zu viel Raum für Gedankenspiele. In meinen schlimmsten Vorstellungen heirateten Matt und Leo. Seth und ich hockten die nächsten sechzig Jahre aufeinander.

Apropos: Sie kamen die Straße hinunter. Matt winkte enthusiastisch, als er Leo entdeckte. Seths Miene war neutral, er sah einfach woanders hin und beobachtete die Umgebung. Ich tat es ihm gleich und drehte ihm nachdrücklich den Rücken zu.

Dieser Vollidiot. Ich hatte ihm seine Aktion von Freitagnacht nicht verziehen.

»Guten Morgen!«, rief Matt und stellte sein Rad neben die Vespa. »Wie schön, dich gleich als Erstes zu sehen!«

»Schleimer«, murmelte ich.

»Schleimer«, kicherte Leo, doch ich sah ihr an, dass sie ihn lustig fand. Ich drehte mich um und nickte Seth knapp zu. Er rang sich auch nicht mehr zur Begrüßung ab.

»Hast du am Mittwochabend Zeit?«, fragte Matt. »Für unser Essen?«

Leo checkte kurz ihr Smartphone, dann nickte sie lächelnd. »Gerne. Ich freu mich drauf.«

»Gibt es etwas, wofür du dich besonders begeisterst? Ich bin für alles offen«, sagte er zwinkernd.

»Solange es etwas Vegetarisches auf der Karte gibt, bin ich auch für alles offen«, erwiderte sie.

»Oje, was hab ich mir denn da angelacht? Ich kenne doch nur Steak-Restaurants«, murmelte er. Leo riss die Augen auf, da grinste er und zwinkerte. »War nur ein Scherz.«

Und wieder merkte ich, dass das bei ihr ankam.

Sie gingen gemeinsam ins Gebäude, ich blieb noch einen Moment stehen und schöpfte Atem.

»Kommst du?«, fragte Seth. Seine Stimme war normal, als sei nichts passiert. Schön, dass er den Vorfall einfach so abschütteln konnte, er war ja auch nicht von unserem Vorgesetzten zusammengestaucht worden.

»Sofort. Geh schon mal vor«, erwiderte ich, ohne mich umzudrehen.

Ich brauchte noch ein paar Minuten, um mich zu sammeln und den Frust niederzukämpfen. Außerdem kamen die finsteren Gedanken wieder hoch, jetzt, da ich die beiden Männer gesehen hatte.

Ich musste Mut schöpfen, um ihnen zu folgen. Mir graute vor Mittwoch und dem, was danach passieren konnte.

Und auch dieser Abend würde schneller kommen, als mir lieb war. Genau wie weitere Abende und Nächte, die sich anschließen würden.

Das kam mir unausweichlich vor.

Mein Treffen als Gwen mit Leo stand für das Ende der Woche an. Unsere ursprüngliche Verabredung hatten wir wegen ihrer Fahrt nach Lüneburg verschoben. Das war mir recht gewesen, denn ich ahnte, dass unsere Gespräche sich um Matt drehen würden.

Die beiden trafen sich am Mittwoch in einem indischen Restaurant. Das war clever von Matt, weil die Auswahl an vegetarischen Speisen groß war. Leo liebte exotisches Essen und ihre Augen leuchteten, als sie die Karte studierte.

Matt beobachtete sie dabei. Das war kein abschätziges Mustern wie bei Seth, es wirkte eher, als würde er jedes Detail ihres Gesichts in sich aufnehmen.

Er war mindestens so in sie verknallt wie sie in ihn.

Das sollte mich eigentlich freuen, doch angesichts des Engels neben mir konnte ich es nicht. Ich war ihm in den letzten drei Tagen aus dem Weg gegangen.

Matt war am Dienstag und heute den ganzen Tag in Willkommensmeetings der Firma, deswegen hatten die beiden sich so gut wie nicht gesehen.

Es wirkte beinahe, als hätten wir unser altes Leben zurück. Sogar Ludi war wieder entspannt.

Doch das war trügerisch, denn diese Ruhe war mit Ende des Onboardings nun vorbei.

»Findest du etwas?«, fragte Matt.

Leo nickte eifrig. »Jede Menge, ich kann mich gar nicht entscheiden«, sagte sie. Ein Kellner kam und brachte den beiden einen Lassi. Unter der Woche trank Leo kaum Alkohol und morgen stand ein wichtiger Termin wegen ihres gemeinsamen Projekts mit der Geschäftsleitung an. Das Meeting hatte sich heute erst ergeben und ich hoffte kurz, sie würden ihr Date deswegen verschieben.

Sie beschlossen, sich trotzdem zu treffen. Sehr zu meinem Leidwesen.

Seth stand wie ein Türsteher hinter Matt und starrte finster in den Raum.

Ich hätte ja gefragt, was er hatte, aber ... Ich wollte nicht. Also ignorierte ich ihn und setzte mich auf die Fensterbank, vor der Matts und Leos Tisch stand und quetschte mich zwischen die goldenen Figürchen, die indische Götter darstellten. Der Raum war erfüllt vom Geruch exotischer Gewürze.

Ich atmete tief ein.

In Indien war ich noch nie - natürlich nicht. Leo machte eher Kurzreisen, weil sie Flugangst hatte. Irgendwann hatte sie eingesehen, dass auch die beste Reisetablette ihr nicht half. Das machte alles angenehmer für mich, denn eine kotzende Leo war auch nicht das, was ich mir unter Action vorstellte.

Das Gespräch kam auch kurz darauf auf das Thema Reisen. Leo erzählte Matt von ihrem Traum, nach Neuseeland zu reisen, gestand ihm aber im gleichen Zug ihre Unpässlichkeit. Immer wenn das Gespräch auf dieses Thema kam, war sie niedergeschlagen und ich sah ihr an, dass sie sich vor der Möglichkeit fürchtete, er könne sie deswegen weniger mögen.

Matt legte die Stirn in Falten. »Tja, dann müssten wir uns ein Wohnmobil organisieren und so nah wie möglich ranfahren, damit wir mit dem Schiff übersetzen können«, meinte er nachdenklich. Leo starrte ihn entgeistert an. »Das dauert dann natürlich ein paar Monate, aber hey, wir sind Softwareentwickler. Wir können überall arbeiten, wo es Strom und WLAN gibt, oder? Was sagst du dazu?«

»Ich ...«, stammelte Leo.

»Ich glaube, ich bekomme so ein Wohnmobil recht schnell organisiert. Eine Wohnung in Hamburg unterzuvermieten dürfte auch kein Problem sein. Redest du morgen mit Sem?«, machte er weiter.

Leos Augen waren aufgerissen, doch langsam kriegte sie sich wieder ein. Ich atmete schwer. Matt machte einen Scherz. Bitte, er musste einen Scherz machen.

Ich wagte einen Blick zu Seth, dessen Gesichtsausdruck Bände sprach. Auch er konnte sich nichts Schlimmeres vorstellen, als mit Leo und mir auf Weltreise zu gehen.

Die Gefahr wäre übermächtig, sie müssten durch ein Dutzend gefährlicher Länder. Iran, Afghanistan ... es lief mir bei dem bloßen Gedanken kalt den Rücken hinunter.

Diese Art von Ablenkung hatte ich mir sicher nicht vorgestellt. In so einem Fall hätten wir es auch zu zweit sehr schwer.

Ich zwang mich, ruhig weiter zu atmen, als meine Brust immer enger wurde.

Matt. Machte. Einen. Scherz. Punkt.

Jetzt lachte Leo. »Ich weiß nicht, wie Sem es findet, wenn du nach nicht einmal einer Woche im Unternehmen auf Weltreise gehen willst.«

»Du hast recht«, gab Matt zu. »Ich sollte die Probezeit abwarten.«

»Das wäre klüger«, stimmte sie zu.

Ich stieß die angehaltene Luft langsam aus. Meine Brust fühlte sich an wie ein Vakuum.

»Na gut, dann habe ich ja noch knapp sechs Monate, um dich zu überzeugen«, sagte er grinsend.

»Werden wir dann schon verlobt und schwanger sein, oder lässt du dir damit etwas mehr Zeit?«, fragte Leo trocken. Matt machte ein verdattertes Gesicht und Seth schnappte nach Luft.

Ich schnaubte. Ja, Leo konnte auch sehr schlagfertig sein.

»Ähm ...«, machte Matt.

»Ich muss es ja wissen, damit ich rechtzeitig die Pille absetzen kann«, schob sie nach.

Matts Wangen röteten sich.

›Typisch Mann‹, dachte ich finster. Trotzdem lachte ich innerlich über die dummen Gesichter der beiden. Erst große Töne spucken und dann die Retourkutsche nicht vertragen.

»Ich würde sagen, wir genießen erst mal den Abend, oder?«, meinte Leo, als Matt immer noch nach Luft schnappte und unbeholfen kicherte. »Ich nehme das Kichererbsen-Curry, was hast du dir ausgesucht?«

»Chicken Tikka«, rang er sich ab, dann grinste er. »Ich mag dich echt jeden Tag mehr, weißt du das?«

Sie lächelte schelmisch. »Du kennst bisher nur meine Schokoladenseite.«

»Ich glaube, die anderen Seiten sind mindestens genauso süß«, konterte er.

Sie sahen einander tief in die Augen, dann beugte er sich vor und nahm ihre Hand. Sie lächelte und küsste ihn auf den Mund.

›Neeeeiiiiiiin!!!!‹, schrie ich innerlich. ›Waruuuuuuum?‹

Ja, es war unvermeidlich gewesen, aber: Waruuuuum?

Ich widerstand dem Drang, Ganesha und Co durch das geschlossene Fenster zu feuern und dabei laut zu schreien.

»Oh Mann ...«, machte Seth.

Leider konnte ich ihm darin nur zustimmen.

»Jetzt haben wir einander am Hals«, sagte ich freudlos, während Matt seine Hände an Leos Wangen legte und sie näher an sich zog. Der Kellner kam, blieb stehen, grinste und lief weiter. Wenigstens einer freute sich.

Seth sah mich an. »Wenigstens warten sie mit der Weltreise noch ein halbes Jahr.«

Sollte das ein Scherz sein?

»Erst einmal müssen sie überhaupt zusammenkommen«, erinnerte ich ihn. »Ein Essen und ein Kuss bedeuten noch keine Goldene Hochzeit.«

Seth krauste die Nase. »Sagt wer?«

»Leo ist ein toller Mensch«, verteidigte ich sie überflüssigerweise.

Es konnte mir doch egal sein, was er über sie dachte. Es spielte ebenso keine Rolle, was ich über Matt dachte.

Zachariah hatte die Umstände zur Kenntnis genommen, alles, was wir jetzt noch tun konnten, war, unseren Job zu machen.

Und wenn dazu gehörte, mit unseren Schützlingen in einem Wohnmobil bis nach Neuseeland zu fahren, würden wir das tun.

»Das meinte ich auch gar nicht«, murmelte Seth,

»Klang aber so«, sagte ich und verschränkte finster die Arme vor der Brust.

»Dass du immer so zickig sein musst, ist wirklich anstrengend«, sagte er und stierte aus dem Fenster. Das war ja wohl die Höhe!

»Dito«, gab ich zurück. Er zuckte mit den Schultern und mied meinen Blick. »Ist mir doch egal«, murmelte ich und bemühte mich darum, dass es mir wirklich egal war.

Klappte nicht.

5

M

att und Leo verbrachten ein perfektes erstes Date miteinander. Sie redeten, sie lachten, hielten sich an den Händen und lernten sich besser kennen.

Ich hatte schon ein paar erste Dates mit Leo erlebt (und auch ein paar Beziehungen sowie deren Ende) und musste zugeben, dass es nie so gut gepasst hatte.

Matt war auf ihrer Wellenlänge. Das lag nicht nur an dem Job und den damit verbundenen gemeinsamen Interessen. Es lag auch an ihrer ähnlichen Lebenseinstellung und dass beide eher gelassene Typen waren.

Keiner war ein Selbstdarsteller (das hatten wir auch schon durch) und keiner von ihnen war auf den Mund gefallen (war auch schon vorgekommen).

Leo blühte in seiner Gegenwart auf, sie traute sich, über Dinge zu sprechen, die ihr sonst schwerfielen. Mit Matt fiel es ihr leicht. Er hatte diese Art, einfach urteilsfrei zuzuhören. Er gab ihr zu keiner Zeit das Gefühl, sich für etwas rechtfertigen zu müssen.

Das fand ich bemerkenswert und es gefiel mir auch. Ich mochte Matt als Mensch, er war sympathisch und offen.

Im Gegensatz zu seinem Beschützer. Seth ließ Leo nicht aus den Augen, Misstrauen verzerrte seine Züge.

»Was ist?«, fragte ich gereizt, als er nach einer Bemerkung von Leo schnaubte und den Kopf schüttelte.

»Wenn du nicht hier wärst, hätte ich ihn schon längst weggeholt«, knurrte er und krauste die Nase.

»Warum? Ist sie zu nett für dich?«, stichelte ich. »Fühlst du dich ihretwegen schlecht in deiner Haut?«

»Kein Bisschen, Ziva«, erwiderte er gepresst. »Aber so nette Frauen haben normalerweise irgendein bizarres Hobby oder ticken nicht richtig. Ausgestopfte Tiere oder was weiß ich. Das habe ich alles schon erlebt. Du erinnerst dich, warum wir hier sind, oder?«

»Tue ich. Und meine Anwesenheit bedeutet, dass sie nicht verrückt sein kann?«, erwiderte ich irritiert.

»Das hättest du mir sonst sicher gesagt«, versetzte er.

»Warum sollte ich?«, fragte ich, bei aller Irritation fand ich langsam Spaß an diesem merkwürdigen Gespräch. Seth sah so gestresst aus. »Für mich wäre das ja vollkommen normal.«

»Ist sie eine Psychopathin?«, fragte er mich direkt.

Ich starrte ihn an. Für ihn war es kein Spaß.

»Eine Psychopathin mit Schutzengel?«, fragte ich vorsichtshalber nach.

»Manchmal geschehen Fehler«, beharrte er.

»Das wird Zachariah gern hören, wenn du ihm das sagst«, schoss ich zurück. »Wenn du denn dieses Mal den Mund aufbekommst, Feigling.«

»Nenn mich nicht so!«, fauchte er mich an. »Ich bin kein Feigling.«

»Davon habe ich am Freitag nichts gemerkt, als du einfach gegen unsere Absprache gehandelt hast«, konterte ich. Meine Stimme wurde lauter. Gut, dass uns niemand hören konnte.

»Ich habe dir schon gesagt, dass es dumm gewesen wäre, zu widersprechen«, versetzte er.

»Und trotzdem hatten wir vorher besprochen, dass wir die Sache gemeinsam anbringen.« Ich schüttelte den Kopf und winkte ab. »Es ist eh Unsinn, mit dir darüber zu sprechen. Du hast keinen Sinn für Loyalität.«

»Ich bin loyal!«, erwiderte Seth gekränkt. Ich zuckte mit den Schultern.

Inzwischen hatte Matt das Essen bezahlt und brachte Leo zu ihrer Vespa. Sie küssten sich erneut und schmiegten sich eng aneinander.

»Das ist eine Beleidigung, Ziva, die ich so nicht hinnehmen kann«, machte Seth weiter.

»Ist mir egal. Ich sage nur die Wahrheit.« Ich setzte mich auf Leos Sozius. »Das hättest du dir überlegen müssen, bevor du mich hintergehst.«

Leo winkte Matt und startete den Motor der Vespa. Sie rollte vom Gehweg auf die Straße. Ich warf Seth einen letzten wütenden Blick zu. Über unseren Wortwechsel konnte er gern noch ein paar Tage nachdenken. Vielleicht kam er drauf.

Ein ohrenbetäubender Lärm dröhnte in meinem Schädel. Lichter flammten auf und plötzlich änderten wir die Richtung. Mit einem erschrockenen Aufschrei rutschte ich von der Vespa und knallte mit dem Steißbein schmerzhaft auf den Asphalt.

Ich japste und kam gerade rechtzeitig wieder hoch, um Leo aufzufangen, die mit ihrem Roller umfiel.

»Scheiße!«, fluchte ich und legte sie vorsichtig auf die Straße. Dann erst sah ich, dass sie ein Auto übersehen hatte. Der Fahrer hatte gehupt und war gerade so zum Stehen gekommen. Es fehlten nur wenige Zentimeter.

Der Fahrer fluchte wild und riss die Tür auf. »Verdammt, Mädchen, bist du bescheuert?«

Ich fühlte mich wie betäubt.

Matt kam angelaufen und half Leo hoch. »Lassen Sie meine Freundin in Ruhe!«

»Ist sie verletzt?«, wollte der Mann wissen und kam auf sie zu. Jetzt wirkte er eher ängstlich als wütend.

»Bist du okay?«, fragte Matt. Leo nickte benommen. Matt zog sie auf die Beine und hievte den Roller hoch. Langsam schob er ihn zurück auf den Gehweg und winkte das Auto vorbei. Der Fahrer stieg widerstrebend in sein Auto, dann gab er Gas.

»Das war knapp«, sagte Matt zu Leo und nahm sie in den Arm. Sie zitterte wie Espenlaub.

»Allerdings«, sagte Seth, der sich wie ein Aufseher neben mich stellte. »Das hättest du sehen müssen.«

Er hatte recht, doch mein Schock wich Wut und machte es unmöglich, etwas zu sagen. Ich konnte es einfach nicht zugeben. Und ich war rasend wütend auf mich selbst.

»Lass mich in Ruhe!«, fuhr ich Seth an und eilte zu Leo. Sie war unverletzt, aber der Schock stand ihr ins Gesicht geschrieben.

»So was darf einfach nicht passieren«, beharrte Seth. »Wenn der Autofahrer nicht gebremst hätte ...«

»Ich weiß!«, fauchte ich. »Verdammt, das weiß ich doch!« Ich drehte ihm den Rücken zu und biss mir auf die Lippe. Kurzentschlossen entfernte ich mich ein paar Meter und wurde sichtbar.

Jetzt konnte ich wenigstens eingreifen.

»Leo?«, rief ich und lief zu ihr. »Ist alles okay?«

Leo sah mich mit großen Augen an. »Gwenny ... ich ...«

»Ich hab's gesehen.« Ich nahm sie in den Arm. »Gut, dass dir nichts passiert ist.« Jetzt fiel mir auf, dass Matt noch da war. Ich sah ihn an, das erste Mal hatten wir echten Blickkontakt.

»Hallo, ich bin Leos Freundin Gwen.«

»Matt«, sagte er. »Leos ...« Er verstummte und wusste offenbar nicht, was er sagen sollte.

»Date«, sagte Leo, die sich langsam wieder fasste. »Wollte ich dir noch erzählen.«

»Freut mich«, sagte ich zu Matt und wandte mich wieder Leo zu. »Das sah gefährlich aus. Bist du wirklich in Ordnung?«

»Der Schreck war das Schlimmste«, sagte sie. »Ich hab einfach nicht aufgepasst, ich blöde Kuh.«

Nein, die blöde Kuh war eindeutig ich, aber das konnte ich ihr schließlich nicht sagen.

Ich bot ihr an, sie nach Hause zu begleiten, was sie schließlich annahm, als ich ›anbieten‹ durch ›drängen‹ ersetzte. Dann verabschiedete sie sich von Matt.

Ich startete den Motor der Vespa und wartete, bis sie sich hinter mich setzte und die Arme um meine Taille schlang. Ihre Hände zitterten leicht.

Ich steuerte den Roller sicher zu ihr nach Hause und stellte ihn ab. Als sie damals den Führerschein machte, hatte ich mich angeschlossen, ich ahnte, dass es irgendwann nützlich wurde.

»Wie gut, dass du in der Nähe warst«, sagte Leo und lächelte müde, als sie ihren Helm abnahm. Ich trug den zweiten, leichteren, den sie als Reserve im Staufach dabei hatte. Genau für solche Fälle.

Das hatte ich damals veranlasst. Bevor mir diese ganzen dummen Fehler passierten.

Ich zuckte mit den Schultern. »Manchmal bin ich zur richtigen Zeit zur Stelle.« Wobei das ›Manchmal‹ idealerweise ein ›Immer‹ sein sollte.

Ich fragte mich, ob Seth mich bei Zachariah anschwärzte, wenn er die Gelegenheit dazu bekam.

»Tut mir leid, dass du diesen Umweg machen musstest«, murmelte Leo, die langsam wieder sie selbst wurde.

»Hey, das ist selbstverständlich. Dafür ist eine Freundin doch da«, winkte ich ab und fühlte mich noch schlechter. Wenn ich meinen Job richtig gemacht hätte, bestünde das Problem gar nicht. »Ich bin gespannt, was du mir übermorgen über Matt erzählst. Er wirkte sehr nett.«

Feine Röte überzog ihr Gesicht. »Ist er auch.«

»Ich freu mich auf die Details.« Ich umarmte sie. »Leg dich hin und ruh dich aus. Ich ruf dich an, wenn ich zu Hause bin, okay?«

Leo nickte, ich sah ihr das schlechte Gewissen an. Ich benutzte eine Wohnung, die zum Himmelreich gehörte, wenn sie mich besuchen wollte (was ich meistens vermeiden konnte). Diese war ein Stück von ihr entfernt. Ich musste nachrechnen, wie lange Gwen brauchte, damit ich sie zu einer realistischen Zeit anrufen konnte. Ich glaubte zwar nicht, dass Leo nachrechnete, aber trotzdem.

Sie stand immer noch neben sich, aber ich wollte ihr die Nachtruhe gönnen. So hatte sie sich ihr erstes Date mit Matt sicher nicht vorgestellt. Auch das war meine Schuld. Der Ärger wurde immer größer.

Ihr Smartphone vibrierte. Ich konnte mir denken, dass Matt wissen wollte, ob sie gut angekommen war. Ich schickte sie zur Tür, winkte und lief los, um in der Parallelstraße wieder in die Astralebene zu wechseln.

Ich fühlte mich immer noch mies.

Und das schlimmste war, dass Seth meinen Patzer mitbekommen hatte. Ich ahnte, dass ich mir noch viel deswegen anhören musste.

Leo schlief erfreulich ruhig in dieser Nacht. Sie konnte den Schreck gut abschütteln.

Ich hingegen saß bis zum Morgen auf ihrer Fensterbank und starrte sie an, versuchte, herauszufinden, ob sie doch verletzt war.

Ich kam einfach nicht darüber hinweg. Und ich verstand nicht, wie mir das hatte passieren können. Das war das Schlimmste an der Sache und sorgte dafür, dass ich an mir selbst zweifelte.

Ich war mir immer so absolut sicher, dass ich meinen Job perfekt beherrschte. Dass ich unterfordert und überqualifiziert war.

Meine beiden Nachlässigkeiten in der letzten Woche zeugten vom Gegenteil.

Ich fühlte mich schlecht. Schuldig. Wie eine Versagerin.

Ich konnte von Glück sagen, dass Leo nichts passiert war.

Es fehlte nur ein winziges bisschen, und es wäre zur Katastrophe geworden.

Noch nie hatte mir etwas so zu schaffen gemacht. Ich fühlte mich, als hätte ich mit der Erkenntnis einen Teil von mir verloren.

Wenn ich nicht gut in meinem Job war, was blieb mir denn noch?

Es half nichts: Ich musste beweisen, dass ich es konnte.

Als wir am nächsten Morgen bei *Bellmann* ankamen, warteten Matt und Seth bereits auf uns. Ich sah meinem Kollegen sofort an, dass er noch einiges zu dem Vorfall von gestern zu sagen hatte.

Matt sprang auf Leo zu und fragte, ob es ihr gut ging.

Seth trat indes an mich heran. »Ich muss mit dir reden«, sagte er angespannt.

»Und worüber, wenn ich fragen darf?«

»Über gestern und den groben Fehler, den du gemacht hast.« Ich mied seinen Blick. Schadenfreude würde mir den Rest geben.

»Ich weiß selbst, dass ich einen Fehler gemacht habe. Das brauchst du mir nicht zu erklären«, sagte ich patzig zu seinen Schuhspitzen.

»Ich muss das melden, Ziva«, sagte er.

Mein Kopf ruckte hoch, mir stand der Mund offen, ich wusste nicht, was ich sagen sollte. Langsam schüttelte ich den Kopf. »Warum?«, presste ich heraus.

»Weil das ein schwerer Regelverstoß war«, informierte er mich.

»Und was willst du damit erreichen? Leo ist unverletzt.«

»Du hast das Leben deines Schützlings gefährdet«, sagte er halsstarrig.

»Das weiß ich«, zischte ich. »Und jetzt willst du mich bei Zachariah anschwärzen und mich abziehen lassen?«

Seth holte tief Luft, sein Mund verzog sich unwillig. »Ich will dich nicht anschwärzen.«

»Tust du dann aber«, erwiderte ich. »Und du nimmst mir damit die Chance, es gutzumachen. Dafür habe ich dann wahrscheinlich keine Möglichkeit mehr, aufzusteigen.«

»Jeder macht mal Fehler«, meinte er. »Das bedeutet nicht, dass ich deine Karriere ruiniere.«

»Das werde ich dir dann wohl in fünfzig Jahren sagen, wenn wir die Konsequenzen besser einschätzen können. Dann kannst du dir ja die Zeit nehmen, deine Taten zu reflektieren. Für mich ist es dann sicher zu spät«, sagte ich erstickt.

Wütende Tränen stiegen in meine Augen. Ich hätte ahnen müssen, dass er die erste Gelegenheit nutzte, um mich loszuwerden.

Wegen einer Situation, die glimpflich ausgegangen war! In einem Moment, in dem ich ausgerechnet Publikum hatte. Ich machte meinen Job seit fast zwanzig Jahren gut. Leo war nie etwas Schlimmes zugestoßen.

Ich verdiente es nicht, dass mir aus einem Fehler ein Strick gedreht wurde. Meine Selbstzweifel waren schlimm genug. Ich musste beweisen dürfen, dass das nicht wieder passierte. Dass ich doch gut in meinem Job war.

In Seths Gesicht arbeitete es. »Gut«, sagte er abrupt. »Ich melde es nicht. Diesmal. Aber wenn das noch mal passiert, muss ich es Zachariah sagen, Ziva.«

Ich schluckte und kämpfte mit mir. »Danke«, sagte ich rau, obwohl es nichts gab, wofür ich ihm dankbar sein müsste. Ich sah ihm an, wie er die Macht genoss, die er über mich hatte.

Dieser forschende Blick, den er mir zuwarf, genau beobachtete, wie ich reagierte. Er würde mich belauern und beim nächsten Mal seine Drohung wahr machen.

Ich hasste ihn. Das ärgerte mich fast so sehr wie die Ereignisse selbst.

Er sagte Zachariah vielleicht nichts von meinem Fehler, aber er ließ mich auch keine Sekunde aus den Augen.

Ich fühlte mich wie in einer Prüfungssituation. Mehrmals wies er mich am Donnerstag und Freitag auf Versäumnisse hin, die ich seiner Meinung nach begangen hatte. Ich ertrug es kaum noch und die Wut brodelte in mir.

Und das sollte ich mir ständig antun?

»Pass auf!«, fuhr er mich an, als Leo mit einer Teetasse durchs Büro lief und über ein Kabel stolperte. Ich zuckte zusammen und bekam einen Riesenschreck.

Leo hingegen fing sich selbst ab und lachte über ihr Ungeschick, doch ich explodierte.

»Seth, verflucht, lass das!« Ich funkelte ihn an. »Ich muss sie nicht in Watte packen und sie schafft den Weg vom Wasserkocher zum Schreibtisch allein!«

»So, wie sie den Weg vom Restaurant nach Hause allein schafft?«, provozierte er mich.

Ich schluckte die Wörter hinunter, die mir auf der Zunge lagen und die er verdient hätte.

Matt war die ganze Zeit an Leos Seite, auch war er aufgesprungen. Mein Blick blieb an ihm hängen.

Es nützte nichts, ich musste ihn loswerden. Als Kollege würde mir das kaum gelingen, aber ich musste unbedingt verhindern, dass er und Leo ein Paar wurden.

Das ertrug ich nicht.

Ich konnte meinen Job nicht richtig machen, wenn Seth in meiner Nähe war. Entweder ich wurde die beiden los oder ... Ich holte tief Luft.

Scheiße. Ich musste es zumindest versuchen.

Endlich war der Freitag geschafft und Leo machte Feierabend. Heute stand unser Treffen an, das wegen Rosalie ausgefallen war. Das war meine Chance, meinen Plan umzusetzen.

Ich hatte deswegen ein schlechtes Gewissen, aber es ging einfach nicht anders. Die beiden kannten sich kaum und sie würde schnell darüber hinwegkommen.

Es gab andere Männer, die mindestens genau so gut zu ihr passten. Matt war ersetzlich für Leo.

Ganz sicher. Ich musste es mir nur oft genug sagen.

Wir trafen uns in einem Restaurant, das Leo vorgeschlagen hatte. Ich begleitete sie auf der Astralebene hinein, vergewisserte mich, dass alles in Ordnung war und verschwand dann, um sichtbar zu werden.

Ihre Augen strahlten, als ich zur Tür hereinkam. Sie nahm mich in den Arm.

»Wie schön, dich zu sehen«, sagte sie. »Und danke noch mal, dass du mich vorgestern nach Hause gebracht hast.

Weißt du was: Ich lade dich heute zum Dank ein. Das ist das Mindeste.« Ich wollte ablehnen, doch sie ließ nicht locker, bis ich mich geschlagen gab.

»Du wolltest mir noch von Matt erzählen«, sagte ich, nachdem wir bestellt hatten. Ihre Wangen röteten sich und sie strahlte. Mein Magen fühlte sich wie ein Eisklumpen an. Ich musste durchziehen, auch wenn es mir leidtat.

»Er ist seit letzter Woche bei uns im Team«, erzählte sie. »Ich mache die Einarbeitung und dabei haben wir festgestellt, dass er auch *Matrix* mag. Er ist witzig und süß - das hast du ja bestimmt auch gesehen. Ich ...« Sie brach ab und grinste verlegen. »Ich mag ihn sehr.«

Ich gab mir einen Ruck. »Das ist schön«, sagte ich vorsichtig. »Aber natürlich auch ein bisschen riskant. Immerhin ist er dein direkter Kollege.«

Leos Lächeln wurde etwas schmaler. »Ich weiß, darüber habe ich auch schon nachgedacht«, gab sie zu.

»Und bei *Bellmann* haben die kein Problem damit?«, setzte ich noch einen obendrauf. Jetzt erlosch ihr Lächeln.

»Na ja, bisher ist ja noch nichts passiert«, sagte sie leise. »Wir hatten ja erst zwei Dates. Wenn das der Fall wird, würden wir es Sem natürlich sagen. Meinst du, er hat ein Problem damit?«

»Ich weiß es nicht, ich kenne ihn ja nur flüchtig«, sagte ich schulterzuckend und bereitete meinen Angriff vor. Dabei spürte ich ein schmerzhaftes Reißen in der Brust.

›*Reiß dich zusammen, Ziva. Das musst du durchziehen, wenn du Seth loswerden willst!*‹

»Bei mir in der Firma gab es ein Pärchen, das sich ständig gestritten hat«, begann ich also. »Die beiden haben auch zusammengearbeitet, aber wenn sie ein privates Problem hatten, flogen auch auf der Arbeit die Fetzen.«

Das war natürlich erfunden, aber langsam kam ich in Fahrt. »Irgendwann wurde es dem Vorgesetzten zu blöd und er hat die beiden in verschiedene Teams gesteckt. Wenig später haben sie sich getrennt und dann ging es richtig rund. Ständig hat einer über den anderen schlecht geredet und die Stimmung war im Keller. Niemand hat das mehr ertragen und alle Kollegen waren sauer. Mittlerweile arbeiten beide nicht mehr für uns.« Leo glaubte, ich würde bei einer Krankenkasse arbeiten.

Ihre Augen wurden immer größer und ihr Gesicht verzweifelt. »Das ist ja furchtbar.« Sie rieb sich die Wange. »Oh Mann, Gwenny, die Geschichte gefällt mir nicht.«

»Ich will dir ja nichts ausreden«, log ich. »Aber ich will dir sagen, dass es eben Risiken gibt, wenn du mit ihm zusammenkommst. Er wirkte nett, aber darum geht es ja nicht. Es kann ja auch sein, dass bei euch alles pure Harmonie ist und das Problem gar nicht auftritt. Dann bliebe immer noch die Geschichte, dass ihr so eng zusammenarbeitet. Aber vielleicht kann Sem ja dafür sorgen, dass du mit einem der anderen Kollegen das Projekt machen kannst. Oder du gibst es ab.«

»Das möchte ich aber nicht«, sagte sie stirnrunzelnd. »Ich habe Sem schon lange um ein Sonderprojekt gebeten. Und das System, an dem wir arbeiten, ist super. So können wir die Fördergelder noch bedarfsgerechter an die Projekte und Stiftungen verteilen. Der Algorithmus ist wichtig für die ganze Firma.« Sie zögerte. »Und ich möchte das unbedingt machen, Gwenny.«

Ich zuckte mit den Schultern. »Ich weiß nicht, was ich dir raten soll, Leo.«

»Ich wünschte, du hättest mir die Geschichte von deinen Kollegen nicht erzählt«, stöhnte sie. »Jetzt habe ich ein dummes Gefühl bei der Sache.«

»Das tut mir leid«, sagte ich und das tat es tatsächlich. Ich sah ihr an, dass es sie jetzt schon quälte. Ihre Gedanken ratterten durch ihren Kopf und sie bekam Angst.

Vor allem, das wusste ich genau, davor, einen Fehler zu machen und ihr Projekt zu verlieren. Ich wusste selbst, wie lange sie darauf hingearbeitet hatte. Wie wichtig es ihr war. Doch sie empfand schon jetzt viel für Matt und sie wollte gern sehen, wohin es mit ihnen beiden führte.

Ich machte ihr das gerade kaputt.

Mein schlechtes Gewissen wuchs. Ich hatte mich weit aus dem Fenster gelehnt und griff aktiv in ihr Leben ein - das durften Schutzengel nur in Ausnahmefällen tun. Ich dehnte die Regeln des Kodex' zu meinen Gunsten sehr weit und redete mir ein, dass ich sie so vor Unheil bewahrte.

Aber wem machte ich etwas vor: Ich handelte in meinem eigenen Interesse, nicht in ihrem.

Deswegen fühlte ich mich noch mieser.

»Ich muss darüber nachdenken«, sagte Leo traurig.

Ich legte ihr die Hand auf den Arm. »Tu das. Ich bin mir sicher, dass du dich richtig entscheidest.«

Und mein schlechtes Gewissen wurde noch schlimmer.

Am nächsten Morgen rief Matt bei Leo an und fragte sie, ob sie am Nachmittag Zeit hatte.

Leo zögerte und ich sah ihre Angst, als sie darüber nachdachte, was sie antworten sollte. Mit dem Smartphone in der Hand stand sie in ihrem Wohnzimmer und starrte ins Leere. Dabei fluchte sie leise vor sich hin.

Ich sah ihr über die Schulter.

Sie schrieb mir, was sie machen sollte, löschte die Nachricht aber wieder. Sie kannte meine Antwort bereits. Dann schrieb sie Rosalie, doch auch diese Nachricht löschte sie. Frustriert lief sie durchs Zimmer, ich sah ihr an, wie unglücklich sie mit der Situation war.

Das tat mir leid. Mittlerweile hatte sich mein Gemüt wieder etwas abgekühlt und mein schlechtes Gewissen war weiter gewachsen.

Trotzdem versetzte es mir einen Stich, als sie den Chat mit Matt öffnete und ihm antwortete, dass sie Zeit hatte.

»Oh Mann«, murmelte sie. »Hoffentlich geht das nicht schief.« Ich starrte resigniert in ihr Gesicht. Für mich war schon alles schiefgegangen.

Leo und Matt trafen sich im Stadtpark und gingen spazieren. Matt hatte für sie beide Proviant dabei und ich beobachtete, wie sie sich im Gras niederließen und er zwei Bierflaschen öffnete. Ein Alsterwasser war eindeutig mehr nach Leos Geschmack als aufwendige Cocktails. Das hatte auch Matt verstanden.

Seth und ich hielten Abstand voneinander.

Da wir draußen waren, funktionierte das gut, doch irgendwann wurde es in der Aprilsonne zu kühl und Leo fragte Matt, ob er mit zu ihr kommen wollte.

»Wir könnten etwas zu essen bestellen und dein einundzwanzigstes Mal *Matrix* sehen«, meinte sie. Matts Augen leuchteten und er nickte eifrig. Dann zog er sie an sich und küsste sie.

Mein Magen rebellierte. Wollten sie etwa Sex haben?

»Bitte nicht«, murmelte ich. »Bitte, bitte nicht ...«

Ich warf einen schnellen Blick zu Seth hinüber, dem anscheinend der gleiche Gedanke gekommen war. Auch auf seinem Gesicht machte sich Resignation breit.

»Wie viele Zimmer hat ihre Wohnung?«, fragte er.

»Zwei«, gab ich zurück.

Er atmete auf. »Dann können wir wenigstens im Nebenraum warten. Matts Wohnung hat nur ein Zimmer.«

»Klingt, als hättest du deine Erfahrungen gemacht«, stichelte ich.

»Du nicht? Wie eine keusche Jungfrau wirkt sie bei aller Langeweile nicht«, schoss er zurück.

Ich biss mir auf die Lippe. »Das geht dich überhaupt nichts an«, zischte ich. »Und auch für Matts Wohnung werden wir eine Lösung finden, klar? Ich lasse nicht zu, dass du Leo so nahekommst.«

»Sehr gerne«, fuhr er mich an. »Denn eins kann ich dir sagen: Die graue Maus interessiert mich kein Bisschen. Matt hatte schon wesentlich hübschere Freundinnen und selbst die habe ich mir nicht angeschaut, wenn es sich vermeiden ließ. Ich mache meinen Job professionell, Ziva. Ich erkläre dir während des Films gern, wie das geht, damit du nicht in Versuchung kommst, dir Matt genauer anzuschauen«, schob er süffisant grinsend nach.

»Matt findet Leo offenbar sehr hübsch, also ist dein Geschmack so irrelevant wie meiner«, presste ich zwischen zusammengebissenen Zähnen hervor. »Und deine Professionalität in allen Ehren, besondere Leistungen konnte ich bei dir noch nicht feststellen. Für mich sieht alles nach Lehrbuch aus. Nach dem *alten* Lehrbuch«, fügte ich hinzu. »Kreativität war ja noch nie deine Stärke. Ich hoffe, du kommst nie in eine Situation, in der du sie bräuchtest.«

Seine Augen verengten sich, doch er schwieg. Grimmiger Triumph breitete sich in mir aus. Ich hatte es wieder geschafft. Nicht unbeschadet, aber zum zweiten Mal war ich die Siegerin unseres Streits.

Schnell ging ich wieder auf Abstand, bevor ihm doch noch eine Gemeinheit einfiel, und schloss zu Leo und Matt auf, die ihre Räder holten. Ich setzte mich wieder auf ihren Gepäckträger und drehte Seth nachdrücklich den Rücken zu. Er musste laufen, Matts Rennrad bot ihm keine Mitfahrgelegenheit.

Bis zu Leo war es nicht weit und sie legten den Weg schnell zurück.

Ich behielt den Verkehr im Auge und griff einmal ein, als ein Auto mit hoher Geschwindigkeit auf die rote Ampel zugerast kam. Der Idiot bremste rechtzeitig, aber ich wollte trotzdem kein Risiko eingehen. Wenn Leo mit dem Roller fuhr, war mir das deutlich lieber. Die meisten Autos fuhren vorsichtiger als bei Radfahrern, wenn sie eine Vespa sahen.

Schon erreichten wir ihre Wohnstraße und meine Laune wurde immer schlechter. So viel zum Thema, ihn nicht mehr zu treffen, um keinen Stress zu bekommen. Ihn zu sich einzuladen war definitiv nicht das, was ich dabei im Sinn hatte.

Ich klammerte mich an die Hoffnung, dass sie wirklich nur diesen dämlichen Film ansehen und maximal rumknutschen würden.

Ich rollte mit den Augen.

Vor zehn Jahren wäre das schon unrealistisch gewesen, aber heute ... ich wusste, dass sie in Matt verliebt war. Er gab wirklich alles, um ihr zu gefallen.

Außerdem waren sie keine Kinder mehr und Leos letzte Beziehung lag schon länger zurück. Wenn sie Lust auf Sex hatte, war das nur verständlich. Ich wollte es trotzdem nicht erleben.

Leo zeigte Matt ihre Wohnung.

Er bewunderte ihren PC, den sie selbst zusammengestellt hatte, auf dem großen Schreibtisch im Wohnzimmer, der mehr Raum einnahm als der Esstisch. Was das anging, war Leo praktisch veranlagt. Sie saß öfter an dem Schreibtisch, als dass sie Gäste bewirtete.

Matt ging weiter bis zu ihrem Heiligtum.

»Du hast noch Blu-Rays?«, fragte er augenzwinkernd und zeigte auf das Regal neben dem Fernseher.

Leo zuckte mit den Schultern. »Ich habe Sondereditionen von meinen Lieblingsfilmen«, sagte sie. »Die SEDs werden in der Regel auf den Streamingportalen nicht zur Verfügung gestellt, sondern nur die Kinoversionen.« Matt nickte beifällig. »Außerdem«, fuhr sie fort. »Stelle ich das Merchandise gerne zu den passenden Discs.« Matt grinste und betrachtete die kleinen Figürchen, die Leo von ihren Lieblingscharakteren ausgestellt hatte: Trinity aus *Matrix*, Chewbacca aus *Star Wars*, Legolas aus *Herr der Ringe*, Daenerys aus *Game of Thrones*.

Ich kannte sie alle.

»Die ist echt cool«, sagte Matt und tippte auf Daenerys, die einen kleinen Drachen ritt. »Ich habe die Serie gesuchtet wie keine andere.«

»Sie ist großartig«, antwortete Leo.

Bei dem folgenden Fachgespräch über die verschiedenen Staffeln der Serie klinkte ich mich aus.

Ich hatte nicht viel für Fernsehen übrig. Schon gar nicht für Geschichten mit Drachen, die auch noch im Mittelalter spielten und bei denen ständig jemand starb - das war zu viel für einen Schutzengel. Ich entwarf während des Zuschauens unablässig Szenarien, wie die Leute zu schützen wären, und wurde darüber fast wahnsinnig. Deswegen mied ich es als Gwen, mit Leo fernzusehen. Den Stress konnte ich vor ihr nicht verbergen.

Ich sah hinüber zu Seth, der gelangweilt auf einem der Esstischstühle saß.

»Auch das noch«, murmelte er, als sie sich besonders intensiv über die ›Rote Hochzeit‹ unterhielten. Er stand offenbar auch nicht auf epische und blutige Fantasy.

»Ist doch schön, dass sie die gleichen Interessen haben«, meinte ich. Seine blonde Augenbraue hob sich und er nickte in Richtung der beiden, denen ich den Rücken zugewandt hatte.

Ich drehte mich um. Leo schlang gerade die Arme um Matts Nacken und sie küssten sich.

»Steht sie auf Verkleidungen?«, fragte Seth trocken.

»Matt findet das gut. Wenn sie ein paar Elfenohren da hat, geht's hier gleich richtig ab.«

Oh nein, bitte nicht!

»Raus auf den Balkon!«, befahl ich und ging voran. Die Tür war nur einen Spalt auf, doch die beiden waren so dabei, dass sie die Bewegung nicht mitbekamen. »Das ist gar nicht lustig!«

»War auch nicht lustig gemeint«, gab er zurück. »Ich kenne ihn ein paar Jahre, erinnerst du dich? Außerdem bin ich einer seiner besten Freunde. Wir haben schon einiges zusammen erlebt.«

Ich starrte Seth an und stellte mir seinen eckigen Kopf mit spitzen Ohren vor. Das war einfach absurd.

»So viel zu deiner Professionalität«, meine ich kopfschüttelnd. Drinnen im Wohnzimmer polterte es und ich hörte Leo kichern. Ich stellte mich mit finsterer Miene vor die Glastür und versuchte, die Geräusche aus dem Inneren zu ignorieren.

Sie machten ernst. Auf Leos Couch, nachmittags um fünf. Und ich saß hier mit Seth auf ihrem Balkon fest.

Meine Pechsträhne riss einfach nicht ab.

»Matts Wohnung hat übrigens nur einen sehr kleinen Balkon, von dem aus man das ganze Zimmer sehen kann«, informierte Seth mich freundlich. »Wir könnten ins Bad gehen, aber das hilft nur eine gewisse Zeit. Seine Dusche ist recht geräumig und ...«

»Danke für die Info«, unterbrach ich ihn wütend.

Seth zuckte grinsend mit den Schultern, anscheinend bekam er langsam Spaß an der Sache.

Schön für ihn.

Ich starrte angestrengt auf die Straße und beobachtete die vorbeifahrenden Autos, dabei versuchte ich krampfhaft, die beiden Schützlinge zu ignorieren. Wenigstens sie hatten Spaß.

»Das bedeutet dann wohl, dass wir öfter die Nächte zusammen verbringen«, meinte Seth mit schwer zu deutendem Tonfall.

Ich zog die Braue hoch. »So?«

»Matt ist verrückt nach ihr«, eröffnete er mir. »Ich habe mich gestern Abend mit ihm *getroffen* und musste mir zwei Stunden lang anhören, wie toll sie ist. Wenn sie ihn nicht absägt, ist das von Matts Seite aus geritzt.«

»Das wird sie nicht tun«, erwiderte ich gepresst. »Ihr geht es genauso und sie würde ihn nie abblitzen lassen.« ›Nicht mal, wenn ich es ihr wärmstens ans Herz lege‹, dachte ich verbittert.

Seth seufzte. »Schön für die beiden, nicht wahr?«

»Ja.« Die Geräusche im Inneren wurden lauter und ich zog vorsichtig die Tür zu. Das dämpfte die Stimmen wenigstens ein bisschen.

Leo verdiente es, jemanden zu haben, der sie toll fand. Menschen waren nicht dafür gemacht, allein zu sein. Ich hatte immer damit gerechnet, dass sie eines Tages den richtigen Partner fand, und ich wollte es ihr gönnen.

Doch diese Situation mit Seth ...

Ich wusste nicht, wie ich damit dauerhaft umgehen sollte.

Ich wusste nicht, wie ich das nervlich durchstehen konnte.

»Wir müssen miteinander auskommen«, sagte ich.

Seine Mundwinkel zogen sich herab, doch er nickte. »Ich weiß.«

»Mir gefällt das so wenig wie dir«, sprach ich weiter. »Aber ich habe auch keine Lust, mich ständig von dir maßregeln zu lassen. Entweder wir arbeiten zusammen, oder wir lassen einander in Ruhe.«

Wieder nickte er, sein Augenlid zuckte. »Gut.«

»Gut.« Ich sah wieder nach unten auf die Straße.

Vielleicht kamen wir so zum Ziel.

Drinnen stieß Leo einen Schrei aus, also hatten wir das wohl parallel erledigt.

6

Seth und ich mussten lange auf dem Balkon bleiben. Zwischenzeitlich hangelte ich mich hinunter zur Straße und machte einen kurzen Spaziergang, dann löste ich ihn ab, damit er sich auch die Beine vertreten konnte. Die Pause von seiner Gegenwart war eine Wohltat. Trotz der sehr aktiven Menschen im Wohnzimmer.

Seth kam zurück und schwang sich auf den Balkon.

»Immer noch?«, fragte er mit Blick auf das Wohnungsinnere. Ich zuckte mit den Schultern. »Wie die Teenager«, knurrte er. Dem hatte ich nichts hinzuzufügen.

Zwischendurch ließen sie sich etwas zu essen liefern, aber offenbar waren beide gerade auf den Geschmack gekommen.

»Dann gehe ich noch eine Runde«, sagte er. »Schaffst du das allein?«

»Ich gehe davon aus.« Ich setzte mich auf das Geländer und beobachtete ihn dabei, wie er nach unten kletterte. Durch die Jalousien flimmerte der Fernseher, doch ich glaubte nicht, dass sie viel vom Film mitbekamen.

Ich starrte in den Himmel und seufzte.

Solche Abende gehörten zu meinem Job dazu, doch gerade jetzt war ich wieder unzufrieden. Und zum ersten Mal seit langem fragte ich mich, was die Alternative wäre.

Ein Job im Innendienst, bei dem sogar eine Beziehung möglich wäre?

Schutzengel war eine der wenigen Aufgaben, bei denen Engel immer im Dienst waren, alle anderen hatten etwas mehr Zeit. Nicht viel, aber sie konnten sich selbst einteilen, wann sie etwas machen wollten.

Seth lief unten am Haus vorbei, ohne aufzusehen. Anscheinend wollte er noch eine weitere Runde drehen. Das war mir recht.

Ich strich mein dunkles Haar zurück und seufzte erneut. Es hatte doch keinen Sinn, sich den Kopf zu zerbrechen. Meine Aufgabe dauerte so lange wie Leos Leben.

Ich hatte nicht vor, zu versagen, also konnte ich noch mit mindestens fünfzig Jahren rechnen. Wenn ich meinen Job richtig machte. Das hatte ich vor.

Fünfzig Jahre waren keine lange Zeit für einen unsterblichen Engel.

Aber eine unendlich lange Zeit für einen unzufriedenen Engel.

Endlich beschlossen Leo und Matt, das Zimmer zu wechseln, und zogen sich ins Schlafzimmer zurück. Jetzt hatten Seth und ich etwas mehr Platz, um einander auszuweichen.

Er inspizierte Leos Sachen kritisch, während ich einfach froh war, als nebenan endlich Stille einkehrte.

Ich hatte ja schon einiges erlebt, aber der heutige Abend setzte allem die Krone auf. Ich befürchtete zwischendurch, sie hörten nie mehr auf.

Ich hoffte nur, dass sie sich das nicht zur Gewohnheit machten.

»Sie ist ein ziemlicher Nerd, oder?«, fragte Seth und betrachtete ihre Buchsammlung. Anscheinend mochte er neben den Filmen auch keine Fantasy-Romane.

»Das hat sie wohl mit Matt gemein«, gab ich zurück.

Seth krauste die Nase und setzte seine Erkundungstour fort. Ich hasste es, wie kritisch er alles inspizierte und wie spöttisch sich sein Mundwinkel dabei verzog. Er hatte kein Recht, über sie zu urteilen. Es ärgerte mich, weil er den Eindruck vermittelte, Leo sei jemand, der Gnade in seinen Augen finden musste, um gut genug für Matt zu sein.

Leo musste Seth nichts beweisen und dies waren ihre privaten Sachen.

»Du kannst auch in den Kontrollraum gehen«, bot ich an, um ihn endlich loszuwerden. »Ich glaube nicht, dass hier etwas passiert. Das schaffe ich auch allein.«

»Kontrollraum«, schnaubte er. »Da war ich noch nie.«

Warum nur überraschte mich das nicht?

»Du etwa?«, fragte er mit hochgezogener Augenbraue.

»Allerdings«, sagte ich aalglatt. Das war nichts, was ich mir vorwerfen musste. »Genau wie die meisten anderen, sogar Rahel. Ist eine gute Gelegenheit, um sich auszutauschen.«

»Rahel ...«, wiederholte er bedächtig. »Sie schützt die Bürgermeisterin, oder?« Ich nickte. »Gut, dann ist das wohl ganz sinnvoll ...«

Ich rollte mit den Augen und drehte ihm den Rücken zu. Was für ein Idiot. Ohne dieses Beispiel hätte ich mir wieder etwas anhören können.

Ich wischte ein paar verstreute Klamotten von der Couch und setzte mich, dabei aktivierte ich mein Auge und projizierte es auf den Fernseher.

Seth stellte sich neben mich und verschränkte die Arme vor der Brust. »Was ist das?«

Irritiert sah ich ihn an. »Mein Auge, was sonst?«

Er schüttelte den Kopf, sein kantiger Kiefer verkrampfte sich. »Kenne ich nicht.«

»Seth ...«, ich zuckte mit den Schultern und wusste nicht, wie ich das finden sollte. »Aber wie ... Bist du Matt seit Übernahme nicht von der Seite gewichen? Standst du jede Nacht, bei jedem Klogang neben ihm?« Fassungslos sah ich ihn nicken. »Aber warum?«

»Das ist der Job«, sagte er halsstarrig. »Nicht jeder macht das so lax wie du.«

»Das hat damit doch nichts zu tun.« Ich rieb mir die Schläfen. »Das Auge und der Kontrollraum existieren doch rein aus diesem Grund, herrje. Ich könnte doch trotzdem innerhalb von Sekunden bei ihr sein.«

»Sekunden, die zu lang sein könnten«, versetzte er.

Ich zuckte mit den Schultern. »Es ist sehr unwahrscheinlich, dass auf Leo geschossen wird, während sie schläft. Davon geht nicht mal Rahel aus und die Bürgermeisterin *ist* bereits bewaffnet angegriffen worden.« Schaudernd erinnerte ich mich an ihre Schilderung des Messerangriffs.

Das wollte ich nicht erleben, ging mir auf. Dafür war ich noch nicht erfahren genug.

Eine Erkenntnis, die mich irgendwie erleichterte. Genau wie die Einsicht, dass Seth bei Weitem nicht so perfekt war, wie er immer vorgab. Ich hätte es ihm zu gern unter die Nase gerieben, doch ich ließ es und genoss diesen kleinen Triumph still.

Die Nacht war noch lang und ich hatte keine Lust auf ewige Diskussionen.

Seth setzte seinen Rundgang fort und wir verfielen in langes Schweigen.

Ich starrte auf den Fernseher. Leo und Matt schliefen eng aneinander gekuschelt unter ihrer Bettdecke.

Sie lächelte im Schlaf.

Mein Schützling war glücklich.

Wenigstens eine.

»Kaffee oder Tee?«, fragte Leo am nächsten Morgen. Ihr sonst blasses Gesicht strahlte und ihre Augen glänzten. Ich fühlte mich schlecht, weil ich mich nicht für sie freute, obwohl es ihr so gut ging.

Matt tat ihr gut, daran bestand kein Zweifel, doch ich konnte nicht über meinen Schatten springen.

»Gerne Kaffee«, sagte Matt und rieb sich den Schlaf aus den Augen. Ich sah Leo an, dass sie ihn sogar jetzt, mit verstrubbelten Haaren und vor dem Zähneputzen, süß fand, und hatte kurz Angst, dass sie wieder übereinander herfielen.

Momentan hatte ich das Gefühl, bei ihr mit allem rechnen zu müssen. So kannte ich meinen sonst so zurückhaltenden Schützling gar nicht.

Sie blühte bei Matt förmlich auf und wirkte völlig gelöst. Das war toll. Genau das, was ich mir für sie wünschte, aber ... Warum ausgerechnet bei ihm?

Die beiden machten sich fertig und gingen in die Küche. Leo setzte Kaffee auf und kochte sich selbst einen Tee. Dann tischte sie Matt ein Frühstück auf, bei dem er verzweifelt lächelte.

»Ich hatte vergessen, dass ich bei dir auf Salami verzichten muss«, meinte er.

»Ich habe vegane Salami da«, erwiderte sie und wedelte mit der Packung.

Er schauderte. »Käse tut es auch, danke.«

»Die Alternative ist gar nicht schlecht«, sagte sie. »Probier doch mal.« Matt verzog den Mund. Leos Vegetarismus war ihr sehr wichtig, sie aß kein Fleisch mehr, seit sie vierzehn war. Sie brachte es einfach nicht mehr über sich. Teilweise kochte sie sogar vegan.

Matt hingegen mit seinem Cheeseburger-Wettessen wirkte nicht, als sei es ihm ein Anliegen.

Ich merkte auf.

War das vielleicht ein Knackpunkt, an dem sie nicht weiterkamen?

Ich wusste, dass Leo seinetwegen nicht anfangen würde, Steaks zu braten. Und wenn ich mir Matt so ansah, würde er kaum auf seine Hackportionen verzichten.

Ich sah schnell zu Seth hinüber, der ebenfalls aufmerksam geworden war.

Vielleicht ... ganz vielleicht hatten wir noch eine Chance, einander loszuwerden.

»Na dann, gib her«, sagte Matt und streckte den Arm aus. Leo reichte ihm schweigend die Packung und sah zu, wie er sich zwei Scheiben auf seinen Toast legte, abbiss und kaute.

Sein Lächeln war gequält. »An diesen Geschmack werde ich mich gewöhnen, wenn wir ...« Er brach ab. »Das wollte ich dich fragen.« Er legte das Brot beiseite. »Ich weiß, das geht jetzt schnell und wir kennen uns noch nicht so lange, aber ich mag dich sehr. Und mit ›sehr‹ meine ich sehr, sehr, sehr. Um ehrlich zu sein, bin ich ziemlich verknallt in dich und möchte gern öfter mit dir frühstücken. Was sagst du?«

Leo starrte ihn an. »Zum... Frühstück?«, fragte sie kleinlaut. Ihre Überforderung war offensichtlich.

Matt schüttelte den Kopf und lachte. »Ich habe ja mit jeder Antwort gerechnet, aber nicht, dass du nach dem Frühstück fragst.«

»Oh Gott, es tut mir leid«, sagte sie errötend. »Du hast mich eiskalt erwischt.«

»Ist das ein Nein? Sowohl zum Frühstück, als auch zu mir?«, fragte er vorsichtig nach.

Neben mir holte Seth tief Luft, doch ich kannte Leo zu gut. Ich wusste, was kam.

»Ganz im Gegenteil«, antwortete sie lächelnd und der Glanz in ihren Augen verstärkte sich. »Mir geht's ja genauso wie dir.« Sie stand auf und küsste ihn. Matt schlang die Arme um ihre Taille und zog sie auf seinen Schoß. Der Teller mit dem veganen Salamitoast rutschte gefährlich nah an die Tischkante.

Ich seufzte leise, aber laut genug, dass Seth es hörte.

»Jetzt haben wir den Salat«, meinte er.

Ich nickte.

Sah ganz so aus.

Die nächste Woche verbrachten Seth und ich damit, einen Plan zu entwickeln, wie wir unseren Job machen konnten, ohne uns ständig zu streiten.

Es lief darauf hinaus, dass wir uns mieden, indem nachts einer in den Kontrollraum ging und der andere in der Wohnung blieb.

Ich hatte das Gefühl, dass Seth mit dieser Lösung nicht ganz einverstanden war. Er betonte mehrmals, dass wir jederzeit bereit sein mussten, unsere Schützlinge zu retten. Ich hatte aber keine Lust, ständig in seiner Nähe und damit in Hörweite zu sein.

Außerdem war ich froh, wenn ich mal Pause von dem Pärchen machen konnte. Leo und Matt waren in der Tat wie verliebte Teenager und stellten uns auf eine harte Probe.

Ich verstand ja, dass sie Lust auf Sex hatten, aber in dem Maße? Jeden Tag? Mehrmals?

Zumal es sich nicht immer vermeiden ließ, etwas mitzubekommen, vor allem nicht in Matts Ein-Zimmer-Wohnung.

Normalerweise konnte ich das gut ausblenden, aber ich hatte jetzt schon jeden Zentimeter von Matts Körper gesehen.

Jeden.

Es ließ sich nicht immer vermeiden, im gleichen Raum zu sein, also lief er mir morgens zwischen Bad und Schlafzimmer nackt über den Weg.

Ich konnte nicht schnell genug wegschauen und immerhin bin ich neben einem Engel auch eine Frau. Das Problem war, dass mein Gehirn mir jetzt noch lebhaftere Bilder von den Geschehnissen im Nebenraum zuspielen konnte, wo ich alles von ihm kannte. Aber auch damit kam ich irgendwie zurecht.

Mehr störte mich, dass es Seth bei Leo umgekehrt genauso ging. Es fühlte sich an, als griffe er in ihre und damit auch in meine Privatsphäre ein, obwohl das natürlich Unsinn war.

Trotzdem gefiel es mir überhaupt nicht, dass er ihre Brüste fast so gut kannte wie sein Schützling. Nur ohne Anfassen. Das fiele ihm sicher auch nicht ein, aber wenn, würde ich ihn umbringen. Sprichwörtlich.

Und trotzdem hatte ich manchmal das Bedürfnis, mich gründlich zu waschen, um die ganzen Gedanken und Eindrücke loszuwerden.

Vielleicht könnte ich so etwas von den schlechten Gefühlen wegspülen.

Doch für Engel reichte die Überquerung der Dimensionsgrenze, um sich frisch zu fühlen. Ersatzkleidung entfiel damit meistens, es sei denn, wir gerieten tatsächlich in eine Situation, in der wir uns schmutzig machten, wie Rahel bei der Messerattacke. In solchen Fällen, vor allem, wenn wir verletzt wurden, bekamen wir eine Regenerationspause und wurden vertreten.

Von wem wusste ich nicht genau, aber es gab wohl eine Notfall-Truppe für diese Ausnahmesituationen. Hatte Rahel nicht etwas von einer Task Force gesagt?

Ich vermied es, Zachariah darauf anzusprechen. Wir sollten uns ebenfalls so wenig wie möglich sehen. Ich hatte das Gefühl, dass ich schon jetzt nicht unbedingt zu seinen Lieblingen zählte. Ich sollte es mir nicht noch schwerer machen. Wenn ich Rahel das nächste Mal sah, konnte ich sie fragen.

Im Büro hielten sich die beiden Turteltauben zurück und hängten ihre Beziehung nicht an die große Glocke. Sie informierten Sem dennoch darüber, der die Neuigkeit sichtlich mit gemischten Gefühlen aufnahm. Ich verstand ihn, er hatte die gleichen Befürchtungen, wie ich sie damals in Leo säen wollte.

»Muss ich mir Sorgen wegen des Projekts machen?«, fragte er. Beide versicherten, dass das nicht der Fall sei, und er ließ es gut sein. Solange die Ergebnisse stimmten, war der Analytiker zufrieden.

Nicht ganz so gut kam die Neuigkeit bei Ludi an. Er hatte sich gerade ein wenig von seinem verletzten Ego erholt, als dieser Tiefschlag ihn traf. Seitdem sagte er fast gar nichts mehr und verschlechterte so die Stimmung.

Leo bemühte sich um ihn, doch erst als Matt ihn beiseite nahm und ein ›Männergespräch‹ mit ihm führte, wurde es wieder besser. Ich hatte keine Ahnung, was Matt ihm erzählte, aber es funktionierte.

»Matt ist eben sehr gut im Umgang mit Menschen«, sagte Seth wichtig. »Deswegen wird er sicher demnächst auch eine leitende Position übernehmen.«

Ich fragte mich, wo das sein sollte, denn neben Sem brauchte es keinen zweiten Teamleiter hier bei *Bellmann*.

Da müsste Matt schon den Job wechseln, aber danach sah es nicht aus.

Leider. Das hätte die Sache erträglicher gemacht.

Stattdessen kamen die beiden in ihrem Projekt gut voran. Ihr Austausch funktionierte so, wie Sem es sich überlegt hatte, und ihre Fortschritte waren planmäßig. Von dieser Seite aus waren also keine Probleme zu erwarten.

Am Montagmorgen fiel Ludi krankheitsbedingt aus und Sem bat Leo, seinen Dienst im Ticketsystem zu übernehmen. Leo sagte sofort zu, obwohl sie Supportaufgaben langweilig fand. Meist ging es um ausgefallene Drucker oder um andere Kleinigkeiten, die sie nicht herausforderten. Aber es gehörte einfach zum Job und jeder war mal dran. Heute also Leo.

Als ein Ticket aus der Buchhaltung eintraf, konnte sie sich ein Seufzen nicht verkneifen.

»Ausgerechnet Martina«, murmelte sie und griff zum Hörer, um die Kollegin anzurufen. »Leonore Fallendorf aus der IT, hallo Martina.«

Martina hatte die Buchhaltung unter sich und war nicht besonders kommunikativ. Oder empathisch. Außerdem war sie Leo gegenüber einmal sehr unfreundlich, was ich ihr nachtrug. Leo bemühte sich immer um schnelle Hilfe, sie anzuschnauzen, nur weil sie sich rückversichern musste, war einfach unfair. Es gab einen Grund, warum ich noch nie jemanden etwas Nettes über sie sagen hörte, außer es ging um ihre Kompetenz. Zwischenmenschlich war sie leider nicht halb so gut ausgestattet.

Ich fragte mich, ob es bei ihr auch um ein Druckerproblem ging, und kam näher heran.

Leo hörte angestrengt zu und legte dabei den Kopf schief. Ihr Haar trug sie heute zu einem Knoten gebunden, der nun bedenklich in Schieflage geriet.

»Also ... das ist ein Problem, mit dem ich es noch nicht zu tun hatte«, sagte sie langsam. Verdammt, also schon wieder ein Martina-Spezial. »Was sagt denn der Support des Buchhaltungsprogramms dazu?« Ich hörte Martinas patzigen Tonfall durch den Hörer, ohne ihre Worte zu verstehen. »Das kann ja sein, aber ich kümmere mich nur um die Probleme inhouse und das ist ein externes Programm ... ja, ist gut, ich komme zu dir und sehe es mir an.«

Sie rollte mit den Augen und nahm das Headset ab. Martina hatte offenbar schon aufgelegt.

»Alles okay?«, fragte Pay.

»Martina«, antwortete sie leise.

Er stieß zischend Luft aus. »Da möchte ich nicht mit dir tauschen, Schätzelein.«

»Danke, das habe ich mir schon gedacht«, murmelte sie und schnappte sich ihr Tablet. Ich folgte ihr den Flur hinunter und bis zum Büro der Buchhaltung.

Die drei Mitarbeiterinnen in Martinas Team winkten, als Leo eintrat, doch sie musste weiter in den Raum, der in der Firma auch »die Höhle der Löwin« genannt wurde.

Martina sah Leo ungeduldig an, als sie eintrat. Sie war um die vierzig und hatte ein strenges Gesicht, pechschwarze Haare, die sie zu einem akkuraten Dutt trug, und einen dünnen Mund. Ich hatte sie noch nie lächeln sehen, aber ich hatte auch das Gefühl, dass ein paar kosmetische Eingriffe sie daran hinderten.

Neben ihrer chronisch schlechten Laune, versteht sich.

»Okay, wo ist denn genau das Problem?«, fragte Leo und trat neben Martina. Die Buchhalterin blieb sitzen und zeigte anklagend auf ihren Bildschirm.

»Ich habe hier einen Vorgang, der immer schiefgeht«, sagte sie. »Hier: Diese Zahlung ist bei uns eingegangen. Ich buche sie auf das entsprechende Konto und versehe sie mit den passenden Bemerkungen, damit eine Spendenquittung ausgestellt werden kann, aber das System bricht jedes Mal ab. Und, was noch merkwürdiger ist: Jedes Mal verändert sich der Verwendungszweck, wenn das passiert.« Sie zog die Augenbrauen hoch und sah Leo auffordernd an. »Könntest du das *bitte* beheben?« Das ›Bitte‹ war ein klares ›Sofort‹.

Leos Stirn runzelte sich. »Aber das ist wirklich ein Fall für den Support des Programms«, sagte sie behutsam. »Anscheinend haben die einen Bug.«

Martina riss die Augen auf und starrte sie an. »Und wofür bist du dann da?«, zischte sie.

»Für den Fall, dass mit deinem PC oder unseren internen Systemen etwas nicht stimmt. Aber danach sieht es ja nicht aus«, sagte Leo und schaffte es meisterlich, nicht beleidigt auszusehen, obwohl ich wusste, dass solche Worte sie verletzten. »Und ich arbeite an der Plattform, auf der du buchst.«

»Also kennst du dich doch mit Buchungen aus«, schlussfolgerte Martina und machte endlich ihren Stuhl frei. »Sieh es dir doch wenigstens einmal an.« Sie schüttelte verdrossen den Kopf. »Ich kann so nicht arbeiten.«

Leo setzte sich zögerlich und sah sich den Vorgang an, den Martina ihr zeigte. Sie führte den Vorgang noch einmal durch und zischte, als das Programm einen Fehler meldete.

Ich blieb bei Leo, auch wenn keine Gefahr bestand. Martina war zwar schlecht gelaunt, aber keine Angreiferin. Es war unwahrscheinlich bis ausgeschlossen, dass sie sie mit ihrem Brieföffner attackierte. Ich behielt das Teil trotzdem vorsorglich im Auge.

Leo runzelte die Stirn. »Das ist wirklich merkwürdig«, gab sie zu. »Es scheint, als hätte das Buchungsprogramm einen Bug, eventuell bei den Interfaces, aber der könnte auch im Backend liegen. Ein weiterer Schwachpunkt könnte die Schnittstelle zwischen den beiden Programmen sein, oder es gibt einen Bug, der ...« Sie brach ab, als sie Martinas Gesicht sah. Die ohnehin wenig bewegliche Maske war vollends erstarrt.

»Sehe ich aus, als verstünde ich, wovon du redest? Und wie kommst du darauf, dass mich interessiert, woran es liegt? Mich interessiert nur eine einzige Sache: Kannst du es beheben?«, fragte sie spitz.

»Ich werde mit der Hotline telefonieren und versuchen, das Ganze aufzuklären«, versprach Leo und stellte ihr Tablet auf den Tisch. »Das kann aber ein wenig dauern, Martina.«

»Schön, ich wollte jetzt sowieso zum Mittagessen ins EKZ, dann kannst du es ja in der Zwischenzeit erledigen«, meinte die Buchhalterin. Leos Lächeln wurde noch angestrengter. Damit verschob sich ihre eigene Pause.

»Blöde Kuh«, knurrte ich Martina hinterher, die jetzt ihre Designerhandtasche und ihre teure Lederjacke vom Haken nahm und grußlos das Büro verließ, als wäre Leo ihre Angestellte. Ihre Kolleginnen folgten ihr eilig.

Leo aber atmete auf und ließ ihre Finger knacken.

»Dann mal los«, sagte sie und griff zum Hörer.

Es stellte sich heraus, dass der Support der Buchungssoftware nicht helfen konnte. Die Buchungen, an denen Martina arbeitete, waren für den Administrator verschlüsselt und er sah nur die Vorgänge als Datensätze.

Allerdings wurde ihm der erste Auftrag als erfolgreich übermittelt angezeigt, die anderen konnte er gar nicht sehen.

»Das Problem liegt wohl eher im Anwender als im System. Da kann ich Ihnen nicht helfen. Buchen Sie eine Schulung über unseren Kundendienst«, sagte er zu Leo. Nach dieser Mitteilung wimmelte er sie ab und kickte sie aus der Leitung.

Frustriert starrte sie auf ihren Bildschirm und strich eine Haarsträhne zurück in ihren Knoten.

»Das gibt's doch nicht«, murmelte sie und rief ein schwarzes Fenster auf. Ich hatte diese Dinge noch nie verstanden, aber ich wusste, dass sie sich jetzt die Hintergrundprozesse von Martinas Rechner ansah.

Vielleicht fand sie dadurch etwas, das die Probleme auslöste. Möglicherweise lag es an zu viel Last auf dem Rechner. Ich zuckte mit den Schultern. Ich verstand davon leider gar nichts.

Jetzt griff sie wieder zum Hörer.

»Sem, Leo hier. Ich bin bei Martina und ich habe ein Problem«, sagte sie und schilderte es ihm kurz. Am anderen Ende der Leitung herrschte Schweigen.

Ich rückte näher an sie heran. Durch die unsichtbare Haut der Astralebene drang Leos Geruch zu mir und ich berührte versehentlich eine ihrer Haarsträhnen, die wieder aus dem Knoten rutschte. Ungeduldig strich sie sie hinters Ohr. »Sem?«, hakte sie nach.

»Wenn der Admin sagt, dass die erste Buchung durch ist, hat wahrscheinlich Martinas Rechner eine Macke«, sagte er endlich. »Hast du schon nach ausstehenden Updates geschaut? Oder ihn neu gestartet?«

»Nein, weder noch«, gab Leo zu.

»Dann starte ihn bitte neu und komm zurück. Unser Teammeeting fängt gleich an und das Projekt ist wichtiger. Martina kommt schon klar.«

»Ich weiß nicht, mir kommt das komisch vor«, beharrte Leo. »Ich habe nachgeschaut und ...«

»Leo, kümmere dich bitte um die wichtigen Sachen«, unterbrach er sie freundlich. »Ich weiß, dass du nur helfen willst und dass Martinas Art einem das Gefühl gibt, keine Wahl zu haben, aber ich brauche dich jetzt hier.«

»Alles klar, ich komme rüber«, gab sie nach, doch ich sah ihr an, dass sie sich damit unwohl fühlte. Sie hatte etwas entdeckt und es behagte ihr nicht, es einfach so zurückzulassen.

Ich beobachtete, wie sie Screenshots machte und dann den Rechner neu startete.

An Martina schrieb sie eine Nachricht auf ein Post-it, dass sie hoffte, der Fehler möge nicht mehr auftreten. Ich sah ihr an, dass ihr das am meisten zu schaffen machte.

»Alles okay?«, fragte Matt, als Leo zu ihrem Schreibtisch zurückkam. Sie zuckte mit den Schultern.

»Ich hoffe es, aber ich weiß es nicht«, meinte sie.

Das Meeting stand an, doch ich spürte ihre Anspannung wegen der Sache. Den ganzen Nachmittag starrte sie auf ihr Telefon, bis sie gegen vier zum Hörer griff und Martina anrief.

»Wenn das Problem noch bestünde, hätte ich mich gemeldet«, sagte sie spitz. »Aber danke für deine Hilfe«, fügte sie etwas freundlicher hinzu und legte auf.

Damit war Leo zufrieden und widmete sich wieder ihrem Projekt. Anscheinend war es doch ein trivialer Fehler, der sich mit einem Neustart lösen ließ. Es standen genug andere Aufgaben an, um die sie sich kümmern musste.

Sie hatte in der folgenden Woche zu viel zu tun, um sich Gedanken über Martinas Problem zu machen, und hakte die Sache für sich ab.

Sie und Matt verbrachten viel Zeit miteinander und sie erzählte ihrer Familie von ihm, als sie mit ihren Eltern telefonierte.

Die beiden waren sofort begeistert. Sie hofften schon lange, dass Leo den richtigen Partner fand, und reagierten genau, wie ich es erwartete.

»Bringst du ihn mit, wenn du uns das nächste Mal besuchst?«, fragte ihr Vater.

»Gib mir noch ein paar Wochen und dann bestimmt«, antwortete sie lächelnd.

Ich rollte mit den Augen und hoffte, dass sie sich noch Monate Zeit ließ. Seth in der Küche von Leos Eltern ... nein danke. Es reichte mir, ihn jeden Tag zu sehen und die meisten Nächte mit ihm verbringen zu müssen.

Wenigstens die kleinen Auszeiten am Wochenende, im sicheren Hafen von Leos Elternhaus, wollte ich noch genießen, bevor das Unvermeidliche eintraf.

Ich musste den Tatsachen ins Auge sehen: Die beiden hatten sich gesucht und gefunden. Sie waren jetzt gerade einmal zwei Wochen zusammen, doch wenn es so weiterging, dauerte es nicht mehr lange, bis Matt sein Zeug in Leos Wohnung brachte.

Dann drehte ich komplett durch.

Gerade saßen die beiden wieder zusammen an ihrem Projekt. Leo beendete eine Programmierung und sah ihren Freund an: »Bereit?«

»Trommelwirbel?«, bot er an und klopfte mit den Fingerknöcheln auf die Tischplatte, als sie den Befehl zum Abschluss gab.

»Mein Gott, sind wir hier im Kindergarten?«, beschwerte sich Ludi. Er tat manchmal so, als meinte er das nicht ernst, aber ich vermutete, dass er noch nicht ganz über Leos und Matts Beziehung hinweg war.

Pay amüsierte sich prächtig darüber.

»Du hast doch auch daran gearbeitet, also ist er auch für dich«, meinte Matt entspannt und riss die Arme hoch, als Leos Rechner die Befehle verarbeitete. »Sieht gut aus, Partner!« Er klatschte sich mit Leo ab und bot auch Ludi seine Hand an. Dieser schnaubte, schlug dann aber ein. Ganz so zickig war er doch nicht.

»Alles klar?«, fragte Sem im Vorbeigehen.

»Meilenstein geschafft«, sagte Leo lächelnd.

Ihr Vorgesetzter nickte anerkennend. »Gut gemacht. So habe ich mir das vorgestellt. Verschiebt eure Termine am Abend, ich geb' einen aus.« Er lief zu seinem Büro und reckte die Fäuste in die Luft. »Bestes Team! Yeah!«

Seth schnaubte genervt, aber ich fand Sems Art der Führung gut. Er motivierte und gab eine Hilfestellung, wenn Leo und die anderen sie brauchten, ansonsten hielt er sich zurück und vertraute auf ihre Kompetenz.

Das konnte ich von Zachariah leider nicht sagen, der sich entweder gar nicht kümmerte, oder erst, wenn es schon zu spät war.

Ich hatte auch nicht das Gefühl, dass ich mit ihm reden konnte, wenn ich etwas auf dem Herzen hatte, so wie Leo es bei Sem machte.

Rahel war letzte Woche verletzt worden. Jemand hatte die Bürgermeisterin angegriffen. Der Politikerin ging es gut - dank Rahel, die allerdings immer noch in der Rehabilitation war. Zachariah hatte uns nachts im Kontrollraum zusammengerufen - alle Schutzengel in seiner Befugnis, um uns davon brühwarm und voller Stolz zu berichten, als sei sie den Heldentod gestorben.

Ich fand es erschreckend und sah den meisten Engeln während des Berichts an, dass es ihnen genauso ging.

Wir waren siebenundzwanzig, stellte ich hierbei fest, die meisten hatte ich noch nie gesehen. Doch seit diesem Abend kamen mehr Engel in den Kontrollraum und ich hatte manchmal jemanden zum Reden.

Unter ihnen war auch Levi, den ich schon aus meiner Ausbildung kannte. Er hatte uns in Kampfkunst unterrichtet. Mir war bis dahin nicht bewusst, dass er wieder im aktiven Dienst war.

Halbaktiv, denn er gehörte der legendären Task Force an, die den verletzten Engel ablöste, bis er wieder fit war. Levi wartete gerade auf einen festen Einsatz und machte das zur Überbrückung.

Manche der anderen Schutzengel kannten Seth und obwohl es niemand aussprach, wusste ich, dass mich niemand um die enge Zusammenarbeit beneidete. Sein Ruf war - bei aller Perfektion im Job - nicht der beste. Und ich konnte, wollte und würde nichts tun, um diesen Ruf zu verbessern. Weil ich aber auch nicht gegen ihn arbeiten wollte, schwieg ich und wich Fragen aus.

Leos Telefon klingelte und riss mich aus meinen Gedanken. Sie setzte ihr Headset auf, sah den Anrufer auf ihrem Monitor und seufzte. Dann nahm sie das Gespräch an: »Hallo Martina.«

Ich merkte auf, als sie sich gerade hinsetzte und die Stirn runzelte. »Natürlich erinnere ich mich an den Fall. Ach so? Genau das gleiche Problem? Hast du beim Support angerufen? Wieder nichts? Hast du den Rechner neu gestartet? Gut. Nein, dann scheint es daran nicht zu liegen. Ja, ich schaue es mir an, warte kurz.«

Ich trat hinter sie und beobachtete, wie sie auf Martinas Rechner zugriff und deren Bildschirm spiegelte. Das bekannte Buchungsportal namens *Albatroz* erschien wieder, doch dieses Mal hatte Leo andere Möglichkeiten.

Ihr eigener Rechner bot ihr mehr Funktionen und sie arbeitete einfach besser, wenn ihr niemand mit schnippischer Miene über die Schulter sah.

»Bitte starte den Vorgang noch einmal«, sagte sie in den Hörer und rief sich parallel wieder das schwarze Fenster auf. Ich sah endlose Reihen Code, die die Prozesse von Martinas Rechner abbildeten.

Die Maus auf Leos Bildschirm bewegte sich geisterhaft, als Martina ihrer Aufforderung nachkam. Wieder wurde die Buchung abgelehnt. Leo notierte sich ein paar Zahlen.

»Noch einmal, bitte.«

Seth trat hinter mich und beobachtete Leo kritisch. »Was macht sie da?«

»Sie hilft einer Kollegin«, antwortete ich knapp.

»Und warum schaust du so gebannt zu, als wäre es der neueste Psychothriller?«

»Hier passiert gerade nichts Spannenderes und ich war schon beim ersten Mal dabei«, erwiderte ich und konzentrierte mich auf Leo, die sich gerade erneut Zahlen notierte und den Mund verzog. Sie wirkte angespannt, jetzt winkte sie Matt zu sich.

»Schau es dir auch bitte einmal an«, sagte sie und wies auf das schwarze Fenster. »Siehst du das?«

»Ja. Sieht aus wie eine Schleife«, erwiderte er.

Sie nickte. »Dachte ich auch gerade«, bestätigte sie. »Ich habe beim letzten Mal den Support angerufen, aber dort konnte man keinen Fehler finden.«

»Wechsel mal die IP-Adresse und geh rein«, riet er ihr. Leo nickte und rief weitere Fenster auf. Sie nahm ein paar Einstellungen vor und nickte dann. »Alles klar. Martina, bist du noch da? Hol dir bitte einen Kaffee oder zieh einen Termin vor, ich brauche deinen Rechner einen Moment.«

Martina knurrte irgendwas, dann legte Leo erleichtert auf.

»Gehört das System zur Buchhaltung?«, fragte Matt und holte seinen Schreibtischstuhl.

Interessiert beugte er sich vor und rollte einen Kugelschreiber zwischen den Vorderzähnen hin und her. Diesen Tick kannte ich mittlerweile auch schon.

»Ja. *Albatroz* reguliert die ankommenden Gelder und versieht sie mit Buchungsnummern für die Spendenbescheinigungen«, sagte Leo. »Anscheinend tritt dieses Problem nur sporadisch auf. Der Support sagte mir beim letzten Mal, sie hätten keinen Bug, die erste Buchung sei in deren System direkt durchgegangen.«

»Also liegt das Problem auf Martinas Rechner«, schlussfolgerte Matt.

»Das vermute ich auch. Ich hatte überlegt, ihn zu rebooten«, erwiderte Leo.

»Das solltest du mit ihr absprechen. Nicht, dass sie irgendwo ihre Einkaufsliste abgespeichert hat.« Matt grinste. Er kannte Martina offenbar noch nicht.

»Ich kann ja eine Sicherungskopie aufs Laufwerk ziehen«, meinte sie.

»Dann könnte es sein, dass du den Fehler duplizierst«, warf Matt ein. Leos Augenbrauen hoben sich.

»Guter Einwand.« Sie zupfte an ihrer Unterlippe. »Ich hatte kurz den Verdacht, dass das System manipuliert ist«, sagte sie dann leise.

Matt krauste die Stirn. »Warum?«

»Weil sich die Buchungsnummer bei jedem Fehler verändert, als stünde etwas dahinter, das sie reproduziert. Wie ein Algorithmus«, meinte sie. »Das würde bedeuten, dass für jeden Vorgang eine neue, von der Steuer abzusetzende Spendenquittung erstellt werden kann.«

»Leo, du siehst zu viele Krimis«, sagte er lächelnd.

»Wahrscheinlich hat sich Martina beim Anschauen eines

Katzenvideos oder beim Besuch einer unsicheren Website etwas eingefangen, das jetzt sein Unwesen treibt. Das ist nichts Dramatisches, so was habe ich schon hundertmal gesehen. Ich an deiner Stelle würde das Programm einmal rebooten und dann schauen, ob der Fehler behoben ist.«

Leo biss sich auf die Unterlippe, ich sah ihr an, wie es in ihrem Kopf arbeitete. Ich verstand sie und war gespannt, was als Nächstes passierte.

Hatte sie recht?

Steckte doch mehr dahinter?

Vielleicht kriminelle Machenschaften, die sich an *Bellmann* bereichern wollten? Die Firma bewegte viel Geld, das wäre sicher interessant für Hacker.

»Ist sie ein bisschen paranoid?«, fragte Seth mit diesem Tonfall, für den ich ihm eine runterhauen könnte.

»Nein, wieso?«, fragte ich schnippisch.

»Kommt mir so vor. Als würde sie eine Verschwörung vermuten. Oder sich wichtigmachen wollen.«

Er verschränkte die Arme vor der breiten Brust.

»Du kennst sie doch mittlerweile auch ein bisschen und solltest wissen, dass beides nicht ihre Art ist«, erwiderte ich. Er spitzte die Lippen und zuckte mit den Schultern.

»Man kann sich in Menschen auch irren.«

»Du vielleicht, aber ich bin seit siebzehn Jahren bei ihr. Wenn sie so einen Verdacht hat, dann aus gutem Grund. Sie ist die Letzte, die sich in den Vordergrund spielen will. Was hätte sie auch davon? Martina zu helfen kostet sie nur Zeit, die sie heute Abend wahrscheinlich dranhängen muss, damit sie bei ihrem Projekt nicht hinterherhängt.«

»Das geht ja nicht, Sem gibt ja einen aus«, ätzte er.

»Seth, was ist dein Problem?«, fragte ich. »Dass Matt den Fehler nicht gefunden hat?«

»Pfff, wohl kaum. Matt hält sich mit so was nicht auf.«

»Dafür sitzt er aber sehr interessiert neben ihr«, schoss ich zurück. Matt beobachtete, wie ich auch, wie Leo das Programm auf Martinas Rechner deinstallierte und neu aufspielte. Sie war in ihrem Element, ihre Finger flogen über die Tastatur.

»Du wärst auch der geborene SysAd«, lobte ihr Freund. »Dein Helfersyndrom macht es nur noch besser.«

Sie grinste. »Mag sein, aber ich programmiere einfach zu gern, um das dauernd zu machen. Außerdem sind nicht alle Probleme so komplex wie Martinas und mir liegt die Software einfach mehr. Aber mal schauen, was die Zukunft bringt«, meinte sie und beobachtete das schwarze Feld. »Okay, das war's.«

»Dann müssen wir wohl auf Martinas Feedback warten«, meinte Matt.

Leo nickte. Mit einem letzten nachdenklichen Blick hob sie die Spiegelung von Martinas Bildschirm auf und ihr eigener erschien.

7

Martina meldete sich später noch einmal, um Leo zu sagen, dass das Programm einwandfrei lief. Trotzdem war sie nicht zufrieden, weil einige Buchungen nun nicht mehr zu sehen waren.

»Glücklicherweise lasse ich immer Ausdrucke machen, aber trotzdem danke für den Versuch«, meckerte sie und legte auf.

»Nette Kollegin«, meinte Matt trocken.

»Das kommt bei ihr einem Lob am nächsten«, meinte Leo schulterzuckend. »Also ist wohl doch alles in Ordnung.«

Nicht so in Ordnung war leider das Projekt, wie sich am nächsten Tag herausstellte. Der letzte Meilenstein verursachte unerwartete Performance-Probleme, deren Behebung beinahe die ganze Woche brauchte. Es ließ den beiden keine Ruhe, sodass sie sogar am Sonntagabend zuhause an ihren Rechnern in Leos Wohnzimmer saßen und weitermachten.

»Ich verstehe es einfach nicht«, sagte Matt kopfschüttelnd. »Wir haben doch vorher getestet und alles durchgerechnet. Dieses Problem dürfte es gar nicht geben.«

»Wenn man alle Probleme von vornherein ausschließen könnte, würde es ja keinen Spaß bringen«, meinte Leo und rang sich ein Lächeln ab.

»Du meinst, ich habe meinen Beruf aus genau diesem Grund gewählt?«, fragte Matt grinsend.

»Zum Beispiel.«

»Hast recht.« Er zog sie zu sich heran und küsste sie. »Danke für die Erinnerung.«

»Immer gern.« Sie schlüpfte auf seinen Schoß und schlang ihre Beine um seine Taille. »Kurze Pause?«

»Von mir aus auch eine längere«, sagte Matt und packte ihren Po.

Seth und ich machten, dass wir auf den Balkon kamen.

»Hört das denn nie auf?«, stöhnte ich.

»Gib ihnen noch ein paar Jahre«, knurrte er. Ich sah ihn an und versuchte herauszufinden, ob er das ernst meinte. Seine Miene war unbewegt und meine Hoffnung schwand.

»Dann brauchen sie eine größere Wohnung«, murmelte ich und sah mich auf dem kleinen Balkon um.

»Nur die Ruhe«, sagte er zähneknirschend. »So weit sind wir noch nicht.«

»*Du* hast eben von Jahren gesprochen«, versetzte ich und kletterte aufs Balkongeländer. Seth schnaubte nur und drehte mir den Rücken zu.

Ich war den Streit leid und wartete schweigend, bis wir wieder hineingehen konnten.

Am Mittwochabend gingen Matt und Leo essen. Sie hatten einen Lösungsansatz für das Problem gefunden und wollen ihr »fast-einmonatiges Jubiläum«, wie Matt es liebevoll nannte, feiern.

Ich konnte mir schon denken, wie der Abend ausging, und verabredete mit Seth, dass ich den ersten Teil der Nacht in den Kontrollraum ging. Er meinte, er hätte kein Problem damit, die Geräusche auszublenden.

Gerade weil sie danach in Matts Ein-Zimmer-Wohnung gehen wollten, war mir diese Regelung recht.

Die beiden aßen in einem Burger-Restaurant, das auch viele »Leo-Burger« anbot, wie Matt es ausdrückte, und gingen danach im Hammer Park spazieren. Matt besorgte noch zwei Bier am Kiosk und sie genossen Hand in Hand den lauen Maiabend.

Für Seth und mich wurde es hier schwieriger, unseren Job zu machen. Der Park war voller Leute, die Fahrräder und E-Scooter fuhren teilweise schnell und dicht an den Fußgängern vorbei.

Leo und Matt liefen unbekümmert über die Sandwege, sie ahnten nicht, dass solche Situationen ideal waren, um einen Fehler zu machen, der böse für sie enden konnte.

Matt schlang seinen Arm um Leo und stieß mit ihr an. »Ich freue mich über einen schönen Monat mit dir«, sagte er lächelnd.

Sie strahlte und kuschelte sich an seine Brust. »Ich mich auch.« Ich hatte sie wirklich selten so glücklich und zufrieden erlebt.

»Ich spüre, dass noch viele weitere kommen werden«, sagte Matt feierlich und prostete ihr zu.

»Das hoffe ich doch.« Sie zog ihn zu sich und küsste ihn. Er drückte sie an sich und sie schlang ihre Arme um seinen Nacken wie im Film.

Seth rollte mit den Augen und beobachtete einen weiteren E-Scooter, der über den Weg schoss. Er war ein paar Meter entfernt, um mich rechtzeitig zu warnen, wenn etwas passierte, aber ich entspannte mich gerade wieder.

Alles war ruhig und die Straße mittlerweile ein gutes Stück entfernt. Was sollte schon sein? Wir waren mitten im Park und abgesehen von Radfahrern bestand hier keine Gefahr.

Ich drehte mich zur Sonne und fing noch ein paar letzte Strahlen ein. Sie wärmten meine Haut und ich gestattete mir einen kurzen Moment, mich ganz darauf zu konzentrieren, da knallte es hinter mir.

Ich wirbelte herum und sah ein Auto über die Grasfläche schießen. Es raste direkt auf Matt und Leo zu, die sich immer noch verliebt in die Augen sahen.

Ich hatte keine Zeit zum Überlegen und rannte los.

Dabei verließ ich die Astralebene und wurde sichtbar. Ich schrie wie am Spieß, doch das hatte nur zur Folge, dass sie in meine Richtung sahen.

Ich mobilisierte alle Kräfte und machte einen Satz.

»Ziva!« Seth schrie meinen Namen, doch er war zu weit weg. Ich hatte nur Sekundenbruchteile.

Mit voller Wucht sprang ich gegen die beiden und riss sie von den Beinen. Dabei schlang ich meine Arme um Leo und drehte mich im Fallen, sodass sie auf mir landete.

Wir fielen zu Boden und ich schlug hart mit der Schulter auf. Ich ächzte und presste Leo fester an mich.

Das Auto raste Zentimeter an uns vorbei und knallte gegen einen Baum.

Menschen schrien auf und kamen angelaufen.

Mein Schädel dröhnte und ich spürte, dass ich zitterte. Oder war es Leo?

»Verdammt, alles okay?« Seth erreichte uns und zerrte Matt hoch. Dann packte er meine Arme und lockerte meinen Griff um Leo, die er auch auf die Beine zog. Ich blinzelte und sah seine ausgestreckte Hand.

»Kommst du?«, fragte er atemlos. »Geht es dir gut? Das war knapp.« Ich nickte und ergriff seine Hand.

Er half mir, aufzustehen, und machte einen schnellen Check-up.

Ich war abgesehen von der pochenden Schulter unversehrt, doch mein Herz schlug mir bis zum Hals.

Leo ging es gut. Das war die Hauptsache.

»Das wäre beinahe schiefgegangen«, sagte ich leise mit Blick auf unsere Schützlinge, die noch immer versuchten, zu verstehen, was gerade passiert war. Leos Augen waren weitaufgerissen und sie starrte mich an wie einen Geist. Matt war kreidebleich.

Seth nickte ernst. »Beinahe.«

»Was ... Oh Gott ... Was ist passiert?«, stammelte Leo. Sie war völlig orientierungslos. Jetzt erst sah sie das verunfallte Auto. Wachsam sah ich hinüber, bereit, mich wieder auf sie zu stürzen, falls die Gefahr noch bestand.

Mehrere Menschen standen um den Wagen herum und leisteten Erste Hilfe. Ein alter Mann wurde gerade herausgezogen, er blutete am Kopf.

Ein Unfall, erkannte ich. Ein verwirrter alter Mensch, der gar nicht mehr fahren sollte. Das passierte beinahe täglich in Hamburg.

»Gwenny«, hörte ich Leos Stimme hinter mir.

»Hey«, sagte ich und drehte mich wieder zu ihr um. Sie fiel mir um den Hals.

»Du hast mich gerettet«, schluchzte sie. »Oh Gott, bist du wahnsinnig?«

»Ihr lagt schon halb unterm Auto, was hätte ich denn tun sollen?«, fragte ich und drückte sie.

»Alles okay, Mann?«, fragte Seth Matt. Das war das erste Mal, dass ich die beiden zusammen sah. Ein seltsames Bild, Matt reichte seinem Schützer gerade einmal bis zur Schulter.

Matt rieb sich den Nacken und sah mich an. »Ja, dank Gwen. Lieben Dank, das war echt knapp.«

»Gern geschehen«, murmelte ich.

»Gut gemacht«, rang Seth sich ab. Leo ließ mich los und sah zu Seth hinüber.

»Das ...«, begann sie.

»Ah, klar. Ich hatte das zwar anders geplant aber: Leo, mein bester Freund Elias. Elias, die wunderbare Leo«, verkündete Matt, der langsam wieder er selbst wurde.

Seth ergriff Leos Hand mit seiner Pranke und lächelte künstlich. »Hab schon sehr viel von dir gehört.«

»Ich auch von dir.« Leos Lächeln war echt. Sie hatte Matt schon ein paar Mal gefragt, wann sie Elias kennenlernen konnte. Jetzt sah sie mich an. »Und was macht ihr hier? Ihr kennt euch?«

Mist.

Ich sah zu Seth hinüber. Leugnen war zwecklos, wir standen zu nah beieinander und sie hatten uns reden hören. Das Gespräch hatte nicht gerade geklungen, als kannten wir uns nicht. Es gab nur eine vernünftige Erklärung, warum Gwen und Elias hier zusammen waren, denn beruflich gab es keine Schnittmenge: »Ich ... wir haben ein Date«, sagte ich.

Jedes Wort fühlte sich wie eine Kugel Stacheldraht in meinem Mund an.

Seth rang sich ein verzweifeltes Lächeln ab. Ich mied seinen Blick, um nicht durchzudrehen.

Leo und Matt starrten uns an. Ich hoffte, dass wir unser seltsames Verhalten auf den Schock schieben konnten.

Vor meinen Augen drehte sich alles und in meinen Ohren rauschte es.

Panik, analysierte ich dumpf. Ich bekam gerade Panik. Nicht wegen des Beinahe-Unglücks, sondern wegen dem, was jetzt unweigerlich kam.

»Ein Date? Ihr?«, fragte Matt nach.

Ich nickte mechanisch.

»Aber ... seit wann ....?«, fragte Leo. Sie starrte mich an. Ich hatte ihr bei unserem letzten Treffen, Telefonat oder beim Schreiben keine Silbe gesagt. Das gab Ärger. Enttäuschung spiegelte sich in ihrem Gesicht.

»Seit Samstag«, schaltete sich Seth endlich ein. »Wir sind gematcht worden. Über eine App. Samstag war unser erstes Date und heute haben wir unser zweites.«

›Tolle Geschichte‹, dachte ich dumpf. ›Total aus dem Leben gegriffen.‹ Aber sein Timing war nicht schlecht, ich hatte Leo als Gwen am Freitag zuletzt gesehen, für Seth/Elias und Matt galt das Gleiche. Dass ich nichts von meiner Partnersuche via App erzählt hatte, würde noch für Diskussionen sorgen, denn sie hatte mich am Freitag noch gelöchert, warum ich keine Dates hatte.

»Wie krass«, sagte Leo und sah Matt an. Dann grinste sie. »Echt, wie krass!«

Sie stand offenbar unter Schock.

Ich wechselte einen schnellen Blick mit Seth und machte mich darauf gefasst, sie ins Krankenhaus zu bringen. Vielleicht war sie doch mit dem Kopf aufgeschlagen. Mit einer Gehirnerschütterung war nicht zu scherzen.

»Wir werden uns revanchieren«, verkündete Matt. »Essen, ein Doppeldate. Was haltet ihr davon?«

›Gar nichts‹, dachte ich. ›Absolut gar nichts.‹

Ich wusste, dass es Seth genauso ging, aber es gab keinen vernünftigen Grund, es abzulehnen.

»Klar«, sagte Seth gedehnt. »Tolle Idee.«

Damit war es abgemacht. Ich atmete tief ein und unterdrückte den Drang zu schreien.

Das war doch unglaublich.

Ausgerechnet so sollte es doch nicht laufen, verdammt!

Was war noch schlimmer, als mit Seth auf Leo aufzupassen? Ach ja: Es ohne die schützende Astralebene zu tun und dann auch noch vorzugeben, dass ich ihn mochte. Scheiße.

Ich hatte gerade einmal zwei Tage, um mich mit dieser Unmöglichkeit abzufinden. Matt und Leo schlugen den Freitag vor, was Seth und ich bestätigen mussten.

Der Kodex ließ uns keine Wahl.

»Eine verdammte Katastrophe«, brummte er, als wir endlich wieder zurück auf der Astralebene waren.

»Wem sagst du das?«, meinte ich und starrte aus dem Fenster. Leo und Matt waren in seine Wohnung gegangen, wir hatten uns nur mit Mühe dagegen wehren können, die beiden direkt zu begleiten.

Seitdem besprachen sie nichts anderes mehr. Das hielt sie wenigstens noch eine Weile vom Sex ab.

Leo hatte mir schon drei Nachrichten geschrieben, wie toll sie es fand, dass ich ein Date mit ›Elias‹ hatte und wie sehr sie sich auf das Doppeldate am Freitag freute.

Ich schrieb so enthusiastisch wie möglich zurück und fühlte mich schrecklich mit diesen Lügen.

Seth sah mich von der Seite an. Musternd, als müsse er sich überlegen, ob er mit einer wie mir überhaupt ausgehen würde.

Von meiner Seite war die Sache klar: nie im Leben.

Bisher war ich als Gwen um solche Dinge immer herumgekommen. In der Teenagerzeit war Leo ein Spätzünder, deswegen kam ich damals kaum in die Verlegenheit. Später, als sie studierte, erfand ich genug Ausreden und Geschichten, um sie zu beruhigen.

Gwen war kein Beziehungstyp, damit hatte sie sich irgendwann abgefunden.

Für Beziehungsdramen und Liebeskummer war Rosalie zuständig. Das lebte sie auch seit ihrem fünfzehnten Geburtstag ausführlich und in allen Facetten. Stichwort Spähsoftware.

»Und, kriegst du es hin?«, fragte mein Kollege.

»Was denn?«, erwiderte ich.

»Für zweieinhalb Stunden so zu tun, als würdest du mich mögen.«

»Dürfte mir ähnlich schwerfallen wie dir«, sagte ich. Er sah mich finster an. »Sehr lustig.«

»Natürlich bekommen wir es hin«, beantwortete ich seine Frage. »Spar dir einfach nur die dummen Kommentare.« Er lächelte verkniffen und ich konnte mir schon denken, dass es alles andere als ein schöner Abend wurde.

Leo bombardierte mich am Donnerstag und auch am Freitag mit Textnachrichten. Sogar Rosalie erzählte sie davon, die sich ebenfalls meldete.

›Kannst du ein Auge auf diesen Matt werfen?‹, schrieb sie mir. ›Wir wollen doch beide, dass Leo an einen netten Kerl gerät. Wenn er cool ist, frag mal, ob die noch einen Single-Freund haben, dann machen wir das Trio wieder komplett.‹ Dahinter ein grinsendes Emoji.

Ich lächelte dünn. Das hätte sie wohl gern. Ich konnte mir schon vorstellen, wie sie beim nächsten Treffen zu Leo sagte, dass es ja noch schöner gewesen wäre, wenn sie sich Matts besten Freund geangelt hätte.

Rosalie war schon immer eifersüchtig auf meine Freundschaft zu Leo, als die beiden siebzehn waren, hatte sie ernsthaft versucht, das Verhältnis zu stören und uns auseinander zu bringen.

Deswegen waren sie und Gwen auch nicht eng befreundet.

So was verzieh sich nicht so einfach und sie hatte es mir damals wirklich schwer gemacht, in meiner Rolle eines Teenagers zu bleiben.

Ich war kurz davor, sie verschwinden zu lassen. Nicht im Mafia-Sinne, aber ich hatte andere Möglichkeiten. Eine davon wäre eine Versetzung ihres Vaters inklusive Umzug.

Glücklicherweise stand Leo treu zu mir und das Problem hatte sich irgendwann erledigt. Die teilweise angespannte Stimmung blieb dennoch zwischen uns. Bis heute, über zehn Jahre später.

›Na klar, ich erkundige mich mal dezent‹, antwortete ich ihr trotzdem. ›Ich passe auf sie auf.‹

Wenigstens das war nicht gelogen.

Ich organisierte mir etwas zum Anziehen, das als date-tauglich durchging, und begleitete Leo am Freitagabend zu dem chinesischen Restaurant, in dem wir verabredet waren. Wir wollten uns dort treffen und sie nutzte noch einmal die Gelegenheit, um mich auszuquetschen.

»So viel gibt es nicht zu erzählen«, wich ich aus. »Wir waren etwas essen und danach spazieren, dann haben wir schon euch getroffen.«

»Wie ist Elias denn so?«, fragte sie eifrig. »Könntest du dir etwas mit ihm vorstellen?«

›Im Leben niemals!‹, rief ich gedanklich höhnisch, doch das konnte ich ihr ja nicht sagen. Ich zuckte mit den Schultern.

»Das weiß ich noch nicht genau«, sagte ich. »Dazu muss ich ihn erst besser kennenlernen.«

Leo sah mich nachdenklich an. »Du warst schon immer vorsichtig«, erinnerte sie mich. Ich nickte, das ließ sich nicht abstreiten. »Das ist ja auch gut so, Rosalie hält mich genug auf Trab. Aber ich wünsche dir, dass du endlich jemanden kennenlernst. Jemand Nettes.«

Und hinter diesem nichtssagenden Wort steckte so viel mehr, als sie sich selbst eingestehen wollte.

Ich wusste ja, dass sie sich auch danach sehnte, in einer glücklichen Partnerschaft zu sein. Ihre beiden Schwestern waren liiert und schon seit der Schulzeit mit ihren Partnern zusammen.

Leo hatte sich schon oft gefragt, woran es lag, dass sie Single war. Meiner Einschätzung nach machte sie nichts falsch, der Richtige war einfach noch nicht aufgetaucht. Bis jetzt.

»Glaubst du, dass Matt so jemand für dich ist?«, fragte ich vorsichtig.

Sie strich eine Haarsträhne zurück und grinste. »Ich hoffe es«, sagte sie. »Aber ich will mich nicht an diesen Gedanken klammern.«

Das war sicher auch besser so.

Wir erreichten das Restaurant. Matt und Seth waren schon da. Matt umarmte mich zur Begrüßung (was ich nicht mochte) und Seth gab mir einen linkischen Kuss auf die Wange (was ich überhaupt nicht mochte).

Dann saßen wir einander gegenüber und ich fragte mich, worüber wir reden sollten. Die Stimmung war angespannt.

»Danke noch mal für die Rettungsaktion am Mittwoch«, sagte Matt zu mir. Ich lächelte knapp. »Nein, ernsthaft. Das war schon das zweite Mal, dass du zur Stelle warst. Ein bisschen wie eine Actionheldin. Oder ein Schutzengel«, fügte er hinzu.

Es lief mir kalt den Rücken hinunter. ›Das war nur ein Spruch‹, beruhigte ich mich selbst, doch Seth neben mir versteifte sich ebenfalls.

Das war lächerlich. Kein Mensch rechnete ernsthaft damit, dass er einen echten Schutzengel hatte.

Ein Zufallstreffer, den ich nie aufklären würde.

»Hast du das mal gemacht?«, fragte Matt eifrig weiter.

Ich riss erschrocken die Augen auf.

»Was jetzt? Eine Karriere als Schutzengel?«, versuchte ich es ins Lächerliche zu ziehen.

Matt lachte. »Das wäre natürlich mega, aber ich meinte eher Personenschutz und Kampfsport.«

Ich atmete auf. »Ich habe früher viel Kampfsport gemacht«, erklärte ich ihm.

»Gwenny ist echt gut in Karate«, berichtete Leo. »Sie hat einen schwarzen Gürtel.«

»Einen braunen«, korrigierte ich. »Nicht zu viel des Lobes, bitte.«

Leo zwinkerte in Seths Richtung. »Krav Maga kann sie auch.« Er zog die Augenbrauen hoch. Ich konnte mir denken, was jetzt kam, er wusste schließlich davon.

»Tatsächlich? Den Kampfsport habe ich auch lange praktiziert. Welchen Rang hast du?«, fragte er betont interessiert.

»E3«, erwiderte ich knapp.

»Beeindruckend. Ich habe E5. Vielleicht sollten wir mal zusammen trainieren.«

»Und euch gegenseitig auf die Matte legen«, feixte Matt. Mein Lächeln wurde immer schmaler. »Vielleicht könnt ihr uns auch etwas beibringen«, machte Matt weiter. »Es kann nie verkehrt sein, sich wehren zu können.« Sein Blick ruhte auf mir - in einer Art, die mir nicht gefiel. Es war Sympathie darin, doch das war es nicht, was mich störte. Es war der Glanz, der sich eingeschlichen hatte, als er mich als Actionheldin bezeichnete.

Ich sah hinüber zu Leo, doch sie checkte gerade ihr Smartphone und hatte es wahrscheinlich nicht einmal mitbekommen.

Vielleicht bildete ich es mir nur ein.

Hoffentlich bildete ich es mir nur ein.

»Elias, wie lange kennst du Matt jetzt schon?«, fragte Leo freundlich und lenkte das Gespräch weg von Kampfsportarten mit viel zu viel Körperkontakt.

Außerdem hatte ich bereits mit Seth trainiert. Während unserer Ausbildung. Und ich hatte jedes Mal gegen ihn verloren.

»An die zwanzig Jahre«, meinte er.

»Du kamst in der siebten Klasse an unsere Schule«, erinnerte Matt. »Mitten in den Sexualkundeunterricht bei Frau Hallasch.«

Seth lachte. »Wie könnte ich den vergessen?«

Das Gespräch wurde etwas leichter und es gelang mir, gute Miene zu machen, obwohl Seth mich mit seiner Art auf die Probe stellte. Wir mussten wenigstens den Anschein eines Dates erwecken und dass wir uns kaum kannten.

Es fiel mir schwer.

Am liebsten hätte ich gar nicht mit ihm gesprochen, aber Leo und Matt versuchten alles, um uns vom jeweils anderen zu überzeugen. Anscheinend hatten sie beschlossen, dass sie uns unbedingt als befreundetes Pärchen haben wollten.

Ihr Eifer war beinahe beängstigend.

Ich schwankte zwischen einem schlechten Gewissen, weil alles umsonst war, und meiner Wut darüber, dass ich mich in dieser schrecklichen Situation befand.

Es gab kein Entkommen.

Zwischendurch schüttelte ich nur ungläubig den Kopf. Matt erzählte mir ein Dutzend Geschichten und Anekdoten über ›Elias‹, Dinge, von denen ich kaum glauben konnte, dass Seth sie getan haben könnte.

Von seinem Engagement in der Schule und dem Nachhilfeunterricht, den er und Matt kostenlos gegeben hatten. Von dem Freund, dem er einmal aus der Klemme geholfen hatte. Und immer wieder davon, was er für ein netter Mensch war, der sich für andere einsetzte.

War es möglich, dass er als Mensch ein Volltreffer war, wo er doch als Engel so ein sozialer Versager war?

Wie konnte es sein, dass er in der Menschen-Schule und auf der Uni beliebt war, obwohl ihn in der Ausbildung niemand mochte?

Wenn ich es nicht besser wüsste, würde ich denken, er hätte zwei Persönlichkeiten in sich, doch so etwas war bei Engeln ausgeschlossen. Unsere Verbindung zum Himmelreich hielt uns gesund: körperlich und geistig. Ohne einen strengen Eignungstest und die Kontrolle von oben hätten wir auch niemals diesen Job bekommen.

Außerdem tanzte im Himmel keiner aus der Reihe. So einfach war das.

Leo beeilte sich nun, auch ein paar Geschichten über mich zum Besten zu geben. Ich hatte mich nie in den Vordergrund gespielt und war immer Leos Schatten geblieben. Sie formulierte das natürlich anders und unterstrich meine Loyalität, meine Fürsorglichkeit.

»Du wärst bestimmt eine tolle Hundebesitzerin«, sagte Seth zu mir. Wieder dieser nachsichtige Blick, den ich so hasste. Was bildete er sich ein?

Ich erdolchte ihn mit meinen Blicken. »Bestimmt. Ich mag treue Wesen. Loyalität ist mir sehr wichtig. Ich finde nichts schlimmer, als wenn auf andere kein Verlass ist.«

Sein Lächeln flackerte. Er hatte die Spitze wegen seines Auftritts vor Zachariah verstanden.

»Sag mal, Elias, was hast du eigentlich für einen Stack?«, fragte Leo plötzlich. Ich sah sie entgeistert an. Wie kam sie denn jetzt auf Softwareentwicklung? »Sem erwähnte heute, dass wir noch jemanden im Team gebrauchen könnten, und du bist doch einer von uns, oder?«

Seth brauchte ein paar Sekunden, um sich zu sammeln, doch da winkte Matt schon ab: »Das kannst du vergessen, meine Süße. Elias ist verbeamtet und arbeitet im Innenministerium, den bekommst du da niemals weg.«

Ich sah ihn mit hochgezogener Augenbraue an. »Innenministerium? Hatten sie beim BND nichts mehr frei?«

»Doch, aber das wäre nicht hier in Hamburg«, erwiderte er aalglatt und lächelte Leo an. »Nichts für ungut, ich weiß, dass *Bellmann* ein guter Arbeitgeber ist. Matt hat mir schon viel darüber erzählt, aber ich denke, ich bin in meinem derzeitigen Job gut aufgehoben.«

»Wie schade«, sagte sie lächelnd. »Ich dachte gerade, dass das doch eine tolle Idee wäre, aber ich verstehe natürlich, dass du nicht wechseln willst. Vielleicht kommt ihr uns einfach mal auf der Arbeit besuchen. Gwenny, bei dir ist es auch schon ein bisschen her. Würde mich freuen, wenn ihr es schafft.«

»Klar, ich komme gern vorbei, wenn ich das nächste Mal Urlaub habe«, versprach ich. Seth nickte ebenfalls.

Wir waren sowieso jeden Tag da, warum also nicht körperlich? Bei *Bellmann* sah man das locker.

Wir fanden sicher einen Grund, um nicht gemeinsam dort zu erscheinen. Das brachte wenigstens ein bisschen Abwechslung in den Tag.

Danach wechselten wir das Thema und die beiden priesen uns einander wieder an.

Aus ihrer Sicht waren wir ein *perfect match*. Ich war mir absolut sicher, dass wir davon nicht weiter entfernt sein könnten.

»Gehst du noch mit zu ihm?«, fragte Leo mich später, als sie mich mit sich auf die Toilette gelotst hatte.

Ich schluckte. »Dazu ist es zu früh.«

»Meinst du? Er ist doch nett und er mag dich. Gib dir einen Ruck«, sagte sie zwinkernd.

»Ich weiß nicht einmal, ob die Chemie zwischen uns stimmt«, widersprach ich.

»Also von seiner Seite aus bestimmt«, plauderte sie. »Ich habe das Funkeln in seinen Augen gesehen, wenn er dich ansieht.«

›Das ist Hohn‹, dachte ich und verzog den Mund. »Ich lasse es mal auf mich zukommen«, antwortete ich ihr.

»Tu das, aber wenn ich du wäre, würde ich es tun. Er ist echt süß und gut aussehend. Außerdem ist er intelligent und sein Humor ist so schön trocken. Sehr norddeutsch. Und du magst doch große Männer. Ihr seid beide sportlich und habt viele gemeinsame Interessen. Ihr seht zusammen echt gut aus. Und blonde Männer mochtest du schon immer.« Leo kam richtig in Fahrt, ich fühlte mich wie bei einer Heiratsvermittlerin.

»Ich suche mir doch keinen Mann nach seiner Haarfarbe aus«, widersprach ich und fragte mich, wann ich das jemals gesagt haben sollte.

Süß und gut aussehend, dass ich nicht lachte! Intelligent und humorvoll, das wurde ja immer schlimmer! Offenbar konnte er sich Menschen gegenüber so gut verkaufen, dass Leo nicht bemerkte, was für ein arroganter, herablassender Typ er war. Wenn sie wüsste, wie er sie in der ersten Zeit immer taxiert hatte, was er für Sprüche geklopft hatte, würde sie nicht so nett über ihn sprechen.

Dass er bei Leo gut ankam, gab mir zu denken, aber vielleicht *wollte* ich auch einfach nichts positives in ihm sehen. Seth war für mich ein Übel, das leider aktuell notwendig war. Mehr nicht.

Das musste ich Leo aber nicht sagen. Sie lachte über meine Haarfarben-Bemerkung. »Natürlich nicht, aber ich finde, ihr passt einfach gut zusammen. Na ja, du weißt schon, was du tust.« Sie strich ihr Haar zurück und lächelte mich an. »Aber trau dich mal was.«

›*Würde ich ja*‹, dachte ich, ›*wenn es sich bei dem Mann neben mir nicht ausgerechnet um denjenigen handeln würde, den ich absolut nicht leiden kann.*‹

Ihm ging es ja genauso wie mir. Wir waren wie Hund und Katze und meine Nerven den ganzen Abend zum Zerreißen angespannt. Er hatte schon wieder ein paar Spitzen gegen mich losgelassen, die Matt und Leo sicher nicht verstanden hatten.

Ich schon. Er tarnte sie geschickt als Komplimente, aber ich kannte ihn zu gut.

Wenn ich diesen Abend hinter mich gebracht hatte, machte ich drei Kreuze und ließ mir eine gute Ausrede einfallen, warum ich mich nicht weiter mit ›Elias‹ treffen konnte.

Das war sicher in seinem Interesse.

Doch als wir zurückkamen, strahlte Matt uns an. »Wir haben eine tolle Idee fürs nächste Mal!«, sprudelte er hervor. »Hochseilgarten. Sobald das Wetter wieder gut ist. Tolle Idee, oder?«

Ich starrte Seth an, der meinen Blick mit einer Ruhe erwiderte, die ich absolut nicht teilte.

›*Warum?*‹, fragte ich ihn stumm.

Wie nicht anders zu erwarten bekam ich keine Antwort.

Ich ließ mich von Leo breitschlagen, sie am Montag im Büro zu besuchen. Seth lavierte sich elegant aus der Affäre, doch das war mir recht. So musste ich wenigstens keine Rücksicht auf ihn und unsere Geschichte nehmen. Der Freitagabend war schlimm genug.

Leo löcherte mich den ganzen Samstag und Sonntag per Messenger mit unerträglichen Fragen.

Ob ich Freitag mit zu ihm gegangen wäre. Ob wir uns am Wochenende wiedergesehen hätten. Ob ich auf ihn stand und mich vielleicht in ihn verknallt hatte. Ob ich mir etwas mit ihm vorstellen könnte.

Es ging immer so weiter. Ich wusste irgendwann keine Antworten mehr und bat sie, mir etwas Zeit zu geben, um das herauszufinden. Dann ließ sie es endlich gut sein.

So euphorisch hatte ich sie nie zuvor gesehen, es rührte mich beinahe, wie wichtig ihr die Sache war. In erster Linie war es aber ärgerlich. Ich fühlte mich in die Enge gedrängt, als würde etwas mit mir nicht stimmen, weil ich Seth nicht zum Niederknien fand.

Ich fragte mich, ob Matt Seth ebenso in die Zange nahm, wie Leo mich. Ich argwöhnte, dass er ihn einfach fragte, ob er mit mir geschlafen hatte und ob wir uns wiedersahen, und damit die Sache zwischen den Männern geklärt war.

So einfach hätte ich es auch gern, die Antworten wären sehr schnell gekommen: ›Nie im Leben und leider ja‹.

Als wir Montagmorgen bei *Bellmann* ankamen, war ich beinahe froh, Matt und seinen Beschützer zu sehen. Das bedeutete, dass Leo aufhören konnte, über mich und meine Zukunft nachzudenken.

Leo und Matt hatten sich am Freitag zuletzt gesehen, weil Matt mit ein paar Freunden übers Wochenende nach

Berlin auf ein Konzert gefahren war. Sie schrieben zwar ständig, aber die Pause tat mir gut.

Endlich bekam ich den Kopf ein wenig frei. Daran änderte auch Leos Treffen mit Rosalie am Sonntagnachmittag nichts, die schon wieder haarsträubende Geschichten erzählte. Wenigstens waren das Probleme, um die ich mich nicht kümmern musste.

Jetzt standen wir vor dem *Bellmann*-Gebäude, wo Matt gerade sein Rennrad anschloss. Dann drückte er Leo an sich und küsste sie.

»Einen wunderschönen guten Morgen. Wie war dein Wochenende?« Sie gingen gemeinsam hinein, Seth und ich folgten ihnen.

Seth nickte nur knapp, wie ich verwundert feststellte.

»Sind dir die Nettigkeiten ausgegangen?«, stichelte ich.

Er sah mich nachdenklich an. »Ich sammle noch«, meinte er. »Du besuchst Leo nachher in Person, oder?« Ich nickte. »Gut, dann würde ich den Moment nutzen, um ins Himmelreich zu wechseln. Ich muss eine Sache klären.«

»Willst du mich wieder bei Zachariah anschwärzen?«, fragte ich.

Er schüttelte den Kopf, zwischen seinen blonden Brauen bildete sich eine Falte. »Nein, aber danke für die Blumen. Schön, dass du immer so nett über mich denkst«, presste er zwischen den Lippen hindurch.

»Das ist die Basis unserer Zusammenarbeit, denke ich«, meinte ich achselzuckend und folgte unseren Schützlingen in den Fahrstuhl. Seth trat mit finsterer Miene ein.

»Also, schaffst du es nachher, eine halbe Stunde auf beide zu achten?«, fragte er aggressiv.

»Ja, natürlich.« Ich rollte mit den Augen. »Was kann so wichtig sein, dass es nicht bis heute Nacht warten kann?«

»Das ist privat«, schnappte er.

»Na dann, viel Spaß dabei.« Ich hatte keine Lust mehr auf dieses Gespräch, mir schwoll schon wieder der Kamm. Die Fahrstuhltüren öffneten sich und ich trat dankbar hinaus auf den Flur. Atalanta winkte von Weitem und fragte, ob sie zusammen Mittagessen gehen wollten. Ich sollte lieber am Nachmittag als Gwen auftauchen, mir war Atalanta zu aufgeregt.

Der Vormittag und Mittag verstrichen ereignislos, dann gab ich Seth Bescheid, dass ich die Ebene wechseln würde. Ich verließ das Gebäude und trat in einer ruhigen Ecke in die Erddimension über.

Unglaublich, dass mich dieser einfache Schritt mehrere Jahre Training gekostet hatte. Mittlerweile dachte ich nicht einmal mehr darüber nach.

Nebenan war eine Bäckerei, also huschte ich hinein und kaufte einen Kuchen. Dann hatte ich wenigstens vor den Kollegen einen halbwegs plausiblen Grund, warum ich da war. Anschließend ging ich zurück und meldete mich am Empfang an.

Leo hatte mich angekündigt, deswegen wurde ich problemlos durchgewunken. Man sah das hier nicht so eng und Besucher wurden nicht kontrolliert. Ich fand das leichtsinnig, aber tatsächlich war noch nie etwas passiert.

Ich betrat das Großraumbüro und begrüßte alle. Pay, Sem und Ludi kannten mich bereits. Ich war ihnen - genau wie Rosalie - schon ein paar Mal begegnet, wenn sie abends etwas trinken gingen und Leo mich als weibliche Unterstützung anforderte.

Über den Kuchen freuten sie sich erwartungsgemäß. Er war schneller aus dem Karton verschwunden, als ich es mitbekam. Umso besser.

Ich machte mir nichts aus Kuchen. Ich liebte Eis, doch darauf musste ich noch ein paar Wochen warten, wenn die Eisdielen öffneten.

»Nett, dass du mal wieder vorbeischaust«, sagte Pay und vertilgte sein Stück Kuchen in rasender Geschwindigkeit. Er aß ohnehin viel. Dass er trotzdem so dünn war, deutete für mich auf eine Stoffwechselerkrankung hin. »Hast du es dir anders überlegt und willst endlich mein Angebot annehmen, zu mir in die Ausbildung zu kommen?« Er wackelte mit den Augenbrauen und winkte mit der Gabel. Auch das noch. Den Spruch brachte er jedes Mal, wenn wir uns sahen.

Ich zuckte gespielt bedauernd mit den Schultern. »Immer noch nicht, tut mir leid. Ich bleibe brav bei der Krankenkasse und kümmere mich um unser Gesundheitssystem.«

»Unsere Türen sind immer offen«, bot Leos Kollege trotzdem an, ließ es dann aber gut sein. Er verstand ein Nein wenigstens. Ich spürte einen Luftzug, als Seth an mir vorbeiging. Er wechselte jetzt also in den Himmel.

Ich fragte mich, was er mit Zachariah zu besprechen hatte. Wenn es denn ein Termin mit unserem Boss war, aber etwas anderes konnte ich mir nicht vorstellen. Sonst dürfte er niemals seine Position verlassen. Aber weswegen wurde er mitten am Tag dorthin zitiert?

Ging es um mich? Um Matt? Um Leo?

Es ärgerte mich, dass er so ein Geheimnis darum machte. Er hätte doch einfach kurz etwas dazu sagen können.

Leo nahm mich mit in die Kaffeeecke und kochte mir einen Tee. Sie sah plötzlich angespannt aus.

»Alles okay?«, fragte ich. »Passt es doch nicht, dass ich hier bin?«

»Doch, alles okay«, winkte sie ab. »Es ist wieder ein Problem aufgetaucht, von dem ich dachte, ich hätte es erledigt. Deswegen muss ich gleich einmal in die Buchhaltung. Hoffe aber, es geht schnell.«

Ich starrte sie an und bekam Panik.

›Scheiße, das durfte doch nicht wahr sein!‹

»Ich kann wieder gehen und morgen vorbeischauen«, sagte ich hastig. »Meinetwegen musst du dir keinen Stress machen.« Auf keinen Fall konnte ich sie aus den Augen lassen. Doch Leo schüttelte den Kopf.

»Du bist extra hergekommen, das kann ich nicht erwarten. Ich gehe kurz zu Martina und bin gleich wieder da. Matt, darf Gwenny sich neben dich setzen? Ich bin in der BuHa.«

Matt zog die Augenbrauen hoch und winkte mich heran. Mit einem dummen Gefühl im Magen setzte ich mich zu ihm und sah Leo nach, als sie den Raum mit ihrem Tablet verließ. Das war das Schlimmste, was mir je passiert war, ich hatte sie noch nie aus den Augen verloren. Innerlich drehte ich durch.

»Hey, du siehst angespannt aus«, meinte Matt. »Stimmt was nicht?«

»Ach nein, alles okay«, wiegelte ich ab.

»Du siehst aus, als würdest du jeden Moment mit einem Bombenanschlag rechnen«, informierte er mich.

»Das ist übertrieben«, widersprach ich und riss mich von der Tür los. Mein Stresspegel war immens, ich musste mich mit aller Macht zusammenreißen. Matt betrachtete mich, dabei hatte er den Kopf leicht zur Seite geneigt, also erwiderte ich seinen Blick.

Ich bemerkte, dass er an seiner linken Wange eine kleine Stelle beim Rasieren übersehen hatte.

»Eine Actionheldin muss natürlich immer einsatzbereit sein«, sagte er verständnisvoll.

Flirtete er etwa mit mir? Ich hatte ihn außer mit Leo noch nie mit anderen Frauen erlebt, deswegen konnte ich es schwer einschätzen. Aber ... es fühlte sich danach an.

Ich wusste nicht, was ich machen sollte.

»Sehr witzig«, murmelte ich und starrte auf seinen Bildschirm.

»Schon gut«, winkte er ab. »Ich freue mich auf den Hochseilgarten. Ich weiß, dass Elias in so was gut ist, du wahrscheinlich auch, was du so erzählt hast. Beneidenswert.«

»Es gibt Wichtigeres, als gut klettern zu können oder Kampfsport zu machen«, erwiderte ich. »Ich finde den Charakter eines Menschen tausend Mal spannender.«

»Da hast du natürlich recht«, räumte er ein. »Aber es gibt noch ein paar angenehme Nebenerscheinungen zusätzlich zum Charakter.« Ich lächelte schmal und erblickte mein eigenes Gesicht im Bildschirm eines ausgeschalteten Monitors.

Meinte er mich? Ich war unauffällig, wie es für einen Schutzengel vorteilhaft war: Weder war ich besonders hübsch, noch fiel ich durch meine Stimme oder meine Gesten auf. Mein Gesicht war rund, aber ich hatte ein spitzes Kinn. Mein schulterlanges dunkelbraunes Haar trug ich wie immer zu einem Pferdeschwanz gebunden.

Es gab allein hier im Gebäude zwanzig Frauen (inklusive Leo), die hübscher waren als ich.

Und trotzdem betrachtete mich der Freund meines Schützlings, als sei ich bewundernswert.

Das war schlecht.

Und noch schlechter war, dass es mir gefiel. Die Worte tröpfelten warm in mein Inneres.

Ich rang mir ein weiteres Lächeln ab und sagte mir, dass ich es einfach über mich ergehen lassen würde.

Das positive Gefühl war minimal.
Kein Grund, sich Gedanken zu machen.
Gar kein Grund.
Verdammt, Ziva!

Es dauerte eine halbe Stunde, dann war Leo unversehrt zurück. Kurz darauf traf auch Seth wieder ein. Ich war froh, dass er mein Gespräch mit Matt nicht mitbekommen hatte. Ich wüsste nicht, wie er reagieren würde. Ich wusste ja selbst nicht, wie ich damit umgehen sollte.

Es wäre am besten, wenn Gwen Matt nicht mehr begegnete, doch der Termin für den verfluchten Kletterpark stand schon.

Ich fühlte mich verunsichert, wusste nicht, wie ich seine Andeutungen nehmen sollte.

Er war mit Leo zusammen, verflucht.

Er sollte keiner anderen Frau auch nur hinterherschauen, geschweige denn flirten.

Endlich fand ich die passende Gelegenheit, um mich zu verabschieden, und wechselte wieder in die sichere Astralebene. Dann sah ich zu Seth hinüber, der neben mir am Fenster stand.

Sollte ich ihm davon erzählen? Aber mit welchem Ziel?

Selbst wenn er mir sagte, dass Matt gern mit anderen Frauen flirtete, auch wenn er in einer Beziehung war, was änderte das?

Ich müsste mit Leo sprechen, aber das wollte ich nicht.

Ich wollte sie nicht verletzen.

Und ... Ich drehte Seth den Rücken zu und starrte aus dem Fenster.

Und ich wollte diesen kleinen Moment für mich behalten. Ein Moment, in dem ich - wenn auch unfreiwillig - außer Dienst war und in dem es einmal nur um mich ging.

Nicht um meine Aufgabe, nicht um meinen Schützling -
nur um mich. Um das, was ich konnte, was ich leistete und
auch ein wenig, wie ich aussah.

Jemand interessierte sich - zumindest ein bisschen - für
mich als Person.

Ich fühlte mich nicht gut deswegen, doch eine kleine
Stimme in meinem Kopf sagte mir, dass ich das verdient
hatte.

Ich durfte mir dieses kleine Gefühl gönnen.

Nur einmal und nur kurz.

Dann würde ich wieder so professionell wie sonst sein.

8

E s war am Donnerstagabend, als Leo als Letzte im Büro war.

Kurz vor Feierabend hatte Martina sich erneut gemeldet. Sie brauchte unbedingt Leos Hilfe, sonst konnte sie einen wichtigen Bericht nicht fertigstellen.

Matt wollte sie nicht allein lassen, doch Leo bestand darauf, dass er pünktlich zu seinem Cheeseburger-Date mit Elias kam, also machte er sich widerstrebend auf den Weg. Nun saß Leo allein an ihrem Schreibtisch und musste alle zehn Minuten aufstehen, damit das Licht im Büro nicht ausging.

Draußen dämmerte es bereits.

Ich setzte mich auf den leeren Schreibtisch hinter ihr und sah ihr über die Schulter. Es war wieder das altbekannte Problem, doch dieses Mal tauchte es an anderer Stelle auf, weswegen Leo mit einem Reboot keinen Erfolg hatte.

Sie streckte sich und lockerte ihre Schultern. Dass Martina auf sie wartete, verstärkte den Stress.

Leos Nackenwirbel knackten, dann wandte sie sich wieder dem Rechner zu. Sie machte noch zwei Versuche, doch ich sah das immer gleiche Fenster mit der immer gleichen Fehlermeldung aufpoppen.

Sie fluchte leise und stand auf.

»Okay, was mache ich jetzt?«, murmelte sie, während sie eine Runde um die Schreibtische drehte.

Das machte sie manchmal, Bewegung und Selbstgespräche halfen ihr in solchen Momenten weiter. »Der Reboot hat nichts gebracht, der Support weiß von nichts. Das Problem liegt hier, aber wo?« Sie kehrte zurück an ihren Schreibtisch und dehnte ihre Finger. »Okay, du kleines Miststück, dann müssen wir eben tiefer graben.«

Sie wechselte den Modus auf ihrem Rechner, das hatte ich sie schon ein paar Mal tun sehen. Leo hielt sich immer an Regeln, aber manchmal testete sie deren Grenzen zum Spaß aus.

Das war anscheinend so ein Ding bei Programmierern, um sich selbst zu beweisen, dass sie gut waren.

Leo liebte knifflige Aufgaben, doch ich bemerkte, dass dieses Rätsel sie nervte. Es behinderte sie bei ihrer eigentlichen Aufgabe. Es war schwer zu greifen und sie kam nicht weiter. Ein kleines Lächeln breitete sich auf ihrem Gesicht aus, als sie sich in das Programm hackte.

Ich stand auf und sah ihr über die Schulter. Sie ging behutsam vor, so viel konnte ich erkennen, dabei schaute sie sich die Prozesse im System genau an. Ich beobachtete ihr Gesicht, während sie das tat, von den Zahlen- und Buchstabenkolonnen verstand ich nichts. Sie waren wie ein unlösbares Bilderrätsel für mich.

Plötzlich holte sie tief Luft und riss die Augen auf. »Was ist das denn?«, murmelte sie. Ihre Finger flogen über die Tastatur und die Ansicht auf dem Monitor veränderte sich erneut. Sie leitete ihre IP-Adresse über einen ausländischen Server um und machte inkognito weiter.

Irgendwas war da im Busch, das sagte mir die steile Falte zwischen ihren Augenbrauen.

Sie wanderte mit dem Zeigefinger über den Monitor und schüttelte langsam den Kopf. Dann rief sie ein anderes Programm auf und griff zum Hörer.

»Martina, kannst du bitte noch einmal *Albatroz* öffnen?«
Ich wusste mittlerweile, dass *Albatroz* das System war, in dem die Buchungen nicht ankamen. »Gut, danke. Bitte behalte einmal die Buchungsübersicht im Auge. Ich sage dir gleich, warum.«

Ich hörte nicht, was Martina antwortete, doch Leo wechselte zurück in das Ursprungsprogramm *Limix*.

Sie wiederholte den fehlerhaften Vorgang.

Erneut erschien die Fehlermeldung: *Ihr Vorgang konnte nicht durchgeführt werden und wurde abgebrochen. Bitte versuchen Sie es erneut.*

»Tut sich etwas bei dir?«, fragte sie in ihr Headset. Ich stellte mich so dicht neben sie, dass ich lauschen konnte.

»Ja«, sagte Martina ungehalten. »Was soll das? Ich habe hier eine Buchung über zehntausend Euro. Warst du das?«

»Ja, allerdings«, sagte Leo, ihr Gesicht verzog sich grimmig. »Ich wollte etwas ausprobieren und ich habe eine Idee. Bitte lösch diese Buchung und mach deinen Abschluss. Die Fehlermeldungen kannst du ignorieren, die Zahlungen gehen durch. Ich prüfe hier noch etwas, vielleicht finde ich den Bug.«

»Gut, danke, Leo«, sagte Martina und legte auf.

Leo atmete tief durch, doch statt zufrieden auszusehen, sah ich ihre Anspannung wachsen.

»Das gibt es doch nicht«, murmelte sie. Sie rief sich wieder die Code-Kolonnen auf und starrte auf den Monitor. »Wenn das kein Zufall ist ...« Sie bedeckte ihren Mund mit ihren Fingern und starrte stumm auf den Bildschirm.

Dann scrollte sie immer weiter nach oben und markierte einen Teil des Codes, den sie kopierte und durch eine Suchfunktion jagte. Das System rechnete und rechnete.

Sie schüttelte fassungslos den Kopf und brach das Programm ab.

Draußen knallte es und sie fuhr zusammen, als sei auf sie geschossen worden. Leo griff nach ihrem Tablet und fuhr ihren Rechner hinunter, dann zog sie hastig ihre Jacke an. Ich folgte ihr auf dem Fuß und hatte keine Ahnung, was los war.

Vor dem Fahrstuhl blieb sie stehen, drehte um und nahm die Treppe. Dabei fischte sie ihr Smartphone aus ihrer Jackentasche und rief Matt an. »Bist du schon zu Hause?«, fragte sie. »Ich muss dringend mit dir sprechen. Okay, dann treffen wir uns bei dir. Danke. Und sorry, sag Elias, es tut mir leid, aber es ist wichtig.« Sie legte auf und erreichte ihre Vespa.

Mit fahrigen Bewegungen setzte sie ihren Helm auf und startete den Motor. Ich sprang hinter ihr auf den Sozius und hielt mich an ihr fest. Ich musste besonders vorsichtig sein und aufpassen.

»Was hast du denn bloß?«, fragte ich in den Wind, der mir ihre Haare ins Gesicht blies.

Ich bekam keine Antwort, aber Leos Verhalten beunruhigte mich zutiefst. So kannte ich sie gar nicht. Was hatte sie in dem System gefunden, dass es sie so aus dem Konzept brachte?

Wir erreichten Matts Wohnstraße in wenigen Minuten. Er bog gerade auf dem Fahrrad um die Straßenecke. Ich sah Seth nebenher traben.

Er wirkte genauso ratlos wie Matt.

Leo stellte ihre Vespa ab und sicherte sie, da kam er schon auf sie zu und nahm sie in den Arm. »Leo, was ist denn los? Du bist ja völlig durch den Wind.«

»Erzähle ich dir oben. Sorry für den Überfall. Ich habe etwas entdeckt, das ich dir unbedingt zeigen muss.« Sie betraten Matts Wohnhaus und gingen in den zweiten Stock zu seiner Wohnung.

»Das muss ja ein Kracher sein, wenn du so aufgekratzt bist«, meinte er lächelnd, doch ich sah ihm seine Sorge an.

»Keine Ahnung. Ich hoffe eher, dass du mir gleich sagst, dass ich mich irre«, sagte sie ernst.

»Du machst mich nervös«, erwiderte er und sah sie vorsichtig an.

»Ich bin es schon.« Sie strich sich fahrig eine Haarsträhne hinters Ohr, ihre Hände zitterten leicht. Matt schloss seine Tür auf und zog sie in seine Arme. Sie hielt sich an ihm fest, doch ihre Augen blieben offen. Sie starrte ins Leere.

»Dann zeig es mir«, bat er und ließ sie los.

»Was ist bloß los?«, fragte Seth, als sie sich auf Matts Sofa kauerten und Leo ihr Tablet auf den Tisch stellte.

»Ich weiß es nicht«, gestand ich. »Sie hat irgendwas in diesem Buchungssystem gefunden, das sie so aufregt.«

»Schon wieder diese Paranoia?«, fragte er herablassend.

»Du hast doch keine Ahnung!«, zischte ich. »Halte dich wenigstens einmal zurück mit deinen dummen Sprüchen!«

Er zuckte zurück und machte ein saures Gesicht. »Schon gut, kein Grund, auf mich loszugehen.«

War es doch, aber ich hatte keine Lust, es ihm zu erklären. Ich ließ ihn einfach stehen und stellte mich hinter Matts Sofa, um den beiden über die Schulter zu sehen.

»Worum geht es?«, fragte Matt.

»Um Martinas Buchungssoftware *Limix*«, erwiderte Leo. »Seit einigen Wochen hat sie Probleme damit. Ich habe es mir genau angeschaut und dabei etwas entdeckt. Ich glaube, die Software wurde gehackt und umprogrammiert. Das System spuckt Fehlermeldungen bei Standardbuchungen aus. Der Clou ist, dass die Buchungen durchgehen, doch jedes Mal verändern sich Betrag und Verwendungszweck. Entweder haben die einen Volldeppen als Chefentwickler, der diesen Fehler nicht bemerkt hat, oder es ist Absicht. Wenn es Absicht ist ...« Sie brach ab und rang die Hände. »Ich weiß auch nicht, was dann ist.«

Matts Augenbrauen zogen sich zusammen. »Wenn du recht hast, ist das ein Riesending. Lass es uns in Ruhe durchgehen, um ganz sicher zu sein, ja? Zeig mir alles. Wie kommst du auf den Verdacht, dass die Software gehackt wurde?«

»Die sich verändernden Verwendungszwecke sind Martina schon früher aufgefallen, doch heute habe ich sie gebeten, einen Echtzeit-Abgleich in *Albatroz,* dem zweiten Programm, zu machen. Die angeblich fehlgeschlagene Buchung taucht dort auf: mit einem veränderten Betrag und einer neuen Referenz. Ich könnte mir vorstellen, dass sogar das Buchungsdatum abgeändert wurde. Wenn man das nicht beobachtet, ist es quasi unmöglich, nachzuverfolgen, welche Buchungen betroffen sind. In einem Abschlussbericht ist es nicht nachzuvollziehen. Ich habe es noch nicht kontrolliert, aber es könnte sein, dass *Limix* die fehlgeschlagenen Buchungen dennoch erfasst, sodass die Konten immer stimmen. Das wäre der nächste Schritt, aber ich wollte vorher mit dir darüber sprechen.«

Sie gab Matt ein paar Sekunden, um das Ganze zu verstehen. »Das klingt nicht nach einem Zufall«, sagte er langsam. In seine Augen trat der gleiche beunruhigende Glanz wie in Leos. Adrenalin, gepaart mit einem Quäntchen Angst. Ich bekam Gänsehaut auf den Unterarmen. Seth schwieg beharrlich.

Leo nickte. »Das finde ich auch. Bitte sieh es dir einmal an. Ich habe mir den Code angesehen, aber nichts auffälliges gefunden. Wie gesagt: Entweder ein Volldepp oder jemand, der richtig gut ist.«

»Der Übergang ist manchmal fließend. Wenn es aber ein Profi war, bedeutet die Unauffälligkeit im Zweifel nur, dass sorgfältig gearbeitet wurde.« Matt starrte auf den kleinen Bildschirm von Leos Tablet. »Viel ist nicht zu sehen«, gab er dann zu.

»Ich weiß«, sagte sie. »Ich wollte es dir unbedingt gleich zeigen und habe einen Teil kopiert. Wegen der Firewall kann ich hier nicht darauf zugreifen.«

»Dann müssen wir es uns im Büro bei nächster Gelegenheit ansehen«, sagte Matt. Er bemühte sich um Ruhe, das sah ich ihm an, doch auch in seinem Kopf ratterte es sichtlich. »Wir sollten es für uns behalten, bis wir mehr wissen. Ich will keinen Ärger verursachen. Aber ansehen werden wir es uns, versprochen.«

Sie nickte unglücklich. »Ich danke dir. Auch, dass du es nicht einfach abtust. Ich hoffe, dass es nicht das ist, was ich denke. Ich überlege die ganze Zeit und habe nur einen einzigen Grund gefunden, aus dem diese Funktion geschaffen wurde«, sagte sie. »Und wenn ich damit recht habe, bedeutet das, dass bei *Bellmann* Geld gewaschen wird.«

Ich spürte Seths Blick im Nacken, doch ich war zu erschrocken, um mich darum zu kümmern. Leos Worte erwischten mich eiskalt.

Seth jedoch trat schnaubend ans Fenster. »Noch dramatischer ging es nicht, oder?«, fragte er über die Schulter. »Geldwäsche. Vermutlich fürs organisierte Verbrechen. Als Nächstes bringt sie die Mafia ins Spiel.«

»Rede nicht solchen Blödsinn«, fuhr ich ihn an.

»Auf mich wirkt es, als wolle sie sich vor Matt wichtig-machen. Vielleicht findet sie sich nicht interessant genug, weil sie keinen Kampfsport kann«, sagte er gehässig.

Ich starrte ihn an. Er hatte es also doch bemerkt.

Mein Magen machte einen kleinen Satz, als wäre ich in ein Loch getreten.

›Nicht aus der Reserve locken lassen, Ziva‹, sagte ich mir und funkelte ihn an. »Du denkst auch immer nur schlecht von allen, oder?«, fragte ich kalt.

»Das ist Erfahrung«, sagte er herablassend. »Aber gut, sie werden es sich noch einmal anschauen und dann wird Matt ihr sagen, dass sie sich irrt und das Ganze nur ein Bug ist. So was hatte er schon mal.«

»Ein Glück, das Matt so kompetent ist«, knurrte ich und ging in die Küchennische, um etwas Abstand zwischen ihn und mich zu bringen. Finster starrte ich aus dem Fenster hinunter auf die Straße.

Es war so klar, dass er wieder eine Möglichkeit fand, uns beide dumm dastehen zu lassen.

Ich ballte die Hände zu Fäusten.

Typisch! Wenn Matt das Problem entdeckt hätte, müsste ich mir jetzt anhören, wie außergewöhnlich klug er war. Dass Leo diesen Fehler nie gefunden hätte.

Ich hasste Seth für dieses Getue. Für diesen untergründigen Sexismus, der bei ihm mitschwang. Bei unserem Job machte es keinen Unterschied, ob der Schutzengel männlich oder weiblich war, genau wie das Geschlecht des Schützlings keine Rolle spielte. Und in Zukunft, wenn die Grenzen noch weiter verschwammen, würde er mit dieser Einstellung ausgelacht werden.

Das Gremium, das den Himmel leitete, bestand aus vier Erzengeln. Männliche Erzengel. Sie waren uralt und ich hatte nur von ihnen gehört, kannte ihre Namen, doch nicht ihre Gesichter. Bisher war mir das immer egal, doch plötzlich störte es mich. Wurde Seth auch bevorzugt, weil er in seinem menschlichen Leben ein Mann gewesen war?

Leo kämpfte, seit ich sie kannte, gegen Vorurteile gegen Frauen in der Softwareentwicklung. Sie ließ sich nie unterkriegen und ich respektierte sie dafür.

Jetzt hatte ich einen komischen Geschmack auf der Zunge. Er war bitter. Und er machte mich wütend.

Normalerweise sollte sie das nicht tun müssen.

Normalerweise sollte das keine Rolle spielen.

Tat es aber und ich konnte nichts tun, um ihr zu helfen.

»Ziva?« Seth war mir gefolgt. »Was habe ich denn jetzt schon wieder getan?«

Ich holte atmete tief durch die Nase und kämpfte die Wut nieder. Mir fehlte die Zeit, um mit Seth zu streiten.

Mit dem Kopf war ich ausschließlich bei Leo. Ich machte mir Sorgen um sie. Falls sie auf der richtigen Spur war, konnte das gefährlich werden.

Mein Herz machte einen Satz.

Das hatte ich mir immer gewünscht.

Jetzt machte es mir Angst.

Sie versuchten in den nächsten Tagen, mit der Recherche weiterzukommen, doch es ergab sich keine Gelegenheit dazu. Leo war angespannt und ich sah ihr an, dass ihre Entdeckung ihr keine Ruhe ließ.

Doch ihr Projekt kam gerade in eine wichtige Phase. Die Geschäftsführung verlangte einen Zwischenbericht und Sem hatte sich in den Kopf gesetzt, dass ein wichtiger Meilenstein vorher erreicht werden musste.

Für Leos Verdacht blieb deshalb keine Zeit. Sie machte sich Vorwürfe deswegen, doch ich hatte auch keine Idee, wie ich ihr helfen könnte. In diesen Dingen konnte ich sie nicht unterstützen. Ich konnte nur versuchen, sie vor physischem Schaden zu bewahren.

Seth ließ die Zeit mit wichtiger Miene verstreichen und nickte immer wieder vielsagend in Richtung der Rechner.

»Das ist das wichtigste«, sagte er bedeutungsschwer, als Matt ein weiteres Problem behob.

Ich ignorierte ihn, um nicht wieder wütend zu werden.

Leo, Matt und das Team saßen lange im Büro und legten am Samstag deswegen eine Extraschicht ein.

Alle waren an Bord, auch Atalanta, die sich um die Oberflächen kümmerte und nebenbei dafür sorgte, dass sie sich nicht stundenlang anschwiegen.

In diesem Fall war ich dankbar für ihr Temperament, es hinderte mich auch am Durchdrehen.

»Ist alles okay?«, fragte sie am Samstagnachmittag in einer Pause. Sem hatte Kuchen und Energydrinks besorgt, jetzt verschnauften sie gemeinsam.

Leo rang sich ein Lächeln ab, ihr Blick huschte hinüber zu ihrem Rechner. »Ja, ich hatte nicht damit gerechnet, dass der Sprint so anstrengend wird«, sagte sie.

»Das kriegen wir hin, mach dir keine Sorgen«, tröstete Atalanta und tätschelte ihre Schulter. »Ich glaube, wir haben das schlimmste schon geschafft.« Sie sah zu Sem, der bestätigend nickte.

»Wenn es so weitergeht, kommen wir ohne Nachtschicht aus«, erwiderte er.

»Pff... um die Pizzaparty kommst du trotzdem nicht herum«, sagte Ludi wegwerfend.

Sem rollte mit den Augen. »Will ich auch nicht. Aber ich esse sie lieber in Ruhe mit euch, anstatt im Hinterkopf zu haben, dass wir hier noch weitermachen müssen.«

»Gibt es einen Grund, warum Dr. Bremer die neue Version unbedingt bis Dienstagabend braucht?«, fragte Matt.

»Er hat am Mittwoch einen Termin im Rathaus vor dem Sozialausschuss«, erklärte Sem. »Dort warten sie auf unser System. Ich werde auch dabei sein und die Beta-Version vorstellen. Wenn der Plan aufgeht, kaufen sie es und statten auch Behörden und andere Stakeholder damit aus. Das wäre eine Möglichkeit für *Bellmann*, um sich noch besser zu positionieren.«

»Und um Kohle zu verdienen«, versetzte Ludi spitz. »Ich denke, wir arbeiten für den guten Zweck?«

»Soweit ich mich erinnere, bekommst du jeden Monat Geld für deine Arbeit überwiesen«, sagte Sem entspannt. Er kannte Ludis zickige Art zur Genüge.

»Stimmt, aber ich dachte, dass mein Gehalt hauptsächlich von der Stadt gezahlt wird.« Ludi ließ nicht locker. Dieses Mal verfolgte ich seine Sticheleien genau.

Ahnte er auch etwas? Wusste Sem irgendwas?

Der Teamleiter sah ihn aus schmalen Augen an. »Möchtest du diese Diskussion mit der Geschäftsleitung führen? Dr. Bremer und Dr. von Hauckwitz freuen sich sicher über deine Anregungen.«

Ludi rollte mit den Augen. »Ich sag es ja nur. Darf ich mich nicht wundern, warum wir plötzlich IT-Dienstleister werden? Dafür sind wir doch viel zu wenige. Wir können nicht für zehn andere Firmen und Behörden mitprogrammieren. Wer soll da den Support machen und sich gleichzeitig um die Weiterentwicklung kümmern? Das ist doch viel zu hoch gegriffen.«

»Es ist doch auch nur eine Idee«, beruhigte Sem. »Erst einmal müssen wir das Programm zum Laufen bringen. Danach sehen wir weiter. Und sei dir sicher, dass ich nicht zulasse, dass wir im Stress untergehen.«

Das beruhigte Ludi offenbar nur bedingt, doch er schwieg. Ich dachte über das Gesagte nach, doch ich fand keinen Anhaltspunkt. Es passte nicht mit Leos Verdacht zusammen. Aber vielleicht musste es das auch nicht.

Sie beendeten ihre Pause und arbeiteten weiter. Gegen neunzehn Uhr erreichten sie einen Stand, mit dem alle vorerst zufrieden waren.

»Den Rest machen wir am Montag und kümmern uns am Dienstag um die letzten Bugs. Das schaffen wir vor dem Termin im Rathaus«, legte Sem fest und orderte Pizza.

Leo saß noch an ihrem Schreibtisch und starrte auf ihren Bildschirm. Endlich tat sich ein kleines Zeitfenster auf.

»Ich könnte noch kurz ...«, murmelte sie und bewegte die Maus zum Suchfeld. »Nur ganz kurz.« Ich sah ihr an, wie müde sie war.

Matt trat neben sie. »Ich denke, du kannst ihn runterfahren«, sagte er leise. Sie sah ihn unglücklich an, doch er schüttelte den Kopf. »Für heute ist es gut, Leo. Wir machen das. Zusammen. Ich verspreche es dir. Aber bitte nicht mehr heute.«

Sie atmete tief ein und schaltete den PC aus.

Am Montagabend ergab sich endlich die Gelegenheit zur Recherche. Ludi, Pay und Sem waren bereits gegangen. Der Sprint war beendet, der Meilenstein erreicht. Es fehlten nur noch ein paar Handgriffe, die am Dienstag erledigt werden konnten.

»Jetzt«, nickte Matt und schloss die Tür zum Büro. Leo öffnete derweil die bekannten Programme auf ihrem Rechner und winkte ihn heran.

Ich beobachtete sie dabei, wie sie erneut eine Buchung aufsetzte. Dieses Mal ging sie problemlos durch.

Überrascht zog sie die Augenbrauen hoch. »Aber ...«

»Du sagtest, dass auch bei Martina der Fehler nur sporadisch auftritt«, erwiderte Matt ruhig. »Hast du Screenshots von den Vorgängen?«

Leo nickte und rief sie auf. Gemeinsam starrten sie schweigend auf den Bildschirm.

»Es sind unterschiedliche Firmen, bei denen das passiert«, stellte Matt fest.

»Das ist mir auch schon aufgefallen und ich habe bereits überprüft«, erwiderte sie.

»Und die Beträge?«, fragte er. Leo wiegte den Kopf.

»Sehr unterschiedlich. Andere Buchungen mit höheren Beträgen sind nicht betroffen, das habe ich mir schon angeschaut.«

»Und die Buchungen, die betroffen sind, wie verändern sich die Beträge?«, fragte Matt weiter.

»Soweit ich das sehen kann, werden sie teilweise aufgesplittet, teilweise ergeben die neuen Beträge keinen Sinn. Sie sind auch schon niedriger ausgefallen, als die ursprüngliche Buchung.«

»Das spräche gegen die Geldwäschetheorie«, sagte er.

»Andere Buchungen fallen höher aus«, erwiderte Leo schulterzuckend. »Ich habe sie nicht erfasst und addiert, aber das müssten wir wahrscheinlich tun. Wenn wir die Fehlerbuchungen identifizieren können.«

Matt dachte nach und rollte seinen Kuli zwischen den Vorderzähnen hin und her. »Es ist kompliziert«, sagte er langsam. Leo nickte. »Aber das macht es ja interessant. Wie sieht es mit dem Verwendungszweck aus?«, fragte er weiter.

Sie glichen die Zahlenkolonnen ab.

»Sieh dir das an.« Er deutete auf die Referenznummer einer fehlerhaften Buchung, die Leo markiert hatte. »Da, siehst du das? 475698547, wie bei den anderen beiden. Die Zahlenfolge steckt in der Mitte der Buchungsnummer.«

»Könnte ein Zufall sein«, murmelte sie. »Oder Absicht.«

»Versuch es noch mal mit so einer Buchungsnummer«, bat Matt.

Leo nickte und setzte eine neue Buchung auf. Die Fehlermeldung erschien auf dem Bildschirm. Gleichzeitig tauchte eine neue Buchung in *Albatroz* auf. Verwendungszweck und Summe hatten sich verändert, außerdem erschienen gleich zwei neue Positionen in der Buchungsübersicht. Der Betrag hatte sich deutlich erhöht.

Leo ließ die Hände auf ihre Beine sinken und starrte auf ihren Monitor. Matt schwieg.

»Unfassbar«, flüsterte sie, dann griff sie hastig wieder nach der Maus. »Gegenprobe.«

»Das wollte ich auch gerade vorschlagen«, stimmte Matt zu. Er legte seine Hände auf ihre Schultern.

Seth stellte sich neben mich und verschränkte die Arme vor der Brust. »Ich bin gespannt«, sagte er betont gelassen.

Leo wiederholte den Vorgang mit einer anderen Referenznummer, die sie an das Muster anlehnte.

Mit angehaltenem Atem verfolgten wir, wie die Fehlermeldung erneut in *Limix* erschien. Dieses Mal poppten gleich drei weitere Buchungen in *Albatroz* auf.

Wieder war die Summe größer als der ursprüngliche Betrag. Leo klickte darauf und sie verschwand aus *Limix*, als habe es die Buchung nie gegeben.

»Volltreffer«, murmelte Matt und beugte sich vor. »Es muss die Schnittstelle sein.«

»Das habe ich mir auch gedacht«, sagte Leo, ihre Stimme klang mechanisch. »Deswegen konnte der Support von *Limix* auch nichts finden.« Matt nickte, da erschien plötzlich eine Meldung auf Leos Bildschirm.

Das Virenprogramm schlug Alarm.

»Scheiße!« Sie tippte hektisch auf ihren Rechner, so schnell, dass ich nicht einmal sagen konnte, was sie tat.

Matt zog seinen Stuhl neben sie und verfolgte atemlos, wie sie versuchte, den Virus loszuwerden. Ihre Tastatur klang wie ein Maschinengewehr, dann sank sie plötzlich in sich zusammen. Der Bildschirm verschwamm einmal kurz, dann wurde er wieder scharf.

Die Meldung des Virenprogramms verschwand.

»Das war knapp«, murmelte sie.

»Das war ein Angriff«, sagte Matt nüchtern.

Sie mied seinen Blick. »Ich weiß.«

»Wir sind bemerkt worden.«

»Ich weiß.«

»Irgendwem sind wir auf die Füße getreten«, sagte er gefasst. Leo sah ihn an und nickte. »Was willst du jetzt machen, Leo?«

»Da sie mich schon bemerkt haben: Weiter. Und noch vorsichtiger sein«, erwiderte sie tonlos. »Hilfst du mir?«

Er beugte sich vor und küsste sie. »Natürlich. Aber wir müssen wirklich sehr vorsichtig sein. Versprochen?«

»Versprochen.«

Ich sah zu Seth. Sein breiter Kiefer war angespannt und er suchte nach Worten.

»Damit habe ich nicht gerechnet«, räumte er ein. »Sieht so aus, als würden wir Arbeit bekommen, Ziva.«

Dem hatte ich nichts hinzuzufügen.

Am Donnerstag stand das Kletterpark-Doppeldate an, das wegen sintflutartigen Regens in einen Restaurantbesuch geändert werden musste.

Seth war so unklug und behauptete Matt gegenüber, es sei *enger* zwischen uns geworden. Das hatte Matt natürlich Leo erzählt, die jetzt ständig nach Details fragte.

»Warum hast du das getan?«, fuhr ich ihn an, als die dritte Nachricht zu diesem Thema kam.

»Er hat gefragt und ich habe ihm eine passende Antwort gegeben. Wir sind schließlich erwachsen«, erwiderte er schulterzuckend. »Warum sollten wir keinen Sex haben, wo wir uns doch gut verstehen und uns weiter treffen? Normale Menschen tun so was, Ziva.«

Ich hätte schreien können. Außerdem hatte ich den Verdacht, dass er es aus einem anderen Grund behauptet hatte. Dass dieser Grund in Matt lag und der Bemerkung über die Actionheldin.

Aber warum? Es konnte ihm doch egal sein, ob Matt mir ein Kompliment machte. An Leos Gefühlen hatte Seth sicher kein Interesse. Viel wahrscheinlicher war, dass er mich einfach ärgern wollte. Auch wenn das bedeutete, dass wir noch mehr so tun mussten, als wären wir zumindest verknallt. Genauso gut hätte man mich bitten können, mit bloßen Händen Feuer zu machen.

Für weitere Recherchen fehlte unseren Schützlingen in den letzten Tagen die Zeit. Das Meeting mit dem Senat förderte neue Wünsche für das System, das nun *Samari* hieß, zutage. Matt und Leo hatten nur noch damit zu tun, ebenso Pay und Ludi. Atalanta bekam einen festen Schreibtisch bei ihnen im Büro und war jeden Tag mehrere Stunden dabei.

Außerdem brauchte Leo etwas Zeit, um ihren Rechner auf Schäden durch den Virusangriff zu untersuchen. Sie hatte Sem darüber informiert, ohne von ihrem Verdacht zu erzählen. Er ging davon aus, dass es sich um einen Hackerangriff handelte, wie sie manchmal vorkamen.

Das war ja auch nah an der Wahrheit.

Leo und Matt diskutierten lange darüber, ob sie Sem einweihen sollten, und kamen zu dem Ergebnis, dass ihnen noch konkrete Beweise fehlten.

Sie brauchten mehr.

Wenn sie denn Zeit fanden, um danach zu suchen.

Es war sicher nicht schlecht, wenn ein wenig Gras über die Sache wuchs. Im besten Fall ließen sie denjenigen, der ihnen den Virus geschickt hatte, in dem Glauben, dass die Aktivitäten in seinem System Zufall gewesen waren und sie die Sache auf sich beruhen ließen.

In der Zwischenzeit suchten sie nach Möglichkeiten, um sich besser zu schützen.

Ich stand nur untätig daneben und wünschte mir, ich könnte helfen. Seth ging es da besser, er besorgte sich Unterlagen und Fachliteratur, die er, im Gegensatz zu mir, verstand. So konnte er ihnen vielleicht weiterhelfen, wenn wir uns sahen. Das ärgerte mich wieder, aber ich bemühte mich, es ihm nicht zu zeigen.

Jetzt standen wir vor dem Restaurant und warteten auf Matt und Leo, die soeben die letzten Meter zusammen zurücklegten.

»Willst du mir deine Hand geben?«, fragte Seth.

»Lieber nicht«, erwiderte ich.

»Aber Paare machen das so«, beharrte er.

»Wir sind kein Paar, wir daten«, korrigierte ich.

»Wir hatten Sex«, trumpfte er auf.

»Das behauptest nur du.« Ich verzog den Mund und schüttelte den Kopf, als ich sein Gesicht sah. Seine Miene war eine stumme Frage. »Vergiss es. Ich verstehe nicht einmal, wie du so was auch nur denken kannst.«

»Jeder Job fordert Opfer«, erwiderte er achselzuckend, als hätte er sich bereits damit abgefunden.

So war das also. Wut fuhr durch meine Eingeweide.

»Fahr zur Hölle, Seth«, zischte ich und drehte ihm den Rücken zu.

»Ärger im Paradies?«, erklang Matts Stimme.

Ich zuckte zusammen.

Hoffentlich hatte er mich nicht gehört!

Ein Arm legte sich um meine Schulter und plötzlich zog Seth mich an sich.

»Tut mir leid, das war nicht so gemeint«, sagte er und küsste mich.

Ich machte mich steif und hielt den Atem an.

Ich konnte nicht glauben, was da passierte.

Es war ... es war ... grauenvoll. Schlimmer als alles, was ich bisher ertragen musste.

Seine Lippen auf meinen waren wie Fremdkörper. Ich roch ihn, ich spürte ihn, ich schmeckte ihn.

Es war viel zu viel. Seine Arme hielten mich fest und pressten mich an seinen Körper.

Ich fühlte mich bedrängt, machtlos, weil er so viel größer war als ich. Als wäre ich eine Puppe, mit der er einfach tun konnte, was er wollte.

Ich hasste es. Ich hasste ihn, weil er das mit mir machte.

Und ich konnte mich nicht einmal wehren, ohne noch mehr Chaos zu verursachen.

Ich schlang meine Arme um seinen Nacken und packte ihn am Hemdkragen. Dann zog ich ihn mit aller Kraft zurück. Er ließ mich los und sah mich mit großen Augen an, als könne er selbst nicht glauben, was er getan hatte.

»Du wirst dir etwas einfallen lassen müssen, um das wieder gutzumachen«, sagte ich so freundlich, wie ich es fertigbrachte. Dann trat ich zurück, drehte mich zu unseren Freunden um und umarmte Leo.

Bloß weg von ihm, bevor ich durchdrehte! Ich war so wütend, dass ich schreien und um mich schlagen könnte.

Wie konnte er es wagen?

Wie konnte er so mit mir umgehen? Am liebsten hätte ich ihm das Knie in die Weichteile gerammt.

»Alles okay bei euch beiden?«, flüsterte Leo in meinen Pferdeschwanz. »Du bist so wütend.«

»Er hat einen echt dummen Spruch gebracht«, murmelte ich in ihre Haare. »Einen saudummen Spruch.« Es half ein wenig, mit ihr zu sprechen. Die Worte waren wie ein Ventil, das ich dringend brauchte.

»Was hat er gesagt?«, fragte sie leise.

»Das wiederhole ich lieber nicht, sonst müssen wir ihn umbringen«, zischte ich.

Sie ließ mich los und blickte zu Seth hinüber, der schuldbewusst mit den Schultern zuckte. »Sieht so aus, als hättest du was gutzumachen«, meinte sie.

Matt sah verwirrt von einem zum anderen. Er hatte offenbar gar nicht mitbekommen, was los war.

Wir gingen ins Restaurant und bestellten, dabei nutzte Leo die Möglichkeit, Matt kurz zu informieren.

Zum ersten Mal bemerkte ich bei Seth Unruhe.

Und ein schlechtes Gewissen.

Das war mir herzlich egal, von mir aus sollte er hundert Jahre in der Hölle schmoren. Leider hatte ich keine Connections zur Gegenseite, sonst hätte ich ihn nur zu gern zur Verfügung gestellt.

Leo sah besorgt zwischen uns hin und her, ich merkte, dass sie Frieden wollte, doch ich konnte noch nicht über meinen Schatten springen, um gute Miene zu machen.

»Elias, du kennst dich auch mit Vespas aus, oder?«, fragte Leo schließlich, als das Schweigen zwischen uns immer länger wurde. Seth zuckte zusammen und nickte verdattert. »Super, könntest du dir kurz etwas am Auspuff bei meiner ansehen? Es klappert seit Kurzem und ich weiß nicht, woran es liegt.« Das war eine glatte Lüge, an der Vespa klapperte gar nichts.

»Muss das jetzt sein?«, fragte ich mürrisch.

Leo stand auf und tippte Seth nachdrücklich auf die Schulter. »Ja.« Sie zog die Augenbrauen hoch und er folgte ihr wie ein begossener Pudel.

Ich sah ihnen nach, wie sie nach draußen gingen. Wenigstens hatte ich jetzt eine kleine Pause von seiner Gegenwart.

»Elias ist manchmal ein Idiot, aber er meint es nicht so«, sagte Matt zu mir. »Er hatte schon immer ein Problem damit, im richtigen Moment die Klappe zu halten.« Ich sah ihn an, jetzt erst verstand ich Leos und Matts Plan: Sie bearbeiteten uns getrennt, damit wir uns wieder vertrugen.

Auch das noch.

»Das habe ich auch schon bemerkt«, erwiderte ich kurzangebunden.

»Das ist Unsicherheit, weißt du?«, erklärte er. »Er mag dich und weiß nicht, wie er es dir zeigen soll. Wahrscheinlich schüchterst du ihn ein bisschen ein, weil er dich so toll findet. Das kann ich gut verstehen, du bist ja auch beeindruckend.«

Ich starrte ihn ungläubig an. »Matt, das ist nett von dir, aber ich glaube eher, dass wir nicht zusammenpassen.« Wobei ich ›glauben‹ innerlich in ›wissen‹ änderte.

Matts Augenlid zuckte kurz, dann lächelte er. »Brich ihm nicht das Herz, ja? Ich glaube, ihr passt besser, als du denkst, aber das weißt du am besten.« Er betrachtete mich so seltsam, dass ich mich unwohl fühlte. Sein Blick war viel zu intensiv und sein Lächeln zu intim.

»Ich wünschte, wir würden so gut zusammenpassen wie du und Leo«, sagte ich. Wieder zuckte sein Lid leicht.

»Leo ist auch eine tolle Frau«, nickte er und sah in Richtung Tür. Jetzt lehnte er sich zurück und griff nach seinem Colaglas. »Ich habe großes Glück mit ihr.«

»Das finde ich auch«, bestätigte ich.

Ich fühlte mich unwohl und wusste nicht, wie ich Matts Verhalten deuten sollte. Ich verstand nicht, warum er mit mir flirtete. Es war nicht so offensiv, dass ich ihn deswegen zurechtweisen könnte, doch seine Komplimente fand ich unangebracht.

Ich wollte nicht, dass er das machte.

Ich wollte auch nicht, dass mein Herz dabei so seltsam flatterte.

›Du bist ja auch beeindruckend‹, waren seine Worte. Das hatte mir noch keiner gesagt.

Niemand.

Es fühlte sich gut an, wie eine Bestätigung, die längst überfällig war. Doch sie kam von völlig falscher Seite und gerade von Matt wollte ich sie nicht.

Er sollte Leo toll finden.

Ich konnte mit einem Sterblichen nichts anfangen. Und das wollte ich auch nicht.

Nur ein kleines Bisschen vielleicht.

Nein, gar nicht!

Ich biss mir auf die Lippe und kämpfte mit mir und diesen dummen verwirrenden Gefühlen.

Leo und Seth kamen zurück, er sah zerknirscht aus, als er neben mir Platz nahm. Leo beugte sich zu Matt hinüber und flüsterte ihm etwas ins Ohr, doch ich vermutete, dass sie ihn ablenken wollte, damit wir kurz sprechen konnten.

Ich spürte, dass Matt mich beobachtete.

»Es tut mir leid«, sagte Seth leise. Er meinte es ernst, stellte ich überrascht fest. Sein Gesicht war ehrlich zerknirscht. »Der Spruch war dämlich, überflüssig und ... mit einem Wort einfach kacke. Es tut mir leid.«

Zögerlich legte er seine Hand auf meine.

Ich widerstand dem Drang, meinen Arm wegzureißen und ihm eine runterzuhauen. Stattdessen rang ich mir ein schmales Lächeln ab.

»Darüber reden wir später, aber danke.« Ich rutschte von ihm weg und wandte mich Leo und Matt zu. Es gab Dringenderes zu besprechen. »Euch wollte ich auch noch etwas fragen«, sagte ich. Sie sahen mich vorsichtig an. »Ihr habt doch etwas, das haben wir beide bemerkt. Was ist es? Stress auf der Arbeit?«

Seth und ich hatten vor dem Treffen abgesprochen, die beiden auf das Thema zu bringen. Sie sollten mit uns darüber reden, sodass wir ihnen auch aktiv helfen konnten.

Wir waren uns sicher, dass sie uns eher früher als später brauchen würden.

Leo zögerte, dann berichtete sie stockend von ihrer Entdeckung. Seth und ich hörten schweigend zu und versuchten, glaubhaft zu reagieren.

»Wenn ihr richtig liegt, ist das ein ziemlicher Hammer«, sagte er. »Und es ist nicht ausgeschlossen, dass *Bellmann* noch mehr Dreck am Stecken hat, als es den Anschein hat. Meistens begnügen sich Leute, die sowas machen, nicht mit Kleinigkeiten.«

»Wir haben keine Ahnung, wer dahintersteckt«, sagte Leo bekümmert. »Erstmal wollen wir verstehen, was da passiert. Danach wollen wir schauen, wo es herkommt.«

»Seid bitte vorsichtig«, bat ich. »Das klingt gefährlich.«

Leo presste die Lippen zusammen und nickte. »Ich versuche es, aber ich kann es nicht gut sein lassen,

Gwenny. Und wir haben noch zu wenig, um mit jemand anderem darüber zu sprechen. Wenn wir nicht weitermachen, kommt wahrscheinlich niemand dahinter.«

»Okay, das verstehe ich, aber ihr müsst auch an eure Sicherheit denken«, sagte ich. »Die Sache ist es nicht wert, dass einer von euch verletzt wird.«

Doch ich sah ihr an, dass sie mir in dieser Sache nicht recht gab. Leo war Idealistin und sie war schon zu weit gegangen, um jetzt aufzuhören.

Sie musste vorsichtig sein.

Und ich musste meinen Job machen.

9

Die Stimmung wurde während unseres Dates nicht mehr besser und wir gingen recht früh auseinander.

Der Streit zwischen Seth und mir lag schwer in der Luft. Zurück auf der Astralebene wich er meinem Blick aus und folgte Matt dicht auf dem Fuß.

Ich ahnte, dass ihm die Entschuldigung schwergefallen war, doch meine Wut war noch nicht verraucht.

Ich schloss zu Leo auf und ignorierte ihn.

Als die beiden ins Bett gingen, wechselte ich in den Kontrollraum und atmete tief durch. Ich bräuchte dringend eine längere Auszeit von ihm.

Rahel kam zu mir, sie war endlich wiederhergestellt. Mit einem unguten Gefühl im Magen sah ich mir ihren Arm an, den eine große Narbe zierte. Nicht einmal die Himmlischen Heiler hatten verhindern können, dass diese Zeichnung zurückblieb.

Sie winkte ab. »Das passiert eben, es ist ein Zeichen dafür, dass ich zur Stelle war, als ich es sein musste«, sagte sie und setzte sich neben mich. Auf ihrem Monitor sah ich, dass ihr Schützling mit einem Mann im Bett war. Ihr Ehemann war es nicht, sondern ihr Geliebter.

»Seitdem treibt sie es noch öfter mit ihm«, erklärte Rahel. »Ich denke, sie hat Schiss bekommen. Das Haus ist voller Personenschützer und jeder hat's mitbekommen, aber sie tut es trotzdem.«

»Irgendwie ist die Frau cool«, murmelte ich.

»Ja, einer ihrer Kollegen meinte, sie hätte echt Eier«, sagte Rahel. »Typisch Mann, das auf sich zu beziehen. Ich finde, sie ist einfach tougher als diese kleinen Weicheier. Aber ich habe gehört, dass bei euch auch einiges los war. Wie läuft's?«

Ich schilderte es ihr in kurzen Sätzen.

Sie zog die dunklen Augenbrauen hoch. »Und du hast dich über Langeweile beschwert. Ich verspreche dir, bald wirst du dich dahin zurücksehnen. Wenn solche Dinge erst einmal laufen, sind sie meistens nicht mehr aufzuhalten.« Sie spähte auf meinen Monitor. »Wie läuft's mit Seth?«

»Könnte besser sein«, knurrte ich, doch hier wollte ich nicht ins Detail gehen. Ich mochte Rahel, doch sie wusste schon zu viel. Ich wollte nicht, dass man sich über mich das Maul zerriss. Sie ließ mich in Ruhe und ich kehrte erst im Morgengrauen zu Leo zurück.

Bei *Bellmann* war heute wieder viel zu tun. Sem brachte weitere Anforderungen von Dr. Bremer mit und das Team setzte sich zusammen, um einen Plan zu schmieden.

Ich sah eine weitere Wochenendschicht auf Leo zukommen. Und noch mehr Zeit mit Seth, der immer noch kleinlaut schwieg und meinen Blick mied.

Das war mir mehr als recht.

Die Gesprächspause konnte von mir aus noch Wochen dauern.

Allerdings gab mir diese Pause auch mehr Zeit, um über Matt nachzudenken. Ich musste verhindern, dass wir zwei allein waren. Am besten wäre es, wenn ich ihn gar nicht mehr sah. Es führte zu nichts als Ärger und Verwirrung, beides konnte ich nicht gebrauchen.

Und Leo auch nicht. Ich befürchtete, dass es für sie gefährlich werden konnte, wenn sie mit ihren Recherchen weitermachte, deswegen musste sie sich voll darauf konzentrieren.

»Wollt ihr nicht langsam Feierabend machen?«, fragte Pay, als Leo und Matt um achtzehn Uhr noch immer keine Anstalten machten, zusammenzupacken. Ludi und Sem waren bereits gegangen. »Habt ihr nichts Besseres vor?«

»Momentan nicht«, meinte Matt schulterzuckend. »Und weißt du ja: Wo wir sind, ist Party.«

»Na, das ist mir neu«, meinte Pay. »Aber macht, was ihr wollt. Ich ziehe mal los zu meinem Date. Drückt mir die Daumen!«

»Sind gedrückt!« Leo winkte und blickte wieder auf ihren Bildschirm. An *Samari* arbeitete sie schon seit einer Stunde nicht mehr, aber jetzt rollte Matt neben sie.

»Was gefunden?«, fragte er.

Sie wiegte den Kopf. »Es hat etwas gedauert, bis ich eine passende Verschlüsselung entdeckt habe. Die Attacke beim letzten Mal war mir eine Lehre.«

»Wie hast du's gemacht?«, fragte Matt. Leo deutete auf das Fenster und seine Augenbrauen hoben sich. »Ich bin beeindruckt. Darauf wäre ich nicht gekommen.« Sie grinste schelmisch, als er sie küsste.

Ich atmete auf.

Die Anziehungskraft zwischen den beiden war noch da. Ich musste mir keine Gedanken wegen Matt machen.

»Okay, dann wieder ran«, sagte er und krempelte demonstrativ seine Ärmel hoch. »Ich möchte unbedingt wissen, wie sie es gemacht haben.«

Seth und ich traten näher an die beiden heran, wir sagten kein Wort. Ich wusste, dass Seth besser verstand, was Leo nun tat, doch ich wollte ihn nicht fragen.

Stattdessen beobachtete ich, wie sie durch Programme sprang, verfolgte ewige Reihen Code und sah erneut die bekannten Oberflächen von *Limix* und *Albatroz.*

»Wetten, sie wollen auch *Samari* in ihr kleines Spiel mit einbauen?«, fragte Matt.

Leo nickte finster. »Der Gedanke kam mir heute Morgen, als Sem mit den ganzen Sonderwünschen von Bremer kam. Glaubst du ...«, sie schluckte und sammelte sich.

»Glaubst du, dass Sem etwas damit zu tun hat?«

Matt dachte nach. »Wir können es nicht ausschließen«, sagte er langsam. »Er hätte die Fähigkeiten dazu.«

»Aber ich kann mir nicht vorstellen, dass er es allein macht, wenn er überhaupt etwas damit zu tun hat«, sagte Leo. »Ich kenne ihn jetzt schon drei Jahre. Ich denke, wenn er sich damit Kohle einstecken würde, hätte es sich doch bemerkbar gemacht, oder? Ein großes Auto, ein teures Handy, irgendwas.«

»Ist nicht eins seiner Kinder krank?«, fragte Matt.

»Nicht so, wie du denkst«, erwiderte sie. »Der Ältere hat Asthma, das fällt wohl nicht in das Szenario, das du im Kopf hast.«

»Was ist mit Ludi und Pay?«, fragte er weiter. Leo warf ihm einen ebenso langen Blick zu wie Seth und ich.

»Dein Ernst?«, fragte sie dennoch.

Matt schüttelte grinsend den Kopf. »Ernsthaft nicht«, räumte er ein.

»Das Dumme ist, dass es jeder sein könnte«, seufzte sie. »Sogar Martina, wenn man es genau nimmt.«

»Sogar Dr. Bremer«, meinte Matt.

Sie schüttelte den Kopf. »Das ist ungefähr so wahrscheinlich wie Ludi. Er hat eine Sekretärin, die für ihn Mails schreibt, weil er es allein nicht hinbekommt. Ich habe ihn einmal eine SMS schreiben sehen. Das hat ewig gedauert. Außerdem steht er zu hundert Prozent hinter *Bellmann*. Er lebt den caritativen Gedanken. Ich habe ihn einmal auf einer Gala für krebskranke Kinder gesehen, ausgeschlossen, dass er Geld in die eigene Tasche steckt.«

»Dann muss es jemand außerhalb der Firma sein. Oder ist Frau Schmied in ihrem Job als Sekretärin so gut, dass sie neben Mails auch Viren schreiben kann?« Er nahm sein Laptop zur Hand. »Wollen wir mal sehen.«

Leo verharrte, als er sich ins System einloggte.

»Was machst du da?« Sie beugte sich vor. »Hey, das dürfen wir nicht, Matt!«

»Beruhige dich, ich will es doch nur ausschließen.« Er klickte sich durch Frau Schmieds Browserverlauf, dann zuckte er mit den Schultern. »Sie hat zu viel Zeit zum Online-Shopping, ansonsten ist da nichts.«

»Wenn sie denn alles über diesen Browser gemacht hat«, gab Leo zu bedenken. »Und über die IP-Adresse.«

»Die Frau ist Sekretärin mit Faible für Designerschuhe«, erwiderte Matt. »Ich denke nicht, dass sie die im Darknet kauft. Sackgasse, Leo.«

Leo war sichtlich unglücklich über seine Aktion, sagte aber nichts, da er das Fenster jetzt schloss. Stattdessen machte sie weiter und öffnete ein Fenster, das ich zuvor noch nie gesehen hatte. Verblüfft vergrößerte sie es. »Schau mal!«

Matt pfiff durch die Zähne. »Alle Achtung. Wir kommen der Sache näher.«

Ich beugte mich über Leos Schulter und betrachtete ihren Bildschirm. Was ich sah, sagte mir nichts, doch Leos Hand zitterte, als ihre Finger über ihre Tastatur glitten.

Sie hatte etwas gefunden, aber was?

»Was ist das?«, fragte ich Seth, der schweigend hinter mir stand. Er trat einen Schritt näher heran.

»Das Prozessprotokoll von *Limix*«, erwiderte er. »Sie kann hier sehen, welche IP-Adressen und welche User das Programm benutzt und bearbeitet haben.«

»Wie funktioniert das?«, fragte ich stirnrunzelnd. »Ist das kein externes Programm?«

Er sah mich nachsichtig an und ich verstand, dass sie sich in *Limix* hineingehackt hatte. Ich sah in ihr schmales Gesicht und war stolz auf sie.

Sie war gut in ihrem Job, vermutlich überqualifiziert für das, was sie täglich tat. Jetzt nutzte sie ihre Fähigkeiten, um etwas aufzudecken, das wahrscheinlich kriminell war.

Impulsiv legte ich die Hand auf ihre Schulter. Sie spürte nur einen kleinen Lufthauch und schauderte. Mehr konnte ich ihr gerade nicht geben, aber für mich war es viel.

Leo und Matt scrollten durch das Protokoll. Sie kopierte einige Usernamen heraus und legte ein Verzeichnis an, damit sie nicht immer über die gleichen Bezeichnungen stolperte. So konnte sie sich auf die unbekannten User konzentrieren, die nicht Martina, ihr Team oder ein externer Administrator waren. Sie markierte einen User, der immer wieder auftauchte, und dessen Kennung keinen Sinn ergab.

»Sigma15274«, murmelte sie. »Was soll das sein?«

Matt öffnete auf seinem Laptop eine Seite und klickte sich durch ein paar Fenster.

»Er schaut nach, ob es jemanden in der Community gibt, der diesen Namen verwendet«, informierte mich Seth.

Ich runzelte die Stirn. »Damit er ihn zuordnen kann, falls es jemand von *Limix* direkt ist?«

»Eher nicht. Die Community, in der Matt nachschaut, nimmt keine legalen Änderungen in den Programmen vor«, erwiderte mein Kollege.

»Er ist auf einer Hackerplattform«, schlussfolgerte ich. Seth nickte knapp. Ich drehte mich zu Matt um und betrachtete ihn mit neuerwachtem Respekt. Auch er war richtig gut.

Leo war ebenfalls auf einigen Plattformen unterwegs, sie liebte knifflige Aufgaben, die die Leute sich dort gegenseitig zuspielten. Von kriminellen Aktionen ließ sie immer die Finger. Ich betrachtete Matts eifriges Gesicht und fragte mich, ob das auch für ihn galt.

Danach fragen wollte ich Seth nicht, ich hatte keine Lust auf Streit.

»Was gefunden?«, fragte Leo und setzte einen weiteren Marker.

Matt legte die Stirn in Falten. »Nichts eindeutiges. Ich habe hier einen Zigma524261, und noch zwei mit ähnlichem Namen, aber ich denke nicht, dass er es ist.«

»Versuch mal, es zu decodieren«, sagte sie und scrollte weiter. »Vielleicht ist es ein Wortspiel. Ein Code.«

»Meine Freundin ist die Klügste«, grinste er und rief ein weiteres Programm auf. Leo machte solange weiter.

Plötzlich verschwamm ihr Bildschirm.

»Scheiße!«, entfuhr es ihr und sie hämmerte auf die Tastatur. »Matt, Hilfe!«

»Oh Fuck!«, fluchte er und schloss alle offenen Tabs. Stattdessen rief er einen anderen auf, anscheinend griff er von außen auf Leos Laptop zu.

Ich sah einen bedrohlich roten Ladebalken.

»Er schiebt eine Virenabwehr rüber«, sagte Seth angespannt. »Das wird knapp. Der Trojaner ist schon drin.«

Leo hatte die Arme hochgerissen und starrte auf ihren Monitor, der wie ein Testbild flackerte. Wenn sie den Computer einnahmen, konnten sie auf viele persönliche Daten von ihr zugreifen.

Mit ihrem Namen und der IP-Adresse konnten sie sich wahrscheinlich problemlos alles beschaffen, womit sich viel Schaden anrichten ließ.

Leo hatte eine gute Virensoftware auf ihrem Rechner, die sie nach der letzten Attacke noch aufgerüstet hatte. Darauf hatte sie viel Zeit und Mühe verwendet.

Wenn die Angreifer diese trotzdem umgehen konnten, musste auch die Gegenseite gut sein.

Sie wussten, was sie taten und waren aggressiv.

Hoffentlich waren sie nicht besser als die beiden, die vor uns saßen.

Schweißperlen standen auf Matts Stirn und seine Hände schienen überall gleichzeitig zu sein. Leo schwieg, ihr Gesicht war bleich.

»Verdammte Scheiße, Matt«, knurrte Seth.

Matt hackte auf die Tasten wie ein Berserker, dann rammte er die Entertaste fast durch das Gerät durch.

Sein Bildschirm wurde kurz schwarz, dann bewegte sich Leos Maus und die Pixel rückten wieder an die richtige Position.

»Oh Gott, du hast es geschafft!«, kiekste Leo.

»In letzter Minute«, sagte er und raufte sich das Haar. Sie riss ihn an sich und küsste ihn.

Ein ungutes Gefühl kroch über meinen Nacken, als wäre die Gefahr noch nicht vorüber.

Ich drehte mich um und lief zum Fenster. Draußen war ein Auto vorgefahren, ein schwarzer Van. *Star Security Hamburg* stand in silbernen Buchstaben auf der Seite.

Zwei Männer stiegen aus. Sie trugen schwarze Jacken und Jeans. Ich beobachtete, wie sie sich umsahen. Wenigstens einer von ihnen war bewaffnet, das erkannte ich an der Beule an seinem Oberkörper.

Security. Was wollten die hier?

Ich hörte keinen Alarm, das Gebäude war ruhig. Eigentlich konnten sie nicht hierher wollen.

Und dennoch liefen sie zum Vordereingang.

»Seth!«, rief ich und winkte meinen Kollegen hektisch heran. Er trat neben mich und sah hinunter. »Kein Alarm«, erinnerte ich ihn.

»Und sonst kommt kein Dienst vorbei?«, hakte er nach.

»Noch nie und Leo war schon einige Male spät hier«, bestätigte ich. Das konnte nur eins bedeuten: Die Leute waren wegen Leo und Matt hier. Und sicher nicht, um sich für die gute Arbeit zu bedanken.

›*Sie wissen, wo wir sind*!‹, schoss es mir durch den Kopf. Mein Blick ruckte hinüber zu Leo und Matt, die sich immer noch von dem Schreck erholten.

Dazu blieb keine Zeit mehr. Die Männer verschwanden unter dem Vordach des Gebäudes.

»Scheiße!« Seth hatte es auch kapiert. Er fuhr herum und suchte nach einer Fluchtmöglichkeit für die beiden. Jetzt wurde es heikel. Wir waren unsichtbar und konnten nicht einfach so hier auftauchen.

»Scheiße«, stimmte ich zu. Dann fasste ich mir ein Herz und riss das Fenster auf. Ich schwang mich hinaus und rutschte über den Sims neben das Fenster, sodass man mich drinnen nicht sehen konnte. Ich wechselte die Ebene und schrie aus vollem Hals. Dann machte ich, dass ich auf die Astralebene zurückkam.

»Was war das?« Matt und Leo stürzten ans Fenster und sahen hinunter. Natürlich entdeckten sie mich nicht, aber den Wagen. Mit großen Augen sahen sie einander an. Ich sah Leo an, dass sie die gleichen Schlüsse zog wie ich.

»Was jetzt? Sind die im Haus?«, fragte er atemlos.

Leo zuckte alarmiert mit den Schultern. »Ich weiß es nicht, aber wenn die meinetwegen hier sind, sollten wir abhauen!«, flüsterte sie.

»Und wohin?«, fragte er.

Seth lief zur Tür und gab ihr einen sanften Stoß, als habe ein Windhauch sie bewegt. Endlich kam Leben in die beiden. Sie rannten zum Schreibtisch, meldeten ihre Rechner ab und ließen sie stehen. Ich hastete an ihnen vorbei und folgte Seth den Flur hinunter bis zum Treppenhaus, das ins Erdgeschoss führte.

Dort hörte ich Stimmen.

Sie waren im Haus.

Offenbar waren sie einfach reingelassen worden, denn kein Alarm war losgegangen.

»Scheiße!«, fluchte Seth wieder, doch ich hatte eine Idee. Ich rannte auf Leo und Matt zu und stieß eine Tür auf. Die beiden zuckten zusammen und blieben ängstlich stehen. Sie spähten in das Büro hinein.

Es war leer.

Jetzt hörten sie die Stimmen. Die Männer kamen die Treppe hoch, sie redeten unterdrückt miteinander.

»Die IT ist im zweiten Stock«, hörte ich einen sagen.

Sie waren unseretwegen hier!

Jetzt hatten wir Gewissheit.

Die Gefahr wuchs mit jeder Sekunde.

Leo packte Matts Hand. »Ich habe eine Idee.« Sie zerrte ihn in das Büro und machte das Licht an, dann zog sie sich den Pullover über den Kopf.

»Was ...?« Matt kam nicht mehr mit, doch Seth hatte geschaltet und nickte eifrig.

»Zieh dich aus, verdammt!«, zischte sie und warf ihre Jeans hinter sich. Dann setzte sie sich auf den Schreibtisch.

Endlich kapierte Matt, was sie von ihm wollte, und riss seine Klamotten hinunter.

»*Das* ist dein Plan?«, keuchte er.

»Hast du einen besseren?«

»Verdammte Scheiße, nein. Also müssen wir ihnen wohl etwas bieten.« Er drückte sie auf die Platte und küsste ihren Hals.

Seth ging zurück zur Tür und hielt Wache. Sein Gesicht war angespannt. Wenn es hart auf hart kam, war unsere Tarnung egal. Dann mussten wir alles daran setzen, die beiden zu retten.

Seths Kiefer mahlte. »Sie kommen«, sagte er finster. Mein Herz schlug mir bis zum Hals, ich sah Leo und Matt an, dass es ihnen ähnlich ging. Seth verursachte ein Geräusch, das sie dazu brachte, sich mehr Mühe zu geben.

Ich stellte mich neben Seth und sah die beiden Männer die Treppe hinaufkommen.

»Dahinten ist es«, sagte der eine mit schwerem Akzent. Sein Kumpan nickte. Unsere Schützlinge hörten sie auch, also konzentrierten sie sich auf ihre Tarnung. Leos Beine schlangen sich um Matts Hüfte und sie stieß ein gekonntes Stöhnen aus, das bei ihm Fragen aufwerfen sollte.

Die beiden Männer merkten auf.

»Was war das?«

»Klang wie ...« Sie pirschten sich an die offene Tür heran. Ich trat zurück, neben den Schreibtisch, auf dem Leo lag, und hielt mich bereit. Seth blieb an der Tür. Die beiden Männer erreichten sie und sahen hinein.

»Aber ...«

Matts Kopf ruckte hoch und er schrie auf. Das klang ebenso echt wie das schrille Kreischen, das Leo jetzt ausstieß. »Oh Gott, wer sind Sie?« Sie fiel vom Tisch und versteckte sich hinter Matt, der nach seinen Sachen suchte.

»Sicherheitsdienst«, knurrte der Erste.

»Was haben Sie hier zu suchen?«, fragte Matt mit einer herrischen Attitüde, die ich von ihm nicht kannte. Jetzt fiel es mir ein: Das Büro gehörte einem der Abteilungsleiter. Eine solche Frage konnte man von ihm erwarten.

Gut gemacht, Matt.

»Wir sind gerufen worden. Ist hier jemand vorbeigekommen?«

»Sehe ich so aus, als hätte ich etwas mitbekommen?«, konterte Matt. Das Auge des Mannes zuckte. »Wer hat Sie gerufen? Der kann was erleben!« Er griff zum Telefon. »Ich rufe in der Zentrale an.«

»Wollen Sie das wirklich tun?«, fragte der Mann mit einem vielsagenden Nicken in Leos Richtung. Sie versteckte sich noch immer hinter dem Schreibtisch. Sie zitterte und hielt sich an Matts Bein fest.

»Dann hätten wir wohl beide viel zu erklären«, sagte Matt mit einer Coolness, die ich ihm nicht zugetraut hätte.

»Gut, okay. Dann schauen Sie nach, aber machen Sie schnell.« Er nickte in Leos Richtung. »Meiner Assistentin wird langsam kalt.«

»Wir schauen uns nur schnell um«, sagte der Mann gepresst, doch anscheinend schwante ihm schon, dass er kein Glück haben würde. Matt griff nach dem Sakko, das über der Garderobe hing.

Die beiden Männer verschwanden, Seth sah ihnen nach.

»Sie gehen zur IT«, informierte er mich. Matt und Leo schwiegen angespannt und suchten ihre Sachen zusammen, er hielt sogar die Luft an.

»Wir gehen«, sagte der Mann, ohne den Raum noch einmal zu betreten. »Falscher Alarm.«

Seth setzte ihnen nach, ich blieb an der Bürotür stehen und wartete auf ihn. Hinter mir zogen sich Matt und Leo schweigend an.

Sie durften den Typen draußen auf keinen Fall in die Arme laufen. Ich konnte nicht einschätzen, ob sie Verdacht geschöpft hatten. Die meisten rechneten nicht damit, dass Leo eine Programmiererin war.

»Was machen wir denn jetzt?«, fragte Leo leise.

Matts Blick fiel auf das Telefon. »Vielleicht wäre es nicht schlecht, wenn wir die richtige Sicherheitsfirma anrufen.«

»Dann protokollieren sie unseren Anruf und unsere Namen«, erinnerte Leo ihn. »Falls die doch etwas mit denen zu tun haben, liefern wir so ihnen alles, was sie brauchen.«

»Dann haben wir nur eine Möglichkeit: Wir müssen hier unauffällig raus«, flüsterte er.

Ich schrieb Seth eine Nachricht: ›*Sind sie weg?*‹

›*Noch nicht*‹, antwortete er prompt. Ich überlegte fieberhaft, wie wir die Sache lösen konnten.

›*Ruf Matt an*‹, schrieb ich. ›*Behaupte, du wärst in der Nähe und willst wissen, ob er noch im Büro ist. Dann kannst du ihn auf dem Laufenden halten.*‹

Keine Minute später vibrierte Matts Handy. Leos Freund zögerte. »Elias«, sagte er leise.

»Geh ran«, meinte sie. »Dann weiß wenigstens einer, wo wir sind.« Matt nickte und nahm das Gespräch an.

»Hey, Mann«, sagte er leise. Ich hörte Seths Stimme, Matts Augen wurden größer. »Ja, ich bin noch im Büro, aber hier hängen komische Typen rum. Was? Ehrlich? Siehst du den Eingang? Steht der Van noch da? Fuck.«

Wieder sagte Seth etwas, Matt nickte Leo zu. »Elias ist draußen, er behält die Typen im Auge und sagt Bescheid, wenn sie losfahren.«

»Was für ein Zufall«, murmelte Leo und sank auf den Besucherstuhl. Sie war blass und ihre Augen aufgerissen. Ich sah ihre Angst, als ich mich vor sie hockte. Ich hätte gern mehr für sie getan, doch dazu war es aktuell nicht schlimm genug.

Wie gut, dass sie Matt bei sich hatte. Sonst hätte ich sie angerufen und mir etwas einfallen lassen.

Seth sagte wieder etwas und Matt atmete auf. »Leo, sie sind weg.« Leo seufzte vor Erleichterung. »Wir warten noch fünf Minuten, dann kommen wir runter. Danke, Mann, du hast uns den Arsch gerettet.«

Ich folgte den beiden nach draußen, wo Seth auf sie wartete. Er bestand darauf, sie zu Leo nach Hause zu bringen, und ließ sich alles noch einmal erzählen.

Ich blieb auf der Astralebene an Leos Seite. Zum ersten Mal war ich dankbar dafür, dass wir uns die Arbeit teilten.

Allein wäre die Situation heute Abend viel schwieriger gewesen.

Der Stress setzte mir zu, ich fühlte mich wie ein Gummiband, das so stark gedehnt wurde, dass es jeden Moment reißen könnte.

Ich hatte Angst um Leo.

Angst davor, dass ich in der nächsten Situation einen Van nicht rechtzeitig bemerkte.

»Ihr solltet euch gut überlegen, ob ihr weitermacht«, sagte Seth zu den beiden. »Oder ob ihr euch Hilfe holt. Ich finde es beunruhigend, dass da einfach Leute bei *Bellmann* reinmarschieren und nach euch suchen.«

»Heute können wir gar nichts mehr machen«, sagte Leo leise. »Wir haben die Laptops im Büro gelassen. Morgen muss ich als Erstes meine Firewalls checken.«

»Tu das, aber ich weiß nicht, ob weitermachen eine gute Idee ist«, sagte Seth noch einmal.

»Ich kann nicht anders«, erwiderte Leo und mied seinen Blick. »Dass die Männer heute zu *Bellmann* gekommen sind, ist doch der Beweis dafür, dass da was faul ist. Ich kann jetzt nicht einfach aufhören und sie gewinnen lassen.«

»Du weißt doch gar nicht, mit wem du dich anlegst«, hielt Seth dagegen. »Es scheint ja nicht so zu sein, dass sich euer Geschäftsführer ein paar Tausender abzweigt, damit er sich ein größeres Auto kaufen kann. Was ihr beschreibt, hört sich nach Geldwäsche im großen Stil an.«

»Kannst du in der Behörde etwas tun?«, fragte Matt.

Meine Gedanken ratterten. Ich könnte Rahel einen Tipp geben, damit sie über die Bürgermeisterin tätig wurde.

Ich war mir sicher, dass sie mir unter die Arme greifen würde, wenn ich sie darum bat. Gleichzeitig durchforstete ich mein Gehirn, wen von den anderen Schutzengeln ich noch alarmieren könnte. Levi vielleicht? Doch es war eine heikle Sache, jetzt andere ins Boot zu holen.

Ich müsste über Zachariah gehen. Und wie ich meinen Boss kannte, legte er uns die Frage nach Hilfe als Inkompetenz aus.

Das wollte ich auf keinen Fall.

Wir mussten es allein schaffen.

»Dann brauche ich mehr Informationen von euch. Irgendwas, das ich den Kollegen zuspielen kann, damit sie sich dahinterklemmen«, sagte Seth in diesem Moment.

Eine heikle Situation, denn seine Tarnung basierte auf nichts als Lügen und ein paar gut gemachten Fakes, bei denen der Himmel unterstützte. Wie meine auch. Seths ›Behörde‹ konnte ihnen nicht helfen. »Dann kann ich es versuchen.«

Matt zuckte unglücklich mit den Schultern. »Ich fürchte, dazu haben wir noch nicht genug. Wir haben einen Verdacht und ein paar gut getarnte Fixes in den Programmen. Wenn man sich damit nicht auskennt, sieht alles normal aus.«

Seth presste die Lippen zusammen. »Das ist wirklich wenig. Und wenn ihr euch an die Presse oder eine Redaktion wendet?«

»Wenn sich unser Verdacht als unbegründet herausstellt, ziehen wir damit *Bellmann* in den Dreck«, sagte Leo. »Das wäre schlimm für all unsere Kollegen. Und uns.«

Seth nickte finster. »Gebt mir alles, was ihr habt. Ich schaue es mir einmal an und sehe, dass ich es irgendwo platziere, wo euch jemand helfen kann. Und bis dahin: Seid vorsichtig. Bitte.«

Leo und Matt versprachen es, doch ich wusste, dass sie beide für das Thema Feuer gefangen hatten. Ich sah Leo an der Nasenspitze an, dass sie es nicht gut sein lassen konnte.

Die Sache war noch lange nicht ausgestanden.

Das Wochenende verlief ruhig. Dass die Laptops in der Firma geblieben waren, verhinderte, dass die beiden sich mit weiteren Recherchen beschäftigen konnten, und Leo fuhr am Samstag zu ihren Eltern.

Schweren Herzens, weil ihr die Sache keine Ruhe ließ, aber ich war froh darüber.

Am Montag stand wieder ein Sprint für *Samari* an, dennoch dachte sie in jeder freien Sekunde an ihr ›Beta-Projekt‹, wie sie und Matt es nannten.

Ich sah, wie sie sich am Sonntagabend bei Matt Notizen in einem Block machte. Diese speicherte sie dann in eine Datei auf ihrem Tablet, sodass sie nicht auszulesen waren. Ihre Augen glitzerten, als sie sich auf ihrem privaten Rechner die Sicherheitsfirma von Freitag vornahm.

»Was gefunden?«, fragte Matt.

»Sie tauchen hier und dort auf«, berichtete sie. »Auch bei uns. Sie haben bei ein paar Veranstaltungen die Security gemacht. Spendenläufe. Galas. Nichts Auffälliges.«

»Also könnten sie tatsächlich beauftragt sein?«, fragte er. »Zum Beispiel als Subunternehmer des eigentlichen Sicherheitsdienstes?«

»Das wären viel zu viele Zufälle«, erwiderte sie.

Er zuckte mit den Schultern. »Die Welt besteht aus Zufällen und Unmöglichkeiten.«

»Sehr philosophisch, danke, Matt«, sagte sie schelmisch.

»Ich tue, was ich kann. Aber ich merke, dass du nicht auf mich hörst, oder?«, sagte er und küsste ihre Wange.

»Willst du aufgeben?«, fragte sie direkt.

Er schüttelte den Kopf. »Nein, aber ich will, dass meine Freundin und ich in Sicherheit sind. Und ich würde auf Elias' Rückmeldung warten.«

»Ich habe das Gefühl, dass wir nicht so lange warten können. Sie könnten die Zeit nutzen, um uns zu finden. Die IT bei *Bellmann* ist nicht so groß, dass sie nicht nach dem Ausschlussverfahren vorgehen könnten. Ich will auch nicht daran schuld sein, dass Ludi, Pay oder Sem etwas passiert«, sagte sie nachdrücklich.

»Ich doch auch nicht«, beschwichtigte Matt. »Ganz und gar nicht. Aber ich hatte am Freitag die Hosen echt gestrichen voll.«

»Ich auch.« Leo senkte den Blick und legte ihre Hände auf ihre Oberschenkel. »Ich dachte echt, die kriegen uns.«

»Gott sei Dank habe ich die klügste Freundin der Welt.«
Matt strich ihr eine Haarsträhne aus dem Gesicht. »Lass
uns vorsichtig vorgehen, ja? Lieber langsam und abgesi-
chert, als dass so was noch mal passiert. Okay, Leo?«
Sie zögerte, dann nickte sie. »Okay.«
Doch ich sah ihr an, dass sie nicht aufgeben konnte.
Und wollte.

Am Mittwoch nutzte Leo ihre Mittagspause, um Kontakt
zu Martina aufzunehmen. Die Buchhaltungsleiterin war
irritiert, als Leo sie ans Telefon bekam. »Wenn etwas
wäre, würde ich mich melden«, sagte sie zickig.

»Ich wollte nur sichergehen«, erwiderte Leo vorsichtig.
»Weil es keine Hilfe vom *Limix*-Support gab.«

»Doch, gab es«, sagte Martina hörbar genervt. »Am
Montag rief mich einer von denen an. Anscheinend ist
mein Ticket verloren gegangen, was weiß ich. Jedenfalls
haben sie per Fernwartung ein Update gemacht und den
Fehler behoben. Alles bestens.«

Leo schwieg, ich hörte förmlich, wie die kleinen
Rädchen in ihrem Kopf ratterten. »Das freut mich, dann ist
das Thema ja erledigt.«

»Hoffen wir es. Wars das?«, fragte Martina. »Ich wollte
jetzt essen gehen.«

»Ja, natürlich. Guten Appetit«, sagte Leo. Martina legte
kommentarlos auf.

»Alles okay?«, fragte Matt über die Monitore hinweg.

Leo nahm ihre Brille ab und rieb sich die Schläfen.
»Keine Ahnung«, seufzte sie. »Wahrscheinlich nicht.
Martina wurde von jemandem angerufen, der ihr ein
Limix-Update installiert hat.«

Matt riss die Augen auf. »Wie unverhofft«, sagte er. Leo nickte finster. »Ich vermute, dass das Problem jetzt nicht mehr auftritt?«, hakte er nach.

»Nein, bisher nicht«, bestätigte sie.

»Dann kann man wohl davon ausgehen, dass sie ihre Sicherheitsstandards verbessert haben«, meinte er. Leo nickte wieder.

Ich sah zu Seth hinüber. Das musste er mir erklären. Er brauchte eine Sekunde, dann verstand er.

»Ich vermute, dass sie etwas gemacht haben, damit Leo nicht mehr aufs System zugreifen kann«, erklärte er.

»So was habe ich mir schon gedacht«, antwortete ich nicht ganz wahrheitsgemäß, aber ich wollte nicht immer so dumm dastehen. Ich sah meinem Schützling an, dass sie alarmiert war. Das würde sie nicht auf sich beruhen lassen.

Tatsächlich startete sie jetzt das Programm und bekam eine Fehlermeldung: ›**Sie sind nicht autorisiert, diesen Vorgang auszuführen**‹, informierte sie ihr Bildschirm.

Leo biss sich auf die Unterlippe und fluchte leise.

Matt rollte auf seinem Bürostuhl neben sie. »Hab mich schon gefragt, wann sie das versuchen«, meinte er.

»Ich mich auch. Ich dachte nur, dass wir bis dahin mehr in der Hand haben«, sagte sie und biss sich auf die Unterlippe.

»Du meinst, du kommst nicht mehr rein?«, wollte er wissen und zog die Augenbraue hoch.

Leo schüttelte den Kopf. »Wenn sie das Rad nicht neu erfunden haben, dauert es vielleicht ein bisschen, aber natürlich komme ich wieder rein.«

»Das ist meine Freundin«, sagte er grinsend, doch dann verlosch das Lächeln. »Oder du lässt es gut sein. Zumindest für eine Weile.« Er sah ihr in die Augen und lächelte wieder schwach. »Kommt nicht infrage?«

»Auf keinen Fall«, bestätigte sie und hackte auf die Tastatur ein.

»Ich hab's befürchtet«, seufzte er und holte sein Laptop.

Sem kam zu den beiden. »Das sieht nicht nach *Samari* aus«, stellte er fest.

Leo zuckte zusammen. »Es ist *Limix*«, erwiderte sie vorsichtig. »Martinas Programm für die Geldeingänge.«

»Ich weiß. Sie hatte in letzter Zeit viel Ärger damit«, nickte Sem.

Leos Augenbrauen hoben sich. »Woher weißt du davon?«, fragte sie. Martina war sogar zuzutrauen, dass sie sich über Leo beschwert hatte, als der Fehler wieder auftrat.

»Martina hat mich gefragt, ob wir das nicht inhouse lösen können, weil sie auf die, ich zitiere ›Schwachsinnigen‹ bei deren Support keine Lust mehr hat. Sie fragte, ob du das nicht machen könntest. In Martinas Welt war das quasi das höchste Lob«, erwiderte ihr Teamleiter. Seine Augenbraue hob sich und er lächelte schief. »Du hast einen Stein bei ihr im Brett.«

»Ist nicht leicht mit ihr«, sagte Leo.

»Weiß ich, aber ihr Job ist auch immens wichtig und sie muss sich ständig rechtfertigen«, entgegnete Sem. Sein Blick verharrte auf dem Bildschirm. »Aber wieso bekommst du die Fehlermeldung? Hattest du ihr nicht schon ein paar Mal dabei geholfen?«

Leo und Matt sahen sich schweigend an. Dies war ein wichtiger Moment. Sie mussten entscheiden, ob sie ihren Vorgesetzten einweihten und es damit größere Kreise ziehen ließen. Ich behielt Sem genau im Auge. Falls er etwas mit der Sache zu tun hatte, wollte ich es jetzt herausfinden. Ich hoffte, dass es nicht so war, aber ich musste mit allem rechnen.

Seth bezog neben Matt Stellung.

»Leo sind Unregelmäßigkeiten bei ein paar Buchungen aufgefallen. Das waren die Probleme, wegen der Martina sich gemeldet hat«, sagte Matt schließlich langsam.

Sems schwarze Brauen zogen sich zusammen. »Was bedeutet das?«, wollte er wissen.

»Ich habe den Verdacht, dass die Schnittstelle manipuliert wurde, deswegen habe ich Matt mit ins Boot geholt«, antwortete Leo leise.

Pay hatte Urlaub, doch Ludi war da. Und wenn er eines nicht konnte, dann Dinge für sich behalten. Er war nicht am Platz, aber sie senkte trotzdem die Stimme.

Sem starrte Leo an. »Hast du Beweise dafür?«, fragte er. Sie wiegte den Kopf. »Leo? Ich meine stichfeste Beweise, die die Staatsanwaltschaft interessieren könnten?«

»Nein«, gab sie zu. Sem seufzte. Ich beobachtete ihn genau. Wusste er etwas? Hing er mit drin?

»Ich finde es gut, dass du aufpasst, das ist wichtig. Wir haben viele Stakeholder, die sehr empfindlich bei diesem Thema sind und das fällt im weitesten Sinne mit in unseren Aufgabenbereich. Aber bevor ein solcher Verdacht laut geäußert wird, muss er Hand und Fuß haben. Mein Gott, was ihr da andeutet, kann schwere Konsequenzen haben«, sagte Sem. Er verschränkte die Arme vor der Brust und schloss kurz die Augen. Ich sah seinen inneren Konflikt.

»Das weiß ich«, flüsterte Leo.

»Und ich weiß, dass du deinen Job sehr gewissenhaft machst«, sagte er. »Aber momentan hast du nichts Haltbares in der Hand. Und wir haben einen wichtigen Auftrag. *Samari* steht vor allem anderen, hört ihr? Konzentriert euch bitte ausschließlich darauf. Wenn wir den nächsten Meilenstein erreicht haben, setzen wir uns zusammen und ihr berichtet mir alles genau, dann werde ich mir selbst ein Bild davon machen. Bis dahin werdet ihr dafür keine Zeit mehr verwenden. Okay?«, schob er nachdrücklich hinterher, als Matt und Leo zögerten.

»Okay«, sagte Matt. Leo nickte stumm.

Ludi rief nach Sem und der Teamleiter ließ die beiden allein.

»Ich wünschte, wir hätten nichts gesagt«, murmelte sie.

Matt atmete tief durch. »Niemandem etwas zu sagen ist gefährlicher. Außerdem hatten wir keine Wahl.«

Leo nickte, doch sie sah noch immer bekümmert aus.

Ich verstand sie, aber Matt hatte recht.

Nach Feierabend wollten die beiden zu Leo gehen. Es war schon nach neunzehn Uhr und sie waren erschöpft. Seth und ich hatten lange darüber gesprochen, ob Sem zu trauen war, doch wir fanden keinen guten Grund, der dagegen sprach. Leider auch keinen, der die Zweifel komplett ausräumte.

Sie verließen das *Bellmann*-Gebäude. Seth und ich folgten ihnen. Er verhielt sich außerhalb brenzliger Situationen noch immer merkwürdig, redete kaum mit mir und mied meinen Blick. Tat ihm sein dummer Spruch von neulich noch leid oder hatte er einfach verstanden, dass ich keine Lust hatte, mich ständig zu streiten?

Vor dem Gebäude stand ein Motorrad mit laufendem Motor.

›*Umweltsünder*‹, dachte ich. Unsere Schützlinge wollten noch schnell etwas im Wandsbeker Quarree einkaufen, sie schoben ihre Räder und gingen zu Fuß, um sich besser unterhalten zu können.

Leo war über das Gespräch mit Sem noch nicht hinweg und haderte damit, dass sie ihn eingeweiht hatten. Es setzte ihr zu, dass sie ihm nicht mehr hundertprozentig vertraute.

Die ganze Sache schlug sich immer mehr auf ihre Stimmung nieder.

»Warum ist sie so verbissen?«, fragte Seth.

Ich zuckte mit den Schultern. »Sie ist Idealistin.«

Seth nickte mit schmalem Mund. »Ich hoffe nur, sie versteht Sems Ansage und hält sich zurück.«

Das glaubte ich nicht, aber ich schwieg und mied die Auseinandersetzung.

Hinter uns heulte ein Motor auf. Ich drehte mich um und sah zurück. »Scheiße!«

Das Motorrad raste auf uns zu, es hielt Kurs auf Matt und Leo. Adrenalin schoss durch meine Adern. Ich stieß Seth an, doch es war schon zu spät: Das Motorrad war nur noch wenige Meter von uns entfernt. Ohne nachzudenken machte ich einen Satz nach vorn und rammte Leo mit aller Kraft. Sie schrie erschrocken auf und verlor den Halt, dann fiel sie um und riss Matt mit sich.

Das Motorrad raste keinen Meter an ihr vorbei.

»Ziva!« Seth packte mich am Arm, doch das Motorrad wendete und kam zurück. Ich warf mich auf Leo und Matt und sah aus dem Augenwinkel, wie Seth einen Stein aufhob und auf den Fahrer schleuderte.

Er traf ihn an der Schulter und der Mann verriss den Lenker. Mit einem lauten Knall schlug es auf den Boden auf, der Fahrer fiel daneben.

Seth wollte zu ihm laufen, doch ich brauchte seine Hilfe. Matt und Leo lagen in einem Knäuel auf dem Boden und waren völlig orientierungslos.

Der Motorradfahrer rappelte sich auf, das Visier seines Helms war aufgegangen. Ich keuchte auf, als ich einen der Sicherheitsmänner von Freitag erkannte.

Das war pure Absicht!

Ein Anschlag! Sie wussten, wer Matt und Leo waren!

Matt half Leo auf die Beine, als der Motorradfahrer wieder auf seine Maschine stieg und sich davon machte. Passanten kamen heran und sammelten die Räder der beiden auf.

»Soll ich einen RTW rufen?«, fragte eine Frau.

»Es geht schon, danke«, sagte Leo. Sie besah ihre aufgeschürften Handflächen, doch ansonsten war ihr nichts passiert. Matt nahm sie in den Arm. Sie zitterte.

»Danke, dass du mich gerettet hast«, schluchzte sie.

Matt riss die Augen auf. »Hab ich?« Er zuckte mit den Schultern und hielt sie fest.

»Sie sollten Anzeige erstatten«, sagte ein Mann. »Das war ja lebensgefährlich.«

»Haben Sie sich das Kennzeichen notiert?«, fragte Matt. Doch niemand konnte helfen.

Ich auch nicht. Ich stand einfach da und war froh, dass ich es noch einmal geschafft hatte.

Seth stellte sich neben mich. »Das hast du gut gemacht«, sagte er leise. »Du hast richtig reagiert. Wirklich gut, Ziva. Schon wieder hattest du den richtigen Riecher. Das war sehr beeindruckend.«

Fassungslos sah ich ihn an. »Und das von dir? Wo du mich doch so unfähig findest?«

Er presste die Lippen zusammen. »Ich mochte dich schon immer. Und ich habe nie gedacht, dass du unfähig bist.« Ich schüttelte den Kopf, da stellte er sich direkt vor mich. »Ganz im Gegenteil.« Er strich mir über die Wange. »Danke. Danke, dass du Matt gerettet hast, Ziva.«

Er beugte sich zu mir herab.

Ich sah in sein Gesicht und verstand nichts mehr. Der Stress war überwältigend. Ich war so voller Gefühle, dass ich dringend ein Ventil brauchte.

Irgendeins.

Das war doch Wahnsinn, was er mir sagte. Das konnte er unmöglich ernst meinen.

Der Druck nahm mir den Atem.

Er stand noch immer so dicht vor mir. Sein Geruch stieg mir in die Nase. Meine Nerven flatterten.

Ich verlor den Verstand.

Als hätte ich die Kontrolle über meinen Körper verloren, stellte ich mich auf die Zehenspitzen und küsste ihn.

10

Ich kam nicht mehr klar.

Gar nicht.

Stattdessen stand ich auf der Straße und küsste Seth (*Seth!*), obwohl ich nach Leo schauen müsste.

Ich hatte eindeutig den Verstand verloren.

Voll und ganz.

Das Verrückteste an der Sache war, dass es sich gut anfühlte.

Ich riss mich von ihm los, als er die Arme um mich legte.

Auch das noch. Das ging zu weit.

»Seth, ich ...« Ich wusste nicht weiter und schüttelte stumm den Kopf. »Was machst du denn da? Was soll das? Das ist nicht witzig, hörst du?« Ich deutete auf Leo und Matt, beide kreidebleich. Sie hielten sich aneinander fest. »*Darum* müssen wir uns kümmern. Um den Anschlag, verstehst du? Du kannst nicht einfach behaupten, dass du mich magst und mich dann küssen, wenn wir bis zum Hals in der Scheiße stecken.«

»Es war auch nicht als Scherz gemeint«, sagte er ärgerlich. »Und außerdem hast *du mich* geküsst, Ziva. Warum wohl?«

»Weil ich offenbar wahnsinnig geworden bin. Und Masochistin.« Ich wandte mich ab und trat an Leo heran.

Es ging ihr gut. Ich hatte sie gerettet.

Gerade so. Schon wieder.

»Das war einer der Typen von Freitag«, wechselte ich das Thema. Ich konnte mich jetzt nicht auf seine Spielchen einlassen, obwohl sie mich wütend machten.

»Ich weiß«, sagte er. »Ich habe es auch gesehen.«

»Dann wissen sie, wer die beiden sind.« Diese Erkenntnis war beängstigend.

»Oder sie haben Verdacht geschöpft und er hat auf gut Glück gewartet. Das wissen wir nicht mit Sicherheit«, hielt Seth dagegen. Er trat nah an mich heran und legte mir die Hand auf die Schulter.

Ich wich ihm aus. »Lass das bitte.«

Sofort machte er einen Schritt zurück. »Entschuldige.«

Ich holte tief Luft und wusste nicht, was ich tun sollte. Mich zu konzentrieren fiel mir schwer, ich schüttelte den Kopf, um ihn wieder freizubekommen.

Es klappte nicht.

Meine Hände zitterten, als ich mein Handy aus der Tasche holte und Leo anrief. Ich beobachtete, wie sie ihres aus ihrem Parka fischte und den Anruf annahm.

»Gwenny, hey.« Ihre Stimme war leise und wackelig.

»Leo, ist alles okay?« Es fiel mir leicht, mich auf das Gespräch einzustellen.

»Nein, irgendwie ganz und gar nicht«, antwortete Leo und schloss die Augen. Sie sah furchtbar erschöpft aus.

»Ist was passiert? Geht es dir gut?«, fragte ich.

»Ja, alles in Ordnung.«

»Ist Matt bei dir?«, fragte ich weiter.

»Ja, ihm geht es auch gut. Wir hatten beinahe einen … Unfall mit einem Motorradfahrer.« Leo atmete tief ein. Unfall war die Untertreibung des Tages. Ich könnte durchdrehen, weil sie es auch noch herunterspielte. »Können wir uns morgen sehen, Gwenny? Ich brauche dich.«

»Natürlich, das weißt du doch. Ich hole dich von der Arbeit ab«, versprach ich. Je eher ich sie bei mir hatte, desto besser.

Leo sah erleichtert aus und lächelte schmal. »Ich freu mich auf morgen. Danke, dass du angerufen hast.« Wir beendeten das Gespräch.

Neben mir telefonierte auch Seth mit Matt.

Ich mied seinen Blick.

Bei dem Gedanken an unseren Kuss lief es mir kalt den Rücken hinunter.

Und danach heiß. Brennend heiß.

Ich wusste gar nicht, was ich denken sollte.

Es war zu viel.

Einfach von allem zu viel.

Matt und Leo gingen nach Hause, doch beiden war die Nervosität anzusehen. Sie sahen sich ständig um, als erwarteten sie, dass der nächste Motorradfahrer es auf sie abgesehen haben könnte.

Seth und mir ging es nicht anders und ich war erleichtert, als sie die Wohnungstür hinter sich zugezogen hatten.

Seth wollte etwas sagen, doch ich verabschiedete mich in den Kontrollraum.

Ich konnte jetzt nicht mit ihm sprechen.

Ich musste allein sein und nachdenken.

Doch das half mir auch nicht weiter, stellte ich zähneknirschend nach mehreren Stunden fest. Stattdessen hatte ich ein schlechtes Gewissen, als hätte ich alle drei im Stich gelassen.

›Dumm, Ziva, ganz dumm. So hilfst du niemandem.‹

Die Nacht verstrich und ich war so ratlos wie zuvor.

Am frühen Morgen kehrte ich in die Wohnung zurück. Die Stimmung war angespannt. Ich sprach nur das nötigste mit Seth und vermied es, ihn anzusehen. Denn wenn ich es tat, erinnerte ich mich sofort an den Kuss.

Was hatte ich mir nur dabei gedacht?

Umso erleichternder war es, als Leo und Matt aufstanden. Beide hatten schlecht geschlafen und sich noch lange über die Attacke unterhalten.

Leo verhielt sich seltsam, es war eine diffuse Mischung aus Angst und Trotz, die ich bei ihr nur selten erlebt hatte, seitdem ich sie beschützte. Vielleicht zwei oder drei Mal war es vorgekommen. Und jedes Mal hatte diese Anwandlung bisher für Ärger gesorgt.

Ich musste sie noch besser im Auge behalten.

Und Matt einen Hinweis geben, wenn sie mir heute Abend bestätigte, was ich befürchtete.

Ich wartete wie versprochen vor dem *Bellmann*-Gebäude auf Leo. Kein Motorradfahrer in Sicht und auch kein verdächtiges Auto. Ich hatte alles fest im Blick.

Leo und Matt kamen heraus, also musste Seth auch in der Nähe sein. Ich begrüßte beide und vermied es, zu nah an Matt heranzutreten.

»Passt du auf sie auf?«, fragte er.

Mein Mundwinkel zuckte. »Selbstverständlich. Das ist mein Job als Freundin.« Ich hakte Leo ein und nahm sie mit. Dabei beobachtete ich sie besorgt.

Sie war schreckhaft und sah sich ständig um. »Okay, Leo, erzähl mir, was passiert ist«, bat ich sie.

Sie holte tief Luft und fasste zusammen, was seit unserem letzten echten Treffen passiert war. Ich hörte ihr aufmerksam zu und beobachtete sie genau.

»Du hast Angst«, sagte ich ihr auf den Kopf zu.

Sie nickte zögernd. »Ja.«

»Und du wirst es nicht gut sein lassen«, sprach ich weiter.

Sie presste die Lippen zusammen. »Wie könnte ich denn? Die Sache gestern - wenn sie wirklich ein Angriff war - zeigt doch eindeutig, dass ich auf der richtigen Spur bin. Die Typen haben Schiss bekommen«, sagte sie.

»Den habe ich auch und ich hänge nicht mal mit drin«, erwiderte ich.

Sie seufzte und sah auf den Boden. »Tut mir leid. Ich will nicht, dass du dir Sorgen machst«, murmelte sie.

»Zu spät. Deinen Eltern und Schwestern hast du nichts gesagt, oder?«

»Nein, die würden durchdrehen«, antwortete sie.

Damit hatte sie unbestritten recht.

»Aber kann nicht Mathildas Freund etwas für dich tun? Er ist doch bei der Polizei«, fragte ich, obwohl ich die Antwort bereits kannte.

»Es ist, wie Sem schon gesagt hat: Ohne Beweise und ohne einen konkreten Hinweis wird niemand etwas für uns tun. Die Polizei hat genug Fälle auf dem Tisch, sie werden keine SoKo einrichten, nur weil bei *Bellmann* ein paar Buchungen verdächtig sind. Außerdem kann er von Hessen aus nichts für mich tun. Und Sem hat recht: Wenn ich mich irre, sind wir trotzdem alle unseren Job los und sie machen *Bellmann* dicht«, sagte sie trübsinnig.

Das war einer der Punkte, die ihr am meisten zusetzten.

»Das machen sie vielleicht auch, wenn du recht hast«, gab ich zu bedenken.

»Wenn ich recht habe, finde ich die, die daran schuld sind«, sagte sie finster. »Und die werden dann in den Knast gehen. Dann können wir *Bellmann* da raushalten und niemand verliert seinen Job.«

Dessen war ich mir nicht so sicher. *Bellmann* war eine normale privatgeführte Firma und wenn sie den Staatsvertrag verloren, war sie am Ende. Doch Leo hatte das Kinn energisch vorgeschoben. Es war sinnlos, mit ihr darüber zu diskutieren.

»Ich finde trotzdem, dass es jetzt schon heikel ist. Wenn der Motorradfahrer es wirklich auf euch abgesehen hat, kann doch jederzeit wieder jemand kommen.« Ohne uns abzusprechen sahen wir uns beide um.

Ich schluckte. Leo tat mir leid, doch andererseits wählte sie dieses Schicksal selbst.

Niemand trieb sie dazu. Und sie war erwachsen.

»Ich muss es einfach tun, Gwenny«, sagte sie tonlos. »Ich kann doch nicht wegsehen. Es geht um Geld, das für kranke Kinder und Tierheime verwendet werden soll. Für Krebskranke und Menschen mit Behinderungen. Für Frauenhäuser und Menschen mit psychischen Erkrankungen. Die Liste ist endlos. Wie kann ich denn nachts ruhig schlafen, wenn ich weiß, dass da etwas im Gange ist, und nichts dagegen tue? Irgendwer benutzt *Bellmann*, um sein Geld zu waschen. Er macht es klug. Und er ist gefährlich. Trotzdem kann ich nicht einfach wegsehen. Ich muss vorsichtig sein. Aufpassen, dass Matt und ich nicht wieder allein im Büro sind. Und ich muss versuchen, Sem nach dem nächsten Meilenstein zu überzeugen, dass wir recht haben.« Sie sah mich an. »Ich kenne dich doch: Du kannst es auch nicht leiden, wenn jemand falsch spielt. Ich weiß noch, wie du in der zwölften Klasse geholfen hast, die geklauten Klamotten aus den Umkleideräumen beim Sport zu finden.«

»Aber damals war klar, dass es Mitschüler sein müssen«, sagte ich bedrückt. »Es war unwahrscheinlich, dass Organisierte Kriminalität dahintersteckt.«

Obwohl es genau das gewesen war, denn die Mitschüler hatten die Sachen an Hehler verkauft, um ihr Taschengeld aufzubessern. Aber ich wusste, was Leo meinte.

»Ich bin stolz auf dich, dass du dich verantwortlich fühlst und das machst«, sprach ich weiter. »Aber ich habe Angst, dass Matt oder ich mal nicht zur Stelle sind, wenn du uns brauchst.«

Sie umarmte mich und drückte mich eng an sich. »Du bist so süß«, sagte sie leise. »Ich bin froh, dass ich dich habe.« Ich erwiderte die Umarmung und atmete tief durch.

»Ich helfe dir, so gut ich kann«, versprach ich. »Ruf mich an, wenn ich dich begleiten soll, dich abholen soll. Ich kann auch bei dir übernachten, wenn du willst. Aber bitte sei vorsichtig, ja?«

»Bin ich«, versprach Leo. »Und danke. Es geht mir immer viel besser, wenn du an meiner Seite bist.«

»Hast du Rosa davon erzählt?«, fragte ich. Rosalie wäre noch jemand, der ihr ein bisschen Rückendeckung geben könnte. Außerdem arbeitete sie bei einer Werbeagentur und hatte darüber viele Kontakte.

Doch Leo zuckte mit den Schultern. »Nur am Rande. Sie hatte genug eigene Probleme.«

»Ich finde, deine sind schwerwiegender«, wandte ich ein und beschloss, sie selbst anzurufen. Wenn Leo das nicht machte, war das eben mein Job.

Sie betrachtete mich. »Du nimmst das auch sehr ernst.«

»Ich nehme *dich* sehr ernst«, erwiderte ich. »Du bist mir wichtig. Und ich könnte es mir nie verzeihen, wenn ich dich im Stich lasse.«

Sie drückte mich erneut. »Weißt du, davor habe ich am allerwenigsten Angst.«

Leo fragte mich beim Abschied, ob wir uns wieder zu viert treffen wollten. Ich hatte ihr vage erzählt, dass ›Elias‹ und ich uns vertragen hatten.

Jetzt fehlte mir die Ausrede, um abzusagen.

Leider.

Sie schrieb Matt sofort, der sich parallel mit Seth traf, und verabredete uns für den nächsten Tag.

Wenigstens war es dann schneller vorbei und ich musste weniger lange darüber nachdenken, wie der Abend ablaufen würde.

Und so warteten Seth und ich am nächsten Abend vor dem Restaurant, das Matt ausgesucht hatte. Ich starrte auf das grüne Logo, das die veganen Speisen anpries.

»Alles okay?«, fragte Seth. Wir hatten wegen des Kusses noch nicht miteinander gesprochen, die letzte Nacht hatten die beiden getrennt verbracht.

Ich nickte knapp. »Sie lässt nicht locker.«

»Hab ich mir schon gedacht. Matt macht sich Sorgen, aber er will sie nicht hängenlassen«, sagte er.

»Er würde die Recherchen einstellen, wenn er könnte?«, fragte ich stirnrunzelnd.

So hätte ich ihn nicht eingeschätzt.

Seth schüttelte den blonden Kopf. »Nein, aber Matt würde als Erstes versuchen, seine Spuren zu verwischen und sich einen Plan zurechtlegen, wie er unauffällig weitermachen kann. Bei Leo habe ich das Gefühl, dass sie so heiß auf diese Sache ist, dass sie unvorsichtig wird.«

Leider konnte ich ihm nicht widersprechen.

Matt und Leo kamen zu uns und ich war froh, die belebte Straße zu verlassen. Ununterbrochen hielt ich die Augen offen und suchte nach potenziellen Angreifern. Ich wusste nicht, wen die Typen mehr belauerten, hielt es aber für möglich, dass sie es auf Matt abgesehen hatten.

Leo war an jenem Abend so schnell hinter dem Schreibtisch verschwunden, dass sie ihr Gesicht nicht lange gesehen hatten.

Matts hingegen schon.

Er hing genauso mit drin wie sie.

Das Restaurant hatte ein Buffet-Konzept und das Essen schmeckte gut. Seth holte sich bereits den dritten Nachschlag, als auch Leo aufstand, um ihren Teller noch einmal zu füllen.

Matt und ich saßen allein am Tisch und als sein Blick auf mich fiel, erinnerte ich mich an die merkwürdigen Situationen mit ihm. Ich hatte sie schon beinahe vergessen. Jetzt sah ich in seine braunen Augen, in denen ein merkwürdiger Glanz stand.

»Leo hat mir von eurem Treffen erzählt«, sagte er. »Es ist wirklich toll, wie du hinter ihr stehst.«

»Das tut Elias für dich doch auch«, wiegelte ich ab und sah zu Seth hinüber. Er und Leo beugten sich über frittierte Teilchen und lachten. Hoffentlich kamen sie schnell zurück.

»Na klar, aber bei dir finde ich es beeindruckender«, sagte er und atmete durch. »Ich finde dich einfach cool, weißt du? Du bist meine heimliche Heldin.«

Ich starrte ihn an. »Die echte Heldin dieser Geschichte ist deine Freundin. Sie riskiert viel mehr als ich. Ich helfe nur.«

Sein Augenlid zuckte. »Vielleicht, aber das ändert nichts für mich.«

»Matt, was soll denn das?«, platzte es aus mir heraus.

Er zuckte zurück. »Ich ... Na ja ... also ...«, stammelte er.

Ich ballte die Hände zu Fäusten und presste sie an meine Oberschenkel. »Du bist mit meiner besten Freundin zusammen, hörst du? Und ich date deinen besten Freund.

Findest du das wirklich okay, was du mir hier sagst?« Er wurde erst blass, dann röteten sich seine Wangen und er senkte den Blick.

»Ich dachte, da wäre ...« Er schüttelte den Kopf. »Nein, ist es nicht«, sagte er dann mit klarer Stimme. Mir fiel ein Stein vom Herzen, doch seine Augen sagten etwas anderes als seine Worte.

Seth und Leo kamen zurück. Sie strahlte mich an und er legte mir beiläufig die Hand auf die Schulter.

Ein Schauder rann über meinen Rücken.

Mir wurde das alles zu viel.

Ich konnte das nicht mehr.

Ich konnte meinen Job nicht richtig machen, solange diese beiden Männer in meiner Nähe waren.

Sie taten uns nicht gut.

Matt war nicht ehrlich zu Leo und das machte mich wütend. Sie war ernsthaft in ihn verliebt, doch bei ihm wuchsen meine Zweifel immer weiter. Ich verstand nicht, wie er sich an dieser Rettungsaktion so hochziehen konnte. Leo war tausendmal mutiger als ich.

Ich war unsterblich, verdammt noch mal! Es war leicht, mutig zu sein, wenn man mit großer Sicherheit wieder zusammengeflickt werden konnte.

Leo war sterblich, sie riskierte alles. Und ihr dämlicher Freund verknallte sich in ihre unspektakuläre Freundin, die rein gar nichts tat.

Mein Blick fiel auf Seth.

Und dann er, dem nach zig Jahren einfiel, dass er mich mochte! Er hatte sie doch nicht mehr alle!

Wie durchgeknallt musste man bitte sein, um seine angebliche Zuneigung durch ständiges Gemecker auszudrücken?

Ich war das alles so leid.

Ich fühlte mich der Sache nicht gewachsen, sie war zu groß für mich. Leo verdiente einen Schutzengel wie Rahel, der wusste, was er tat. Sie verdiente einen Freund, der erkannte, wie toll sie war, und nicht heimlich mit ihrer besten Freundin flirtete.

Am liebsten wäre ich sofort zu Zachariah gelaufen und hätte um eine Versetzung gebeten.

Ich musste mit ihm sprechen.

Ich musste die Situation schildern und zugeben, dass ich noch nicht so weit war. Das war unangenehm, aber besser, als wenn etwas schlimmes meinetwegen passierte.

Der Druck auf meiner Brust wurde etwas weniger, als ich diese Entscheidung fällte.

Ich würde Leo abgeben. An jemanden, der ihr so helfen konnte, wie sie es verdiente. Das brach mir das Herz, aber ihre Sicherheit stand an oberster Stelle.

Und ich wurde Matt und Seth endlich los.

So war es am besten.

Die Stimmung beim Essen war seltsam bedrückt. Leo und Seth merkten es, doch es gelang ihnen nicht, etwas daran zu ändern. Matt schwieg und ich mied eisern den Blickkontakt zu ihm.

»Habt ihr euch gestritten?«, fragte mich Leo leise, als die beiden Männer noch einmal ans Büffet gingen.

Was sollte ich denn jetzt sagen?

Ich zuckte mit den Schultern. »Nein, alles gut. Ich weiß nur nicht, was ich mit ihm besprechen soll.«

Das stimmte sogar, denn mein Mund fühlte sich wie verklebt an, wenn ich ihn nur ansah.

Leo betrachtete mich, sagte aber nichts. Matt und Seth kamen zurück und ich fühlte mich noch unwohler. Viel schneller als geplant kam der Abend zum Ende und wir verabschiedeten uns voneinander.

Seth hielt mich an, als wir um die Hausecke bogen. »Was hast du denn bloß?«

Ich holte tief Luft, doch dann blies ich sie einfach aus.

»Erzähle ich dir gleich, wenn wir die beiden sicher nach Hause gebracht haben«, sagte ich.

Er nickte, wir wechselten auf die Astralebene und beeilten uns, die beiden einzuholen. Sie gingen heute zu Leo - zum Glück, dann konnten wir uns im Wohnzimmer aufhalten. Wenn ich jetzt noch am Fenster stünde, während sie Sex hatten, könnte ich das nicht ertragen.

Ich war wütend auf Matt. Es wurde Zeit, dass ich mich aus dieser Situation rettete.

Aber ich wollte ehrlich zu Seth sein. Ich hatte das Gefühl, dass ich ihm das schuldete.

Matt und Leo verzogen sich sofort ins Schlafzimmer und sahen noch einen Moment fern, bevor die bekannten Geräusche durch die halb offene Tür drangen. Ich zog sie vorsichtig zu und setzte mich auf die Couch.

Seth blieb stehen und betrachtete mich mit gerunzelter Stirn. »Du hast doch was«, sagte er. »Was hat Matt zu dir gesagt?« Er hatte es also mitbekommen.

»Etwas dummes«, erwiderte ich. »Und das habe ich ihm auch gleich zu verstehen gegeben.«

Er setzte sich neben mich. Ich suchte nach den passenden Worten, um ihm von meinem Plan zu berichten. Er legte mir die Hand auf das Knie. »Du kannst mit mir reden. Ehrlich. Wir sind doch ein gutes Team geworden.«

Ich sah ihm ins Gesicht und öffnete den Mund, doch immer noch fehlten mir die Worte.

Er kam noch näher. Ohne klaren Gedanken beugte ich mich vor und küsste ihn.

Es war merkwürdig.

Es fühlte sich gut an.

Er legte die Arme um mich und zog mich näher an sich.

Es war, als erinnerte sich mein Körper an diese Berührungen, denn in mir regte sich etwas. Eine Hitze, die größer wurde.

Ich wollte mehr davon.

Wenn ich ihn küsste, musste ich nicht mehr über die ganzen Probleme nachdenken. Wenn er mich küsste, war die Gefahr nicht mehr so groß und ich fühlte mich gut.

Ich kam auf die Knie und presste mich an ihn, schaltete mein Denken komplett aus. Wenigstens dieses eine Mal wollte ich tun, worauf ich Lust hatte.

Niemand war hier, niemand würde es herausfinden.

Und danach konnte ich reinen Tisch machen.

Ich holte zischend Luft, als Seth seine Hände unter den Saum meines Pullovers schob und meine Haut berührte.

Es fühlte sich gut an.

So gut.

Warum hatte ich das vorher nie getan?

Ich sah in seine blausilbernen Augen. War das wirklich Seth, mit dem ich hier im Begriff war ...

Er küsste meinen Hals und zog mich so an sich, dass ich auf seinem Schoß saß. Seine Finger fuhren durch meine Haare und lösten meinen Pferdeschwanz.

Ich fühlte mich befreit, als die dunklen Strähnen auf meine Schultern fielen.

Ich musste immer weiter machen, ich konnte nicht aufhören.

Ich zog sein Shirt aus dem Bund seiner Hose und fuhr mit den Fingern über seinen flachen Bauch. Tief in meinem Inneren regte sich eine Erinnerung, doch ich schenkte ihr keine Beachtung. Seth zog mir den Pullover über den Kopf und legte dann seine Hände an meine Taille.

Ich schob sein Shirt hoch und holte tief Luft, als wir bei der nächsten Umarmung Haut an Haut waren.

Ich brauchte mehr davon. Küsse reichten nicht.

Es war wie ein Rausch, der mir die Sinne nahm. Unsere Küsse wurden intensiver und Seth stöhnte auf, als ich meine Fingernägel in seine breiten Schultern schlug.

Undeutlich bekam ich mit, dass er mir meinen BH auszog, dann senkten sich seine Lippen auf meine Brüste. Ich biss mir auf die Unterlippe und grub meine Nägel tiefer in seine Haut.

»Soll ich weitermachen?«, fragte er mit belegter Stimme.

Unsere Blicke trafen sich und ich hatte einen klaren Moment. Konnte ich weitermachen?

Nebenan stieß Leo einen Schrei aus. Ich verwarf meine Bedenken.

Es war egal.

Für heute war es egal, ob es richtig oder falsch war, was wir taten. Und ob es diese Definition überhaupt gab. Wir wollten es beide, also war es richtig.

»Ja bitte«, sagte ich und küsste ihn wieder.

Er hob mich hoch und kurz darauf waren wir beide nackt.

Wieder zog er mich auf seinen Schoß und streichelte mein Gesicht. »Diesen Moment habe ich mir schon lange ausgemalt«, gestand er.

Mein Herz flatterte bei seinen Worten.

Ich küsste ihn wieder, um nicht antworten zu müssen.

Erneut hob er mich hoch und setzte mich auf die Rückenlehne des Sofas. Dann trat er dicht vor mich und spreizte meine Schenkel. Seine warmen Hände legten sich an meinen Po und zogen mich näher zur Kante.

Ich legte meine Hände auf seine Schultern und sah ihm tief in die Augen, als er sich in mir versenkte.

Meine Finger krallten sich in sein Fleisch und ich presste die Lippen zusammen, um leise zu bleiben. Seth hingegen stöhnte laut auf und packte mich fest.

Wir küssten uns und genossen diesen Moment. Ich fühlte mich, als hätte ich ewig darauf gewartet.

Mein Körper pulsierte und ich spürte eine beinahe beängstigende Sehnsucht nach Nähe in mir.

Er legte mich sanft auf der Rückenlehne ab und umschlang meine Oberschenkel mit seinen großen Händen.

Ich hielt seinen Blickkontakt, er erdete mich, als er begann, sich zu bewegen. Ich strich mit meinen Händen über seine Fingerknöchel und hielt mich an ihm fest.

Er war mein Anker.

Ausgerechnet er.

Seit Beginn meines neuen Lebens hatte ich mich nie so gut gefühlt. Und so verloren.

Ich wusste einfach nicht mehr, was ich tun sollte. Mir blieb nur eins: Ich genoss diese kurze Zeit und als sich die Hitze in mir zusammenballte und mich zerbersten ließ, dachte ich an gar nichts mehr.

Das war der absolut beste Moment.

Leo und Matt schliefen längst, als Seth und ich voneinander abließen. Wir lagen auf Leos Sofa und hielten uns in den Armen. Unter meiner Wange schlug Seths Herz.

Ich mied seinen Blick.

Ich wusste nicht, was ich sagen sollte.

»Ich denke, beim nächsten Doppeldate sollte uns die Intimität deutlich leichter fallen«, flüsterte er und ließ seine Finger über meine nackte Schulter kreisen. Ich sah auf und versuchte herauszufinden, wie er das meinte.

War der Sex für ihn Teil des Jobs? Eine logische Konsequenz, um unsere Rolle glaubwürdiger zu spielen?

Das würde zwar alles einfacher machen, aber - ich wollte das nicht. Der Gedanke tat mir weh.

Er hatte einen Scherz gemacht. Ich las in seinem Blick, dass er es genauso genossen hatte wie ich. Als er sagte, er habe lange daran gedacht, war das ehrlich gemeint.

»Warum warst du immer so blöd zu mir?«, fragte ich. Gleich darauf hätte ich mich ohrfeigen können.

Seine Umarmung wurde fester. »Weil ich ein Idiot bin, der immer das falsche sagt«, erwiderte er leise. »Und weil ich darüber versucht habe, mit dir zu reden. Und jedes Mal ist unser Gespräch eskaliert. Ich hab's voll drauf«, seufzte er.

Ich legte meine Wange wieder an seine Brust. »Auf mich wirkte es immer so, als könntest du mich nicht leiden«, murmelte ich.

»Das schwankte«, gab er zu. »Manchmal war ich so frustriert über unseren dauernden Streit, dass ich dich wirklich nicht mehr leiden konnte.«

Ich musste grinsen.

»Was machen wir jetzt?«, fragte ich. Ich wollte immer noch zu Zachariah gehen, doch der Widerwille gegen diesen Entschluss wuchs mit jedem seiner Worte.

Dabei machte das alles nur noch schwieriger. Meine Aufmerksamkeit musste Leo gelten, niemandem sonst. Ich konnte sie nicht gleichzeitig beschützen und mit Seth knutschen. Ich durfte mir keine Fehler erlauben.

Nicht jetzt. Nicht in der Gefahr, in der sie schwebte.

Seth wollte gerade etwas erwidern, als nebenan ein Handy klingelte. Wir sprangen auf und zogen uns eilig an. Ein Anruf um zwei Uhr nachts bedeutete nichts Gutes.

»Das ist Matts Handy«, sagte Seth. Wir stellten uns in den Flur und warteten. Im Schlafzimmer nahm Matt das Gespräch an.

Ich hörte Leo verschlafen seinen Namen sagen.

»Wirklich?«, fragte er gerade. »Papa, wirklich? Ja, ich komme. Ich mache mich gleich auf den Weg. Doch, genau jetzt. Ich bin in einer Stunde bei euch.«

»Matt, alles okay?«, fragte Leo.

»Ich muss nach Uelzen«, sagte er. »Mein Bruder hatte einen Unfall. Ich muss zu ihm fahren.«

Seth und ich tauschten einen alarmierten Blick.

»Ich komme mit«, antwortete Leo sofort.

Das Bett knarrte, als sie aufstand.

»Das ist lieb, aber lass mich erst mal allein fahren«, hielt er sie auf. »Ich weiß noch nichts Genaues und du musst meinetwegen jetzt nicht losfahren und dir die Nacht um die Ohren schlagen. Ich möchte zwar, dass du meine Familie kennenlernst, aber nicht im Krankenhaus.« Er küsste sie. »Schlaf bitte weiter. Ich melde mich, wenn ich angekommen bin.«

»Wie willst du da denn jetzt hinkommen?«, fragte sie. »Ich kann dich fahren.«

»Alles gut, ich bin schon auf der Carsharing-Seite.« Er küsste sie wieder. »Es ist alles okay. Wirklich. Ich fahre jetzt, ja? Ich melde mich.« Er kam aus dem Schlafzimmer.

Trotz seiner ruhigen Worte sah ich ihm sofort an, wie aufgewühlt und ängstlich er war. Ich war froh, dass Seth ihn begleitete und auf ihn aufpasste.

»Wir reden ein andermal«, sagte er zum Abschied und küsste mich schnell.

Ich blieb im Flur stehen, als die beiden gingen.

Drinnen im Schlafzimmer weinte Leo leise.

Die Nacht war lang. Ich blieb bei Leo im Schlafzimmer und wartete auf eine Nachricht.

Um fünf meldete Matt sich endlich: Sein Bruder wurde operiert, doch die Lage war nicht lebensbedrohlich.

Zum Glück.

Danach fand Leo endlich etwas Schlaf.

Matt blieb das ganze Wochenende über in Uelzen, also sahen auch Seth und ich uns nicht. Normalerweise hätte ich die Zeit genutzt, um mit Zachariah zu sprechen, doch das wollte ich erst tun, wenn ich mich ihm erklärt hatte. Spätestens nach Freitagnacht schuldete ich ihm das.

Jetzt war Montag und Matt wieder da.

Leo schloss ihn fest in die Arme, als sie sich vor dem *Bellmann*-Gebäude trafen, und hielt ihn eine Weile fest.

Ich sah zu Seth hinüber und fühlte mich befangen.

»Schön, dass ihr wieder da seid«, sagte ich kratzig. Er strich mir lächelnd eine Haarsträhne aus dem Gesicht.

Sollte ich ihn küssen? Ihn umarmen, wie einen Freund?

Ich wusste es nicht und fühlte mich wie gelähmt. Seth sah nicht so unsicher aus, doch er wartete ab.

Die beiden gingen hinein und ich berichtete kurz, was Leo am Wochenende gemacht hatte. Ich musste unbedingt vermeiden, dass wir auf Freitagnacht kamen. Ich wusste nicht, was ich darüber dachte, mir fehlten die Worte.

Am Wochenende hatte Leo bei ihren Recherchen nicht weitergemacht, aber sie hatte am Samstag Rosalie davon erzählt.

Das war für mich eine Erleichterung, so konnte noch jemand ein wenig auf sie achten. Rosalie war deswegen aufgeregt, auch sie riet Leo eindringlich, die Finger davon zu lassen. Als sie einsehen musste, dass es sinnlos war, versprach sie Leo, sich bereit zu halten. Sie datete gerade einen Investigativ-Journalisten, den sie unauffällig auf Spur bringen wollte.

Das war Leo nicht recht, aber Rosalie bestand darauf.

Dies war einer der wenigen Momente, in denen ich absolut ihrer Meinung war.

Ich fürchtete mich dennoch vor der neuen Woche und den Gefahren, die sie bringen konnte.

Heute standen wieder viele Meetings wegen *Samari* an, doch ich wusste, dass ich mir keine Hoffnung machen brauchte, dass Leo ihr Vorhaben vergaß.

Trotz allem war sie noch wildentschlossen.

Erneut rief sie bei Martina an und fragte nach, ob alles in Ordnung war.

Die Buchhaltungsleiterin war überrascht von ihrem Anruf. »Kannst du Gedanken lesen?«, hörte ich sie am Telefon fragen. »Heute ist tatsächlich ein neues Problem aufgetreten. Dieses Mal tauchte eine Differenz in *Albatroz* auf, die ich mir nicht erklären kann.«

Leo warf einen schnellen Blick zu Matt hinüber.

Er arbeitete, doch ihm war der Stress der letzten Tage anzusehen. Noch nicht einen witzigen Spruch hatte er heute gebracht und er bewegte sich, als sei er unter Wasser. Sein kurzes braunes Haar war zerzaust und unter seinen Augen lagen dunkle Ringe. Auf seinem Hoodie war ein Fleck.

Es tat mir leid, ihn so zu sehen. Trotz seines merkwürdigen Verhaltens und der Unsicherheit, die er bei mir auslöste, mochte ich ihn.

Vielleicht etwas zu sehr.

»Ich schaue es mir an«, versprach Leo und spiegelte sich Martinas Bildschirm.

»Was macht sie?«, fragte Seth und stellte sich neben mich. Ich riss mich von Matt los und sah ihn an. Seth drehte sich zu seinem Schützling um und seufzte.

»Er ist ziemlich fertig, aber das wird schon wieder. Seinem Bruder geht es schon besser.«

»Das ist gut«, rang ich mir ab. »Leo spricht mit Martina. Es ist wieder eine Fehlbuchung aufgetaucht.«

Doch Leo kam nicht weit. Schon nach einer Minute erhielt sie die Fehlermeldung, dass sie auf das Programm nicht zugreifen konnte.

Sie hatten sie ausgesperrt.

Leo fluchte und beendete das Gespräch mit Martina. Dann versuchte sie es erneut, mit dem gleichen Ergebnis.

»Matt?«, fragte sie über die Monitore hinweg. »Kannst du mir helfen?«

Er kam zu ihr herüber, sah die Monitore und stöhnte. »Leo, bitte, muss das sein? Wir hatten doch verabredet, dass du es fürs Erste gut sein lässt. Jetzt hängst du schon wieder dran.«

»Martina hat ein akutes Problem«, entschuldigte sie sich.

»Trotzdem: Die Absprache mit Sem steht«, beharrte er. »Sie soll beim Support der Software anrufen.«

»Aber Matt, die können ihr da nicht helfen«, widersprach Leo. »Es ist wieder der ...«

»Leo, bitte«, unterbrach er sie. »Ich bin fix und fertig. Lass es doch bitte wenigstens diese Woche noch mal gut sein. Vertröste Martina und lass uns mit Sem sprechen. Aber bitte nicht heute.«

Leo nickte mit zusammengepressten Lippen. Ihre Augen wanderten zurück zu ihrem Bildschirm und ich sah ihren Frust, als sie die Spiegelung aufhob.

Ein komisches Gefühl kroch über meinen Rücken hinauf und ich bekam Gänsehaut.

»Es ist besser so«, sagte Seth und verschränkte die Arme vor der Brust. »Matt ist ihr gerade keine Hilfe und sie sollten das lieber zusammen machen. Das ist sicherer.«

Ich nickte, ohne ihm richtig zuzuhören, und ging an die Fensterfront. Ich sah hinunter auf die Straße, doch da war nichts.

Ich wurde paranoid, wie es schien.

In der Mittagspause gingen Matt und Leo mit dem ganzen Team und Atalanta im Einkaufszentrum etwas essen. Es gab dort einen guten Italiener, bei dem es schnell ging, also liefen alle gemeinsam hinüber.

Leo und Matt gingen schweigend nebeneinander, zum ersten Mal gab es eine angespannte Stille zwischen ihnen. Sogar Atalanta kam mit ihrem Frohsinn nicht dagegen an und verstummte schließlich.

Die anderen tauschten unbehagliche Blicke.

Das war gar nicht gut.

Ich betrachtete meinen Schützling und fühlte mich hilflos. Ich konnte sie nur vor realen Gefahren schützen. Das Zwischenmenschliche musste sie allein schaffen.

Im Einkaufszentrum war es brechend voll.

Es gab eine Veranstaltung und die Leute drängten sich dicht zusammen. Leo und die Kollegen mussten sich zwischen den Menschen hindurchschieben. Es war zu spät, um umzudrehen, denn hinter ihnen kamen schon die nächsten Leute. Sem ging voran, ihm folgten Ludi und Pay, dann Atalanta und Leo. Matt bildete das Schlusslicht. Seth und ich mussten dranbleiben, doch es war schwierig.

Unübersichtlich.

Ein Horrorszenario für Schutzengel.

»Bist du dran?«, rief er, als wir abgedrängt wurden.

Wir waren zwar unsichtbar, doch unsere Körper waren noch immer zum Teil physisch und konnten nicht durch Menschen oder Wände gehen.

»Ich versuch's!«, rief ich und tauchte zwischen zwei Leuten hindurch, doch der Abstand zwischen uns und unseren Schützlingen vergrößerte sich immer weiter. Ein bulliger Mann schob sich direkt vor mich, sodass ich die beiden aus den Augen verlor. Ich fluchte und drängte mich nachdrücklicher durch die Menge. Ich duckte mich und wechselte die Ebene. Im Gedränge bemerkte das niemand.

Jemand drängte mich ab und ich landete wieder hinter dem bulligen Typen. Ich klemmte mich hinter ihn, er ging in die gleiche Richtung wie Leo. Da sah ich aus dem Augenwinkel, wie er ein Messer aus der Tasche holte. Zwischen ihm und Matt lagen kaum zwei Meter.

»Seth!«, schrie ich. »Dunkelblau!«

Der Code für allerhöchste Gefahr.

Doch er war so weit hinter mir, dass er nicht rechtzeitig da sein würde.

Ich spannte alle Muskeln an und drängte mich an dem Mann vorbei.

Er hatte Matt schon fast erreicht.

Das Messer hatte er in der Hand.

Er musste zu den Typen vom Sicherheitsdienst gehören.

Sie hatten Matt im Visier.

Sie hatten sich sein Gesicht gemerkt.

Ich warf mich zwischen Matt und seinen Angreifer. Ich wirbelte herum und fixierte ihn. Die Hände hatte ich erhoben, bereit, die Klinge abzuwehren.

Ich hatte keine Wahl.

Einen Messerstich überlebte ich problemlos.

Matt nicht.

»Gwen?«, rief Matt überrascht, doch ich behielt nur das Messer im Auge.

Der Mann sah mich, hielt inne, dann machte er einen Schritt zur Seite und holte auf Hüfthöhe aus.

Er versuchte es trotzdem!

Ich stieß Matt beiseite und wich der Klinge aus. Er stieß einen überraschten Schrei aus, ein paar Leute wichen zurück. Jemand sah das Messer und schrie los.

Das Gesicht des Mannes verzerrte sich wütend, doch die Unruhe in der Menschenmenge wurde immer größer. Es konnte nur noch Sekunden dauern, bis die Lage eskalierte.

Jemand rannte los und prallte gegen den Angreifer. Er taumelte und riss die Hand mit dem Messer hoch. Jetzt brach Panik aus.

Ich packte Matt am Ärmel und sah mich nach Leo um, doch ich konnte sie nicht sehen. Mit aller Kraft drängte ich Matt durch die Leute auf eine Wand zu. Wir mussten uns in Sicherheit bringen.

»Leo!«, schrie ich, doch ich bekam keine Antwort.

Matt klammerte sich an mir fest, seine Augen waren weit aufgerissen.

Ich schrie erneut nach Leo und nach Seth.

Ich sah ihn nirgendwo.

Hoffentlich fand er Leo.

Ihr durfte nichts passieren!

Ich müsste Matt stehen lassen und nach ihr suchen, doch die Panik in der Menschenmenge wurde immer größer und die ersten rannten kopflos in Richtung Ausgang.

Ich erreichte die Wand und drückte Matt dagegen. Wir nutzten eine Säule als zusätzlichen Schutz. Ich sah mich um, suchte Leo, suchte Seth und hielt Ausschau nach dem Angreifer. Ich konnte keinen von ihnen entdecken.

»Scheiße«, murmelte ich und sah mich nach Matt um. Er war bleich und schwitzte, aber ansonsten ging es ihm gut. Die Notausgänge wurden aufgestoßen und die Leute rannten aus der Halle.

»Du ... der Mann ... Messer«, stammelte Matt.

Ich hielt ihn immer noch am Ärmel gepackt.

»Ich weiß«, sagte ich.

»Danke«, stieß er hervor. »Gwen, ich ... Danke!«

Er riss mich an sich und küsste mich auf den Mund.

Ich war wie erstarrt, so erschrocken, dass ich mich nicht rühren konnte.

»Matt? Gwenny?«, hörte ich Leos fassungslose Stimme.

11

Matt und ich fuhren auseinander.

Ich starrte ihn an, dann sah ich hinüber zu Leo. Neben ihr stand Seth mit steinerner Miene. Matt öffnete den Mund, doch Leo drehte sich kommentarlos um und ging.

Ich nahm die Verfolgung auf.

»Wir reden später«, sagte ich im Vorbeigehen zu Seth. Er antwortete nicht und blieb bei Matt. Ich musste mit Leo sprechen, die beiden Männer kamen allein klar.

Meine Lippen pochten und Wut stieg in mir auf.

Wie hatte das passieren können?

Ich steigerte mein Tempo und holte Leo draußen auf dem Marktplatz vorm Einkaufszentrum ein. »Leo, warte!«

Sie blieb stehen und drehte sich zu mir um. Tränen liefen über ihre geröteten Wangen, trotzdem war sie wütend.

So wütend.

»Was willst du?«, fragte sie feindselig.

Ich blieb zwei Meter vor ihr stehen.

So hatte sie mich noch nie angesehen.

»Dir erklären, was passiert ist«, sagte ich kleinlaut.

»Das habe ich gesehen«, schoss sie.

»Wenn es so ist. müssen wir dieses Gespräch nicht führen, denn dann weißt du, dass ich nichts dafür kann.« Ich holte tief Luft. »Einer von den Sicherheitstypen war euch auf den Fersen. Er hatte ein Messer. Ich hab's gesehen und bin zu Matt, um ihm zu helfen. Deswegen brach die Panik aus. Wir haben uns an den Rand gerettet und da hat er mich geküsst. Er war völlig durch den Wind.« Ich hob die leeren Hände. »Leo, es tut mir wirklich leid, aber ich konnte nichts dafür. Und wahrscheinlich war das nur eine Kurzschlussreaktion von ihm.«

»Was hat er dir im Restaurant gesagt, als ich am Buffet war?«, fragte sie. Ich biss mir auf die Lippe. Sie war zu klug, um sich einfach so besänftigen zu lassen.

»Etwas Dummes«, sagte ich mit unbewegter Miene. Verzweiflung stieg in mir hoch, weil die Situation so sinnlos eskaliert war.

Was hatte Matt sich nur dabei gedacht? Und warum bereute ich es, dass sie uns unterbrochen hatten? Ich hatte eindeutig den Verstand verloren! Der wichtigste Mensch in meinem Leben stand vor mir und litt wegen der Dinge, die meinetwegen passiert waren.

Mehr musste ich nicht wissen.

Mehr durfte mich nicht interessieren.

»In die Richtung, dass er auf dich steht?« Sie war viel zu klug. Ihre Worte fuhren wie ein Messer durch meinen Brustkorb. Ich konnte sie nicht anlügen, sonst verlor ich sie. Also nickte ich stumm und sie lachte frustriert. Ich sah ihren Schmerz. Weitere Tränen rollten über ihre Wangen.

»Ich wusste es.«

»Ich habe ihm gesagt, dass ich das unpassend finde, weil er mit dir und ich mit Elias zusammen bin.« Ich sah sofort, dass sie mir glaubte. Wir kannten uns so lange und sie wusste, dass ich sie noch nie belogen hatte.

›Nicht in solchen Dingen‹, korrigierte ich mich. Es gab vieles, das sie nicht wusste.

»Das habe ich mir gedacht«, flüsterte sie und sah zu Boden. »Scheiße, was mache ich denn jetzt?«

Ich umarmte sie fest.

Sie schluchzte und mein Herz wurde schwer. Alles für sich genommen war furchtbar, aber zusammen überwältigte es sie. Sie hatte Angst und es brach ihr das Herz.

Matt hatte ihr Sicherheit gegeben und sie ihr einfach wieder genommen. Innerhalb von Sekunden brach zusammen, was sie sich in den letzten zwei Monaten aufgebaut hatten.

Er war so ein Idiot.

Und ich auch.

»Ich verstehe es einfach nicht«, murmelte sie in meine Haare. »Ich dachte, es passt perfekt.«

»Ich auch«, gestand ich. »Aber er ist wirklich dämlich, wenn er das nicht sieht. Rede bitte mit ihm. Es ist für mich kein Problem, wenn ich ihn nicht mehr sehe. Ich will dir nicht im Weg stehen und mache gern einen großen Bogen um ihn.«

»Danke, aber das ändert nichts«, sagte sie und sah mich an. Ihre großen grünen Augen waren so traurig, dass es mir das Herz brach. »Es ändert nichts daran, dass ich ihm nicht gut genug bin. Er scheut sich ja nicht mal, mit meiner besten Freundin, die auch noch mit seinem besten Freund zusammen ist, zu flirten, während ich in der Nähe bin. Ich kann ihm doch nie wieder vertrauen und das habe ich nicht nötig. Ich will für niemanden die zweite Wahl sein, Gwenny. Ich kann nur eins machen und das werde ich heute noch tun.«

Ich wusste, was sie meinte. Ihre Entscheidung war gefallen und ihr Herz gebrochen. Sie drückte mich noch einmal und ich bewunderte sie für ihre Stärke.

»Ich begleite dich zum Büro«, sagte ich leise.

»Und Elias?«, fragte sie. »Ihr wart doch zusammen da.«

»Er ist bei Matt, den ich gerade echt nicht sehen will. Ich rufe ihn an, sobald ich dich sicher abgeliefert habe. Der Angreifer könnte hier immer noch in der Nähe sein.«

Sie wurde bei meinen Worten blass. »Das habe ich völlig vergessen«, flüsterte sie. »Dass Matt angegriffen wurde, ist meine Schuld.«

»Glaube ich nicht«, sagte ich ruhig, doch ich log.

Vor genau dieser Gefahr hatte Matt sie erst heute Vormittag gewarnt.

Wir gingen zurück zu *Bellmann*.

Mein Herz machte einen Satz, als ich Matt und Seth vor dem Gebäude stehen sah.

Ich blieb auf Abstand, also kam Seth zu mir herüber.

Leo straffte sich und lief zu ihrem Freund. Seths Gesicht war angespannt, doch ich konnte meine Augen nicht von Leo abwenden, als sie mit Matt Schluss machte.

Er ließ den Kopf hängen, doch es gab nichts, was er zu seiner Verteidigung sagen konnte.

Seth und ich wechselten auf die Astralebene und kehrten zu ihnen zurück. »Er hat mir alles erzählt«, sagte er. »Auch, dass du keine Schuld hast.«

»Ich wollte das nicht, er hat mich überrascht«, erwiderte ich kratzig. Seth blieb stehen und küsste mich auf den Mund. Es fühlte sich anders an als bei Matt.

Ich sollte darüber nicht nachdenken.

Diese Scheiß-Gefühle waren doch an allem Schuld.

Ich erwiderte den Kuss und machte mich los.

Wieder wusste ich nicht, was ich tun sollte.

Die nächsten Tage waren seltsam und angespannt.

Jetzt traf ein, wovor ich Leo anfangs gewarnt hatte: Die Stimmung zwischen ihr und Matt war mies und sie redeten nur das nötigste miteinander.

Die Kollegen bemerkten es und Sem bat sie zu Einzelgesprächen. Sie versprachen, dass die Trennung nichts an der Qualität ihrer Arbeit änderte, doch Sem standen die Zweifel ins Gesicht geschrieben.

Matt bemühte sich um Leo, doch sie ließ ihn nicht an sich heran. Er hatte sich mehrfach entschuldigt, doch er konnte nichts mehr an seinem Verhalten ändern.

Das wusste er und auch seine Versuche, ein Gespräch zu führen, wurden immer weniger. Gleichzeitig sah ich ihm an, dass er unter dem Zustand litt.

Egal wie dämlich sein Verhalten war, Leo war ihm wichtig und seine Gefühle waren keine Lüge. Ich sah ihm an, dass er es bitter bereute, mich geküsst zu haben.

Es war zu spät.

Seth und ich konnten nichts tun. Ich fragte mich, was Matt seinem besten Freund als Entschuldigung gesagt hatte, doch ich wollte nicht nachfragen. Ich ahnte, dass die Stimmung zwischen ihnen nicht die Beste war, und wollte kein Salz in die Wunde streuen.

Da Matt und Leo die Nächte nun getrennt verbrachten, hatten wir keine Gelegenheit, einander näherzukommen. Ich wusste nicht, ob ich es bedauern oder erleichtert sein sollte. Seth ärgerte sich darüber, doch uns fehlte die Zeit, um miteinander zu sprechen.

Es war auch obsolet. Jetzt, wo Matt und Leo getrennt waren, hatten wir keine Möglichkeit, noch einmal Sex miteinander zu haben, oder das, was zwischen uns war, zu pflegen. Es endete, bevor es anfing.

Auch deswegen fühlte ich mich unwohl.

Es war alles einfach ein Riesenhaufen Scheiße.

Ich hatte immer noch nicht mit Zachariah gesprochen und mir fehlte der Mut dazu. Ich konnte Leo jetzt nicht allein lassen.

Wenn Gwen auch noch aus ihrem Leben verschwand, drehte sie durch.

Rosalie war an zwei Abenden bei Leo. Sie war trotz allem sauer auf mich (Gwen), obwohl sie einsah, dass es nicht meine Schuld war, was Matt getan hatte.

Sie datete noch immer den Journalisten, der aber noch nichts für Leo tun konnte. Er hatte zu wenig Informationen und brauchte jemanden, der sich die technische Seite ansah. Davor konnte er nicht tätig werden.

Eine Sackgasse, doch das brachte uns zurück auf das eigentliche Problem: Neben all dem Beziehungsmist war diese Gefahr noch immer sehr real. Ich vergaß sie zu keiner Sekunde, vor allem, weil Leo sich veränderte.

Sie war unruhig und schreckhaft.

Das bemerkte auch Rosalie.

»Leo, das kann nicht gut sein«, sagte sie ernst. »Du bist nicht du selbst und da sind Männer mit Messern und Motorrädern hinter dir her. Ich drehe noch durch vor Angst um dich. Bitte lass die Finger davon.«

»Ich kann nicht«, murmelte Leo. »Ich habe es versucht, aber ich muss einfach weitermachen. Ich kann deswegen nicht schlafen, aber wenigstens lenkt es mich von der Sache mit Matt ab.«

»Bei aller Liebe, eine Trennung ist kein Grund, um sich in Lebensgefahr zu bringen«, versetzte Rosalie.

Ausnahmsweise war ich ihrer Meinung.

Leo lächelte sie traurig an und zuckte mit den Schultern.

»Du könntest bei mir wohnen«, versuchte Rosa es noch einmal.

»Dann bringe ich dich auch in Gefahr, wenn sie wissen, wer ich bin«, sagte Leo kopfschüttelnd. »Das werde ich auf keinen Fall machen.«

»Aber ich werde auch nicht zulassen, dass du allein in deiner Wohnung ermordet wirst!«, sagte Rosalie heftig und schlug die Hand vor den Mund. »Tut mir leid. Ich habe Angst um dich.«

Doch Leo war nicht umzustimmen, also bestand Rosalie darauf, so oft wie möglich abends bei ihr zu sein.

Später schrieb sie mir und teilte mir ihre Sorgen mit. Ich versprach ihr, dass ich auch einige Abende übernahm. Wegen Matt schrieb sie nichts, ausnahmsweise setzte sie die richtige Priorität.

Am Donnerstag besuchte ich sie also als Gwen in ihrer Wohnung. Sie wollte nicht über ihre Recherchen sprechen, wir hatten auch alles geklärt. Entsprechend wandte sich das Thema unvermeidlich Matt und Seth zu.

»Wie läuft es denn bei dir und Elias?«, fragte sie. Sie stützte ihr Kinn auf ihre angezogenen Knie und kauerte sich in die Sofaecke. Die Ecke, auf der Seth und ich letzte Woche Sex hatten.

Meine Wangen wurden heiß bei diesem Gedanken.

»Wir sehen uns kaum«, antwortete ich.

»Ist er sauer auf dich?«, fragte sie alarmiert.

Ich schüttelte den Kopf. »Nein, aber es ist jetzt trotzdem komisch zwischen uns. Ich vermute, dass er sich für Matt entscheidet und gegen mich.«

Leo sah mich betroffen an. »Das tut mir so leid«, flüsterte sie und Tränen traten in ihre Augen. Jetzt hatte sie meinetwegen auch noch ein schlechtes Gewissen. Ich hätte mich ohrfeigen können.

Ich tätschelte ihr Bein. »Noch ist nichts verloren, aber wäre es andersherum, würde ich mich auch für dich entscheiden, Leo.«

Doch damit war Leo noch unglücklicher, erkannte ich.

Und egal, was ich sagte, der Schaden war angerichtet und ließ sich nicht mehr beheben. Ein weiterer von vielen Fehlern, die ich gemacht hatte.

Am Freitag blieb Leo lange im Büro. Matt hatte einen Tag Urlaub genommen, um nach Uelzen zu seinem Bruder zu fahren, doch bei *Samari* war ein Problem aufgetaucht, das unbedingt behoben werden musste.

Um achtzehn Uhr war Leo damit endlich fertig. Doch statt zusammenzupacken, startete sie *Limix* und *Albatroz*.

»Verdammt, was machst du denn da?«, murmelte ich und sah ihr über die Schulter. Offenbar hatte sie beschlossen, allein weiterzumachen.

Trotz der Attacke auf Matt.

Trotz der Gefahren, die in der Luft lagen.

Trotz all der eindringlichen Warnungen von Rosalie, mir, Seth und Matt selbst.

Ich wusste nicht, ob ich sie bewundern oder verfluchen sollte.

Die Fehlermeldung trat erneut auf. Leo schloss die Tabs und rief andere Seiten auf. Ich sah, wie sie ihre IP-Adresse verschlüsselte und ihre digitalen Spuren verwischte. Sie arbeitete mit höchster Konzentration und langsam, um keine Fehler zu machen. Immer wieder hielt sie inne und nahm Änderungen vor. Dabei redete sie sich leise gut zu.

Ich setzte mich im Schneidersitz auf den leeren Tisch hinter ihr und beobachtete sie. Hoffentlich wusste sie, was sie tat, denn ich hatte keine Ahnung. Ich überlegte, ob ich Seth schreiben sollte, verwarf die Idee jedoch wieder, weil er aus der Ferne nichts tun konnte.

Erneut rief sie die Buchungsprogramme auf. Dieses Mal konnte sie sich einloggen. Ich beobachtete, wie sie sich ins Backend hackte und durch die Codezeilen scrollte.

Das hatten sie und Matt doch auch schon gemacht.

Was suchte sie?

Sie markierte eine Zeile und kopierte sie in ein anderes Fenster. »Komm schon«, flüsterte sie, als sie auf Enter drückte. Das Fenster spuckte etwas aus, doch ich konnte nichts damit anfangen. Leo kopierte es abermals und fügte es in ein drittes Fenster ein.

Tausend neue Zeilen erschienen, eine endlose Reihe, doch Leos Gesicht begann zu strahlen. Wieder isolierte sie einen Teil des Codes und gab ihn in ein neues Programm ein. Jetzt erschien etwas, das sogar ich lesen konnte: ›*A.G./Jungclaus*‹.

Leo jubelte leise und endlich verstand ich es: Sie hatte denjenigen gefunden, der die Änderungen am Code vorgenommen hatte. Und die Firma, die dahintersteckte.

Ich starrte auf den Namen. *Jungclaus* sagte mir etwas. Dann machte es ›klick‹ in meinem Kopf. Die *Jungclaus GmbH* arbeitete mit *Bellmann* zusammen und war dafür bekannt, selbst großzügig zu spenden. Anscheinend doch nicht so großzügig wie gedacht, wenn diese Firma tatsächlich hinter der Geldwäsche steckte.

Leo machte Screenshots und sicherte alles in einer verschlüsselten Cloud, die Matt für diesen Zweck erstellt hatte. Ich wusste nicht, ob er noch Zugriff darauf hatte, vermutete es aber.

Begeistert sah ich meinen Schützling an. Ich war so stolz auf sie. Auf ihre Hartnäckigkeit und ihren Idealismus.

Sie hatte eine ganz heiße Spur. Einen ersten Beweis. Das hatte sie mehr als verdient.

Jetzt glich sie die auffälligen Buchungen Stück für Stück ab und griff dazu auf den Zahlencode, den sie und Matt entdeckt hatten, zurück.

Ich blickte auf die Uhr, es war schon fast zehn, doch es sah nicht so aus, als wollte sie aufhören.

Leo war von Tatendrang erfüllt und erledigte ihre Arbeit wie im Fieber. Parallel zu den Eingaben am Laptop machte sie sich auf ihrem Tablet Notizen.

Ich sah über ihre Schulter. Sie notierte die Firmennamen, die mit den Buchungen zu tun hatten wie eine Mindmap. *Jungclaus* stand in der Mitte des Displays. Dann fügte sie immer mehr Pfeile hinzu, die ein schier undurchschaubares Bild ergaben.

Es dauerte einen Moment, dann verstand ich es: Sie entwirrte das Netzwerk und folgte dem Geld. Die Pfeile wurden immer mehr, doch langsam ergab sich ein Muster.

Ich betrachtete es fassungslos.

Das Geld durchlief einen Kreislauf, der nur in wenigen Etappen variierte. Ein Algorithmus mit ein paar Varianten, um ihn schwerer verfolgen zu können. Leo machte sich weitere Notizen und öffnete dann ein neues Fenster. Es war das Backend von *Limix*. Sie dehnte die Finger und fügte neue Code-Zeilen hinzu.

Ihr Atem ging schneller und ihre Augen waren weit aufgerissen. Mit zitterndem Zeigefinger drückte sie die Enter-Taste und wartete. Dabei presste sie ihre Finger auf ihren Mund und hielt den Atem an.

Es dauerte einen Moment, dann veränderte sich die Buchungsübersicht in *Albatroz* und einige der Einträge färbten sich gelb. Nur ganz leicht, kaum merklich, aber ich verstand, was sie getan hatte: Der Algorithmus arbeitete nun für sie und zeigte ihr jede Buchung an, die durch ihn verändert wurde.

Genial. Es durfte nur niemand bemerken.

»*Bazinga*«, flüsterte sie und lehnte sich zurück. Ich sah ihr ins Gesicht. Das war ein typischer Leo-Nerd-Moment.

Sie hatte, was sie wollte.

So zufrieden hatte sie länger nicht mehr ausgesehen und ich gönnte ihr diesen Erfolg von Herzen. Trotzdem sah ich die Traurigkeit hinter der Zufriedenheit. Sie vermisste Matt, eigentlich war dieser Erfolg etwas, das sie zu zweit hätten feiern sollen, aber sie konnte ihm nicht verzeihen. Das verstand ich gut.

Scheinwerferlicht wanderte durch den Raum und riss mich aus meinen Gedanken. Die Lichter blieben stehen und machten mich misstrauisch.

Ich sprang von meinem Tisch. Als ich ans Fenster trat, fühlte ich mich, als gefröre mein Blut in meinen Adern.

Zwei Vans hielten vor dem Gebäude. Wieder die bekannte Sicherheitsfirma. *Star Security Hamburg.*

Dieses Mal stiegen vier Männer aus. Zwei liefen zum Haupteingang, doch die anderen beiden gingen links und rechts um das Gebäude.

»Scheiße!«, entfuhr es mir. Ich wirbelte herum und sah zu Leo hinüber, die weiter an ihrem PC arbeitete.

Ich musste sie hier rausbringen. Schnell!

Ich zog mein Handy aus der Tasche und rief sie an.

Leo stöpselte ihr Headset an ihr Smartphone und nahm das Gespräch an. »Hey Gwenny, alles klar?«

»Bist du zu Hause?«, fragte ich.

»Nein, noch im Büro.«

»Alleine?« Meine Nervosität war nicht gespielt. »Ist das eine gute Idee?«

»Alles gut, mir passiert nichts. Ich bin sehr vorsichtig«, sagte Leo freundlich.

»Ich mache mir aber Sorgen. Kannst du wenigstens einmal gucken, dass unten keiner mit 'nem Gewehr steht?«, drängte ich sie.

Leo seufzte, stand aber auf und ging zum Fenster. »Dir zuliebe.« Sie sah hinunter und stockte. »Oh Gott.«

»Was ist?«, fragte ich, obwohl ich es längst wusste.

»Sie sind hier«, flüsterte sie.

Gänsehaut überzog meine Arme.

»Dann musst du da schnellstmöglich raus«, drängte ich.

»Aber wie? Sie sind bestimmt schon im Haus. Ich habe sie nicht kommen hören«, wisperte sie verzweifelt.

»Okay, ganz ruhig«, sagte ich. Jetzt musste ich alles auf eine Karte setzen, egal, ob es ihr komisch vorkam. »Ich erinnere mich an einen Notausgang bei euch im Büro, den nimmst du. Der ist hinten, links vom Konferenzraum.«

Leo drehte sich in die entsprechende Richtung.

»Hast du deinen Rucksack?«, fragte ich, als sie loslaufen wollte. Sie schnappte ihn sich und packte ihr Laptop und das Tablet hinein. Dann lief sie nach hinten. Ich folgte ihr auf dem Fuß. »Licht aus«, erinnerte ich sie.

»Die wissen, wo sie suchen müssen«, erwiderte sie.

»Egal, das verwirrt sie vielleicht«, beharrte ich.

Leo drückte den Schalter und das Büro wurde in ein gespenstisches Zwielicht getaucht. Durch die Fenster fiel Licht von draußen, doch hier hinten war es dunkel.

Leo lief vorsichtig zum Notausgang und öffnete mit angehaltenem Atem die Tür. Ihr Handy steckte sie in die Tasche, damit sie die Hände freihatte.

»Ist da jemand?«, flüsterte ich.

Wir beide lauschten.

»Die Luft ist rein«, wisperte sie. So leise wie möglich schlich sie die Stufen des Treppenhauses hinunter.

Ich war direkt hinter ihr.

Wir erreichten den ersten Stock, als unten etwas zu hören war. Ein dumpfes Scheppern, als die Tür geöffnet wurde.

Jemand kam herein. Leo sah sich panisch um.

»Durch die Tür! Aber ganz leise!«, raunte ich.

Wir standen vor der Treppenhaustür zum ersten Stock. Sie legte die Hand an die Klinke und drückte sie hinunter. Sie blieb geschlossen.

Panik machte sich auf Leos Gesicht breit.

»Noch mal!«, drängte ich sie.

Sie drückte noch einmal, dieses Mal fester. Das Türschloss klickte. Die schwere Brandschutztür brauchte mehr Kraft. Sie öffnete sie einen Spalt und zwängte sich hindurch. Ich schaffte es im letzten Moment, hinterherzuschleichen.

»Bist du im Flur?«, fragte ich.

»Ja«, flüsterte sie und rutschte an der Wand hinunter. Sie war fix und fertig, aber immer noch in Lebensgefahr.

Wir mussten weiter. Ich sah mich um.

»Du musst dich verstecken. Irgendwo, wo du schnell wieder wegkommst.«

Sie nickte und kam wieder auf die Beine. Dann schlich sie in einen angrenzenden Konferenzraum. Das war gut, er hatte zwei Eingänge.

Ich ging zurück zum Treppenhaus und drehte an der Türverriegelung. Mit einem Klicken rastete das Schloss ein.

Schon sah ich einen der Kerle die Treppe hinaufkommen. Ich holte tief Luft, als ich den Mann aus dem Einkaufszentrum erkannte.

Er hielt das bekannte Messer in der Hand.

Vor der Tür zum ersten Stock blieb er stehen und legte die Hand an die Klinke. Durch die Glasscheibe sah ich in sein Gesicht und prägte es mir ein. Die breite Stirn und die platte Nase würde ich nicht mehr vergessen.

Er stellte fest, dass die Tür verschlossen war, und drehte sich wieder zu den Stufen um.

»Was soll ich jetzt machen?«, fragte Leo in mein Ohr.

»Warte noch einen Moment«, sagte ich. »Wenn jemand im Treppenhaus war, lass ihm Zeit, um weiterzugehen.«

Er verschwand aus meinem Sichtfeld. Ich drehte an dem Knauf des Türschlosses. Es klickte nicht.

Fassungslos sah ich hinunter. Ich hatte ein elektronisches Schloss aktiviert.

Scheiße.

Scheiße, scheiße, scheiße!

»Leo, kannst du durchs Fenster steigen?«, fragte ich gepresst. »Das Treppenhaus ist nicht sicher. Es könnte jemand darin warten. Du musst zum Fenster raus.«

»Durchs Fenster?«, wiederholte sie. »Aber ich ... nein ...«

Ich lief zurück in den Konferenzraum und fand sie auf dem Boden hinter dem Tisch kauernd. Dann trat ich ans Fenster und sah hinaus. Es waren etwa vier Meter bis zum Innenhof des Gebäudes.

Das war zu viel für Leo.

Moment, das Fenster hatte einen breiten Sims, genau wie oben in ihrem Büro. Wir mussten es versuchen.

»Versuch es bitte«, wiederholte ich. »Das Treppenhaus ist nicht sicher. Es gibt keinen anderen Weg.«

Leo atmete tief ein und öffnete das Fenster. »Oh Gott«, wimmerte sie, dann setzte sie sich in den Rahmen.

»Du hast keine Wahl«, flüsterte ich. »Sei mutig.«

Sie schluckte und nickte. Vorsichtig drehte sie sich auf den Bauch und rutschte über die Kante. Sie biss die Zähne zusammen und schob sich so weit, dass ihre Arme ihr Gewicht tragen mussten.

Ich stieg neben sie und ließ mich hinuntergleiten. Kein Problem für mich, doch ich war schließlich unsterblich.

Leo baumelte immer noch zwei Meter über dem Boden, zu hoch, als dass ich sie erreichen konnte. Ich verfluchte mich selbst, weil ich nur einen Meter sechzig groß war.

Für Seth mit seinen fast zwei Metern wäre das kein Problem.

Leos Doc-Martens baumelten in der Luft, als sie nur noch an ihren Fingerspitzen hing.

»Oh Gott, Gwen!«, wimmerte sie.

»Du schaffst das!«, sagte ich und flehte Gott und alle Erzengel an, uns beizustehen. Ich breitete die Arme aus und hörte, wie Leo tief Luft holte.

Dann ließ sie los.

Ich bekam sie zu fassen und bremste ihren Fall.

Ich ächzte dumpf und wir beide fielen zu Boden, doch dann hatte ich sie.

Sie hatte es geschafft.

Unverletzt und in einem Stück.

»Alles okay?«, fragte ich und kam auf die Füße.

»Ich denke schon«, stöhnte Leo. Sie rappelte sich auf und drückte sich an die Hauswand.

»Gut, dann sieh zu, dass du da wegkommst«, sagte ich.

Leo nickte und tastete sich am Gebäude entlang zum Durchgang zur Straße. Oben im Inneren sah ich Licht angehen. Durch ein geöffnetes Fenster drangen Stimmen hinaus: »Hier ist niemand«, erklang eine Männerstimme.

»Das kann nicht sein, er muss hier irgendwo sein. Es kam keiner raus«, sagte ein zweiter.

»Ist noch jemand unten?«, fragte der erste.

»Rückseite«, erwiderte der zweite.

Leo holte zischend Luft. »Hier unten ist noch jemand«, keuchte sie.

»Dann musst du umso vorsichtiger sein«, sagte ich und lief um die Ecke. Ich sah mich um. Der Mann stand auf der Rückseite des Gebäudes. Ich hörte ihn leise sprechen, vermutlich über ein Handy oder Funkgerät.

Leo musste höllisch aufpassen. Gegenüber war ein Baum, der im Dunkel lag, dann nur noch wenige Meter bis zur Vorderseite.

»Sieh dich um«, sagte ich, als sie zu mir aufschloss. Sie blieb stehen und entdeckte den Mann.

»Hast du Deckung?«, fragte ich.

Jetzt sah sie den Baum. »Ja.«

Wir warteten mit angehaltenem Atem, bis er uns den Rücken zudrehte, dann sprintete Leo los. Sie hechtete um die Ecke und erreichte die Vorderseite des Hauses.

Ihre Vespa kam in Sicht. Ihr Ticket hier heraus.

»Wenn du die Vespa nimmst, musst du auf ein lautes Auto warten«, erinnerte ich sie. Sie schlich zu ihrem Parkplatz und holte ihren Helm hervor, danach öffnete sie das Schloss, mit dem sie die Vespa sicherte.

Vorsichtig klappte sie den Ständer ein und schob den Roller ein paar Meter.

Ein Bus kam die Straße hinunter. Nicht optimal, aber uns lief die Zeit davon. Ich hörte Stimmen, die sich näherten.

»Jetzt!«, rief ich und Leo startete den Motor. Ich sprang hinter ihr auf den Sozius, als sie Gas gab und auf die Straße fuhr. Dann sah ich die Männer zu den Vans gehen.

Sie folgten uns nicht.

»Das war knapp«, murmelte ich.

»Ich weiß«, sagte Leo. Sie bog falsch ab.

»Wohin fährst du jetzt?«, fragte ich irritiert durchs Handy. Sie trug immer noch ihre Kopfhörer. Ihre Stimme war gedämpft. Hoffentlich merkte sie nicht, dass ich gar nicht wissen konnte, dass sie anders fuhr.

»Zu Matt«, sagte sie mit zusammengebissenen Zähnen. »Ich schaffe es nicht allein.«

Meine Eingeweide verkrampften sich, aber ich wusste, dass es keine Alternative gab.

Arme Leo.
Sie hatte keine Wahl.

Wir hielten vor Matts Wohnhaus und Leo schob die Vespa in die dunkelste Ecke des Innenhofs. Dann ging sie zur Wohnungstür, sah sich ängstlich um und klingelte.
»Ja?«, kam Matts Stimme nach kurzer Zeit. Er war aus Uelzen zurück. Zum Glück. Ich hatte schon Angst, dass wir die Wohnung leer vorfanden.
»Ich bin's«, sagte sie abgehackt. »Ich brauche deine Hilfe.« Der Summer ging sofort und Leo lief den vertrauten Weg hinauf zu seiner Wohnungstür.
Sie presste die Lippen zusammen. Sie wollte nicht hier sein und ich verstand es nur zu gut.
Matt öffnete die Tür. Seth war in Person bei ihm. Er sah an Leo vorbei, doch ich war weiter auf der Astralebene. Den Anruf hatten wir beendet, als sie das Wohnhaus erreichte.
»Danke«, sagte Leo mit einem Kratzen in der Stimme. So hatte sie sich noch nie angehört. Matt trat beiseite, seine Augen wanderten unruhig über ihr Gesicht. Das schlechte Gewissen war ihm deutlich anzusehen.
Ich berührte Seths Arm. Natürlich wusste er, dass ich da war, aber es war mir einfach ein Bedürfnis.
Matt bat Leo auf die Couch und setzte sich im Schneidersitz auf den Boden. Sie sackte wie ein Häufchen Elend in sich zusammen. Sie zitterte.
Ich wollte sie umarmen, aber ich konnte nicht.
Stattdessen setzte Seth sich neben sie und legte ihr die Hand auf die Schulter.
Matts Augen verengten sich. War er etwa eifersüchtig?
»Was ist passiert, Leo?«, fragte Seth sanft. Leo holte tief Luft und begann mit ihrem Bericht.

Sie fing nicht mit ihrer dramatischen Flucht aus dem Gebäude an, sondern - wie für sie typisch - mit ihrer Entdeckung. Matt und Seth rissen die Augen auf.

»Hast du deinen Laptop dabei?«, fragte Matt aufgeregt. Leo nickte und griff in ihren Rucksack. Jetzt erst sah ich ihre aufgeschürften Handflächen. Matt entdeckte sie auch und griff nach ihrem Handgelenk. »Was ist passiert?«

Also berichtete Leo weiter. »Gwen rief mich an und machte sich Sorgen, also habe ich aus dem Fenster geschaut und zwei Vans von der verdächtigen Sicherheitsfirma gesehen. Sie kamen ins Gebäude. Es war knapp, ich musste mich im ersten Stock aus dem Fenster eines Konferenzraumes retten.«

»Leo, ich ...«, stammelte Matt. Er schüttelte den Kopf, als hätte er keine Kontrolle mehr über seinen Nacken. »Es tut mir so leid«, platzte es aus ihm heraus.

Leo hob abwehrend die zerschrammten Hände. »Muss es nicht, Matt.«

»Hat Gwen dir geholfen, rauszukommen?«, fragte Seth betont gelassen und griff nach seinem Handy.

Leo nickte. »Ohne sie hätten sie mich geschnappt.«

»Entschuldigt mich kurz«, sagte Seth und stand auf, um auf den Balkon zu gehen. Er hielt das Handy in der Hand, ohne mich anzurufen. Ich folgte ihm hinaus und stellte mich an die Mauer neben der Tür. So konnte ich sichtbar werden, ohne dass die beiden mich sahen.

Seth sah mir ins Gesicht, dann machte er einen schnellen Schritt zu mir und küsste mich. »Gut gemacht«, raunte er.

»Es war knapp«, murmelte ich und lehnte mich an die Wand. »Und die Lage ist beschissen.«

»Es ist gut, dass Leo hergekommen ist. Die Leute haben Matt auch noch auf dem Schirm. Jetzt können wir sie zusammen beschützen«, erwiderte er.

»Mag sein, aber es ist für beide unangenehm, aufeinander zu hocken.« Ich rieb mir den Nacken. »Habt ihr euch ›ausgesprochen‹?«

Seths Miene flackerte. »Ja.« Mehr sagte er nicht.

Erstaunt stellte ich fest, dass er eifersüchtig war. Anders ließ sich sein Verhalten nicht erklären.

»Ich werde unsichtbar bleiben«, sagte ich.

Er nickte knapp. »Ich denke, das ist besser. Sonst haben sie es noch schwerer miteinander. Wie geht es Leo?«

»Schlecht. Sie war sehr in Matt verliebt und hat nicht damit gerechnet, dass das passieren könnte.« Ich mied seinen Blick und fragte mich zum wiederholten Mal, ob ich etwas hätte anders machen können.

Aber dann hätte Matt ein Messer zwischen die Rippen bekommen.

»Ich auch nicht«, sagte er und drehte den Kopf in Richtung Tür. »Astral«, zischte er. Ich wechselte die Ebene gerade noch rechtzeitig, als Leo an die Tür kam. Seth tat so, als würde er ein Gespräch beenden und sah sie an.

»Kannst du noch einen Moment bleiben?«, fragte sie mit belegter Stimme. Er nickte und sie entspannte sich etwas.

Gemeinsam gingen wir hinein und ich bezog Stellung an der Balkontür. Falls sich draußen etwas regte, musste ich Seth Bescheid geben. Ich wusste, dass er auf die kleinen Zeichen, die meine Anwesenheit bedeuteten, achtete.

Matt brachte Leo etwas zu trinken und blieb unschlüssig neben ihr stehen.

Seine sonst so große Klappe stand still und ich bemerkte, dass er sie anders ansah als die letzten Tage.

Bewundernder.

Und, wenn ich es mir nicht einbildete, entdeckte ich Ärger in seinem Gesicht. Ärger auf sich selbst.

›*Tut es dir jetzt leid, was du für einen Mist gebaut hast?*‹, fragte ich ihn stumm. ›*Dass du es dir mit dieser tollen Frau verdorben hast? Wenn ich du wäre, ginge es mir so.*‹

»Ich habe eine Spur zur *Jungclaus GmbH* gefunden«, berichtete Leo und reichte Matt ihr Tablet. »Ich brauche deine Hilfe bei den Verschlüsselungen. Ich bin nicht gut genug. Sie finden mich.«

Matt bekam sein Gesicht unter Kontrolle und setzte sich neben sie. »Dann los. Uns bleibt nur noch die Flucht nach vorne.«

12

Die Nacht auf Samstag zog sich ewig hin.

Seth, Matt und Leo saßen an seinem Couchtisch, hielten sich mit Kaffee und Cola wach und arbeiteten sich durch Leos Notizen.

Es war mühselig und dauerte doppelt so lange wie sonst, weil sie besonders sorgfältig vorgingen.

Mehrfach mussten sie ihre Strategie ändern, neue Verschlüsselungen anwenden und ihre Sicherheitsmaßnahmen anpassen.

Es ging um alles, das war deutlich spürbar.

Die Wohnung fühlte sich wie eine Falle an, aus der wir nicht mehr entkamen. Ich stand die meiste Zeit am Fenster und bewachte die Straße, sodass Seth voll in die Recherchen miteinsteigen konnte. Er war nicht so gut wie unsere Schützlinge - natürlich nicht - aber sie waren froh über ein weiteres Paar helfende Hände. Er kümmerte sich um die Sicherheit und suchte immer neue Strategien, damit sie unauffällig blieben.

Matt und Leo durchforsteten derweil die Backends und holten weitere Informationen ein. Und dann noch mehr Informationen. Und noch mehr.

Das Netzwerk wurde mit eingespannt, ohne dass die anderen Leute wussten, worum es ging.

Mittlerweile hatten sie auch Kontakt zu Ludi, Pay und Atalanta. Die drei hatten mitbekommen, dass Leo und

Matt an etwas dran waren, auch wenn sie dachten, dass es sich um einen Virus im *Bellmann*-System handelte. So konnten sie ihnen ein paar Aufgaben abgeben, ohne sie in Gefahr zu bringen.

»Irgendwann müssen wir ihnen beichten, wobei sie uns geholfen haben«, sagte Matt und rieb sich den Nacken.

»Das werden wir«, sagte Leo mit zusammengebissenen Zähnen. Sie war gerade erneut aus einem System gekickt worden. »Verdammt, die machen ernst«, fluchte sie leise. »Wenn wir uns nicht beeilen, wird es richtig eklig.«

»Das schaffen wir«, sagte Seth ruhig. »Auch wir können richtig eklig werden.«

Über den Chat meldete sich Ludi. Er hatte ein weiteres Puzzleteil gefunden, das wieder zu *Jungclaus* führte.

Auch er war bei aller Spleenigkeit ein wirklich guter Programmierer. Es war Seth zu verdanken, dass er und die anderen eingebunden worden waren.

Pay war ein Datenbankspezialist, der sich mit der Schnittstelle und den fehlerhaften Buchungen befasste. Er hatte schon ein paar Details gefunden, die den beiden entgangen waren.

Atalanta hatte eine bewundernswerte Intuition für ›Easter Eggs‹, spezielle Zusatzfunktionen, die Software-entwickler manchmal zum Spaß einbauten. Sie suchte nach Hinweisen auf den Schöpfer der ganzen Misere.

Ludi, der Netzwerk-Spezi, durchforstete das Buchungs-gewirr. Matt und Leo hingegen drangen immer tiefer in die Systeme der Firmen ein.

Jetzt fügte Matt die neuen Informationen zu ihrer Übersicht hinzu. »*Jungclaus*«, murmelte er und schüttelte den Kopf. »Ich kann es einfach nicht glauben. Über die habe ich schon so viel gehört. Was die alles für Auszeich-nungen für ihr soziales Engagement bekommen haben, ist der Wahnsinn. Ich glaube der Titel ›Sozialstes Unternehmen Hamburgs‹ war auch dabei.«

»Ich denke, den müssen sie zurückgeben«, sagte Seth trocken. Er saß zwischen den beiden, seine breiten Schultern schirmten Leo ein wenig ab. Sie reagierte auf Matts Stimme. Jedes Mal zuckte ihr Mundwinkel und ihr linkes Augenlid flatterte.

Sie hasste es, hier zu sein. Daran konnte auch die perfekte Arbeitsatmosphäre nichts ändern, die sie andernfalls genossen hätte.

So gut hatte das Team noch nie zusammengearbeitet. Wenn sie hier heil herauskamen, konnte Sem sich über ein eingeschworenes Team freuen, das perfekt harmonierte.

Zumindest auf der Arbeit, denn zwischen Leo und Matt war die Stimmung zum Zerreißen gespannt. Seth bemühte sich um Auflockerung, aber das war einfach nicht sein Ding und irgendwann ließ er es frustriert sein.

Es tat mir weh, Leo so zu sehen. Matt ging es nicht besser, das schlechte Gewissen nagte sichtlich an ihm, doch solange Seth mit im Raum war, ging ich nicht davon aus, dass er das Thema anschnitt.

Die Stimmung zwischen den Freunden hatte sich ebenfalls verändert. Sie gingen nicht mehr so locker miteinander um, Seth sprach in einem kühleren Tonfall mit ihm. Ich sah Matt an, dass ihm das auch zusetzte.

Ich betrachtete Seths kantiges Gesicht. Wir hatten immer noch nicht miteinander gesprochen. Ich wusste nicht, was in ihm vorging. Wie seine Gefühle wegen der ganzen Sache waren. War er eifersüchtig? War es ihm egal?

Spannte er Matt ein wenig auf die Folter, weil das zu seiner Rolle passte, oder war er wirklich wütend auf ihn?

Ich meinte, ich hätte Eifersucht bemerkt, aber ich war mir nicht ganz sicher. Ich brauchte Worte, um sein Verhalten zu verstehen. Für Kleinigkeiten und Gesten standen wir einander noch nicht nahe genug.

Ich wusste nicht, wie wir zueinander standen.

Die ganze Woche hatte ich dafür gebraucht, mich damit abzufinden, dass es nichts zwischen uns geben würde, weil wir uns nicht mehr sahen, außer im Büro. Jetzt hockten wir wieder aufeinander, konnten aber auch nicht reden.

Irgendwann musste er in die Astralebene zurückwechseln, er konnte nicht ewig bei den beiden bleiben. In der Menschenebene verbrauchten wir mehr Kraft. Der Punkt würde kommen, an dem er sich verabschieden musste. Wenn er es früh genug tat, konnte er mich gleich unterstützen.

Wartete er zu lang, musste er zuvor in die Himmlische Ebene wechseln und seine Energiereserven auffüllen.

Ich hoffte, dass er direkt zu mir kam, ich wollte nicht allein auf die beiden achten müssen.

Ich hatte Angst davor.

Sobald er bei mir war, mussten wir reden.

Ich fieberte diesem Gespräch nicht entgegen.

Vor allem nicht, weil Leo dann mit Matt allein war.

Mittlerweile war es vier Uhr nachts und die Bewegungen der beiden Schützlinge wurden immer langsamer.

Pay und Atalanta hatten sich für ein paar Stunden Schlaf abgemeldet. Das nahm ihnen niemand übel, auch die anderen liefen am Limit.

Ludi war noch online, doch auch von ihm war schon länger nichts mehr gekommen. Vielleicht war er vor dem Rechner eingeschlafen.

»Ihr solltet euch ausruhen«, sagte Seth und streckte sich.

»Und ich werde nach Hause gehen, um mich auch ein

bisschen zu erholen. Bleibt am besten hier und öffnet niemandem die Tür. Soll ich morgen wiederkommen?«

Beide zögerten. Seth konnte ihnen bei ihrer Recherche kaum helfen, das hatten die letzten Stunden deutlich gemacht, doch keiner wollte ihn gehen lassen.

»Ich melde mich bei dir, wenn wir nicht weiterkommen«, sagte Matt schließlich. Dabei war allen klar, dass er sich aus diesem Grund nicht melden würde. Seth konnte nur noch als Puffer zwischen ihm und Leo helfen.

Seth kam auf die Füße und verabschiedete sich. Er sah die beiden noch einmal lang an und verschwand durch die Tür. Unbehagliches Schweigen senkte sich über den Raum. Die beiden setzten sich wieder hin und arbeiteten still weiter.

»Du kannst gern etwas schlafen«, sagte Matt. »Du musst doch müde von der ganzen Aufregung sein.«

Leo zögerte. Ich sah ihr die Erschöpfung deutlich an, aber ebenso den Trotz um ihren Mundwinkel. Schließlich nickte sie knapp und stand auf.

Matt dämpfte das Licht und nahm seinen Laptop mit nach nebenan in die Küche, um sie nicht zu stören.

Ich beobachtete, wie er seinen Laptop auf die schmale Arbeitsplatte seiner Küchenzeile stellte, um hier weiterzuarbeiten.

Nebenan rollte sich Leo auf dem Bett zusammen, in dem sie bis vor Kurzem regelmäßig übernachtet hatte, und starrte an die Decke.

Ich nahm draußen eine Bewegung wahr: Seth war auf den Balkon geklettert und wartete, doch die Tür war zu.

Ich winkte ihm und gestikulierte, dass ich ihn schnellstmöglich hereinholte, wenn es sich ergab. Dann wandte ich mich wieder meinem Schützling zu, beobachtete Leo, als ihr die Augen zufielen.

Der Tag war furchtbar für sie. Ich wollte etwas für sie tun, aber ich konnte nur hierbleiben und auf sie aufpassen. Nebenan in der Küche klappte Matt sein Laptop zu und schlich zurück in den Wohnraum. Er legte sich auf die Couch und schloss die Augen.

Innerhalb einer Minute atmete er ruhig und tief.

Ich ging hinüber zur Balkontür und öffnete sie, dann schlüpfte ich zu Seth hinaus.

»Wir sitzen ziemlich tief in der Scheiße«, sagte er leise. »Dass die Männer zu *Bellmann* gekommen sind, zeigt, dass sie Leo finden können. Ich befürchte, dass sie sie auch hier lokalisieren können, allen Firewalls und Sicherheitsvorkehrungen zum Trotz. Die sind richtig gut. Und kriminell. Ich mache mir Sorgen.« Er sah hinunter auf die Straße, Matts Wohnung lag im vierten Stock, aber das bedeutete im Zweifel nur, dass der Balkon als Fluchtweg ausschied.

»Kann Matt die Spuren verwischen?«, fragte ich.

Seth zuckte mit den Schultern. »Ich hoffe es. Er wird zumindest alles versuchen.«

Ich wollte etwas sagen, aber ich wusste nicht, wo ich anfangen sollte, also ging ich wieder hinein und bewachte Leos Schlaf.

Es dauerte nur vier Stunden, dann waren beide wach und nahmen ihre Arbeit wieder auf. Gemeinsam arbeiteten sie sich immer tiefer in das System und suchten nach weiteren Beweisen dafür, dass *Jungclaus* hinter der Geldwäsche steckte.

Atalanta und Ludi meldeten sich ab. Sie hatten Pläne für den Tag und da sie nicht wussten, wie brisant die Sache war, verabschiedeten sie sich bis zum Montag im Büro.

Pay war noch da, doch seine Aufgabe neigte sich dem Ende zu. Die Änderungen in den Schnittstellen waren gefunden und jetzt wussten sie auch, wie die Hacker es gemacht hatten. Mittlerweile hatten sie Beweise für diese Vorgänge, die es Rosalies Freund ermöglichen sollten, in die Recherchen einzusteigen.

Doch es reichte noch nicht. Es fehlten die Drahtzieher.

»Es wird nicht das ganze Unternehmen sein«, meinte Matt. »Wir haben ja auch nichts damit zu tun, obwohl wir bei *Bellmann* arbeiten. Wir müssen herausfinden, wo die Kohle hingeht und wer die Schnittstellen manipuliert hat.«

»A.G.«, nickte Leo.

»A.G. kann auch einfach nur ein Softwareentwickler oder eine Systemadministratorin sein, die Anweisungen von jemand anderem bekommt«, gab Matt zu bedenken. »Oder das Kürzel ist ein Pseudonym, das wir nie auflösen. Im schlimmsten Fall benutzt jemand völlig anderes diese IP-Adresse als Dummy und spiegelt sie über einen Server von wer weiß wo.«

»Dann müssen wir noch weiter suchen«, erwiderte sie. Er nickte und kochte eine weitere Kanne Kaffee, die er zusammen mit Brot und Käse aus der Küche holte.

Leo nahm das Frühstück dankend an und sie machten weiter. Leos Mindmap mit den Firmen und Zusammenhängen hatten sie an den Fernseher angeschlossen, sodass sie wie ein Poster mahnend an der Wand hing. Ludi hatte ganze Arbeit geleistet.

Sowohl Seth als auch ich riefen die beiden an und boten an, vorbeizukommen - ich nur zögerlich.

Beide Male lehnten sie unsere Hilfe ab, baten uns aber, uns für den Notfall bereitzuhalten.

Ich wusste nicht, wie dieser Notfall aussehen könnte und was normale Freunde dann tun würden, außer die Polizei zu rufen. Wir mussten abwarten.

Matts fünfundvierzig Quadratmeter kamen mir immer beengter vor. Die Zeit dehnte sich endlos und es schien nicht so, als kämen sie der Lösung des Problems näher.

Als Pay sich auch noch verabschiedete, senkte sich eine Lähmung über die beiden. Sie saßen einfach nur da und starrten auf ihre Rechner, ohne zu sprechen. Die Gesichter zeigten puren Frust und ich sah die Angst zurückkommen. Am Samstagabend waren beide mit den Nerven komplett unten und sagten gar nichts mehr.

»Ich weiß es einfach nicht«, murmelte Leo wie zu sich selbst. »Eine Sackgasse nach der anderen.«

»Nicht aufgeben«, sagte Matt mit einem schwachen Grinsen. »Wir haben schon so viel, dass wir es der Polizei übergeben könnten.«

»Vielleicht«, räumte sie ein. »Aber auch die Polizei müsste im Trüben fischen und wenn die Leute es mitbekommen, könnten sie alles plattmachen. Sie sind besser als wir.« Beim letzten Satz war ihre Stimme nur noch ein Flüstern und sie sah hinunter auf ihre Tastatur, als würde diese aus Trotz jeden Moment den Dienst quittieren.

»Glaube ich nicht«, widersprach er. »Wir hatten nur noch nicht die richtige Idee, um diese verdammte letzte Firewall zu hacken. Wenn wir das schaffen, haben wir sie am Arsch. Das wissen sie auch, deswegen wehren sie sich ja mit Händen und Füßen. Aber sie sind nicht so gut, wie du denkst, und das weißt du auch. Sonst hätten sie verhindert, dass der Bug auftaucht, der dich auf ihre Spur gebracht hat. Das hätte man viel eleganter lösen können.«

Leo rang sich ein schmales Lächeln ab und machte weiter. Sie war noch nicht überzeugt, doch Matts Worte trösteten sie.

Die Nacht auf Sonntag zog sich ewig, bis beide wieder eine Pause einlegten. Noch vor Tagesanbruch kehrten sie an ihre Rechner zurück.

Obwohl es nicht mehr so angespannt zwischen ihnen war wie bei Leos Ankunft, waren sie weit davon entfernt, so miteinander umzugehen, wie wir alle es gewohnt waren.

Auch für Seth und mich, die stummen Beobachter, war es merkwürdig, sie so zu sehen.

Wir hatten viel Zeit, um zu sprechen, nur das wichtige Thema umschifften wir beide. Ich wusste genau, warum ich es tat, doch ich hätte damit gerechnet, dass Seth es ansprach. Das verunsicherte mich. Ich hatte das Gefühl, dass er selbst unzufrieden mit der Situation war, aber vielleicht bereute er auch, was zwischen uns geschehen war.

Das wäre eine Erleichterung, die das Thema für uns beide schnell zum Ende bringen würde.

Das Problem war nur, dass mir der bloße Gedanke an diese Möglichkeit gegen den Strich ging. Ich wollte nicht, dass er es so sah.

Ich wusste selbst immer noch nicht, was ich von der Sache zwischen uns halten sollte, aber er sollte sie nicht bereuen.

Ich tat es nicht, obwohl es mir zusetzte. Die Ungewissheit sorgte dafür, dass ich mich hilflos und gelähmt fühlte.

Neben mir seufzte Leo und rollte ihren Kopf von vorn nach hinten. Sie war vollkommen steif vom langen Sitzen. Geistesabwesend rutschte Matt hinter sie und legte seine Finger in ihren Nacken.

Leo schloss die Augen und seufzte erneut, dieses Mal wohlig.

Seth und ich tauschten einen schnellen Blick.

Sollten sie sich etwa wieder annähern? War da doch noch etwas zwischen den beiden?

Mein Herz machte einen Satz und ich hielt die Luft an.

Da riss Leo die Augen auf und wich wie von der Tarantel gestochen zurück. Erschrocken sahen sie einander an.

Matt ließ seine Hände langsam sinken. »Tut mir leid«, sagte er leise und sah zu Boden.

Ihr Gesichtsausdruck war furchtbar, alle Enttäuschung und Traurigkeit schimmerten in ihren Augen. Sie biss sich auf die Lippe, nickte und setzte sich an seinen Schreibtisch, wo sie ihm den Rücken zudrehte.

Es war grässlich, die beiden so zu sehen. Ich presste die Lippen zusammen und sah aus dem Fenster.

»Bis letzte Woche war das noch ganz normal«, kommentierte Seth die Situation. Ich nickte stumm und meinte, einen kleinen Vorwurf zu hören.

Aber ich konnte doch nichts dafür.

Oder?

Schon bei Matts erster Andeutung hätte ich ihn aufhalten müssen, musste ich mir eingestehen. Ich hätte schon den ersten Flirt unterbinden sollen. Damals beim ersten Doppeldate, als er von der Actionheldin anfing. Und dann im Büro, als ich mit ihm allein war.

Vielleicht hätte das alles geändert.

Vielleicht wären sie dann noch zusammen.

Vielleicht hätte er sich einfach in eine andere verknallt.

Ich nagte an meiner Unterlippe und fühlte mich schlecht.

Ich kam nirgendwo weiter.

Ich wusste auch nicht, was ich zu Seth sagen sollte, also schwieg ich zu diesem Thema und lenkte ab.

Alle waren angespannt, bei jedem Auto, das am Haus vorbeifuhr, zuckten wir zusammen. Es hatte bisher keine weitere Cyberattacke gegeben, aber das bedeutete nicht, dass Matt und Leo unbemerkt blieben. Es konnte auch sein, dass sie beobachtet wurden. Lokalisiert. Dass jemand bereits auf dem Weg hierher war.

Meine Augen wanderten ständig zwischen dem Fenster zur Straße und der Wohnungstür hin und her. Was, wenn ich übersah, dass sich jemand Zutritt zum Haus verschaffte?

Draußen im Hausflur waren schwere Schritte zu hören. Männerstimmen, die gedämpft miteinander sprachen.

Mein Herz setzte einen Schlag aus und Adrenalin schoss durch meine Adern. Seth fuhr hoch und hechtete zur Tür, ich blieb bei der Balkontür stehen. Meine Hände kribbelten, ich machte mich für einen Kampf bereit.

Matt und Leo hatten es auch gehört und verharrten mit angehaltenem Atem auf dem Boden. Matt schob sich langsam vor Leo und kam auf die Knie.

Ihre Hände verkrampften sich an ihrem Laptop.

Eine Tür auf dem Hausflur wurde geöffnet und weitere Stimmen waren zu hören, die die Besucher begrüßten.

Dann fiel die Tür ins Schloss.

Alle atmeten auf.

»Scheiße«, murmelte Matt und strich sein zerzaustes Haar zurück. »Ich drehe noch völlig durch.« Er drehte sich um und sah in Leos Gesicht. Sie blickte ernst. »Hast du auch das Gefühl, dass wir hier nur mit viel Glück heil rauskommen?«

Sie holte tief Luft. »Manchmal ja. Das war einer dieser Momente«, gab sie zu. »Es tut mir leid, dass du meinetwegen mit drinhängst.«

»Schon gut«, winkte er ab. »Wir haben das gemeinsam angefangen und ich finde, ich schulde dir meine Unterstützung wegen ...« Er brach ab und mied ihren Blick.

Wir alle wussten, was er meinte.

Leos Gesicht wurde noch blasser, dann schluckte sie hörbar. »Ich muss dich noch etwas fragen«, sagte sie. Er nickte und wartete.

Leo atmete mehrmals ein und aus und sammelte sich.

»Warum Gwen?«, fragte sie dann. »Was hat dir an uns nicht gereicht?«

Ich schnappte nach Luft und fühlte mich gleichzeitig wie versteinert. Das war er also, der Moment, den ich gefürchtet hatte. Es war nicht mehr aufzuhalten.

Stress wallte in mir auf.

Seths Blick lag forschend auf mir.

Matt rang nach Worten. Er fuhr mit den Händen über den Couchtisch und wiegte den Kopf.

»Sie ist cool«, sagte er dann leise. »Als sie uns damals vor dem Auto gerettet hat - das war ... ich weiß auch nicht. An diese Situation musste ich oft denken, sie ging mir nicht mehr aus dem Kopf. Und dann hat mein Kopf sich selbstständig damit gemacht.« Er brach ab und zuckte hilflos mit den Schultern, doch jeder im Raum verstand, was er nicht sagen konnte: ›Und danach hat sich mein Herz eingemischt.‹

Verdammt.

Ich sah Leo an, dass seine Worte sie verletzten. Sie senkte den Blick und legte die Hände auf ihre Tastatur.

»Gut zu wissen«, sagte sie, dann stand sie ruckartig auf und ging hinüber ins Badezimmer.

Ich hörte, wie sie den Schlüssel im Schloss drehte. Dann rauschte Wasser ins Waschbecken.

Ich wollte hinterhergehen, ich ahnte, dass sie weinte. Matt sah ihr nach und raufte sich erneut die Haare.

Sein Gesicht war ein Ausdruck puren Unglücks.

»Du bist ein Idiot. Ein Riesen-Vollidiot«, murmelte er so leise, dass ich es fast überhört hätte. Seth hörte es nicht, bemerkte ich, als ich zu ihm hinüber sah. Sein Gesicht war finster und seine Zähne zusammengebissen.

»Ich wünschte, er hätte früher erkannt, was er an Leo hat«, sagte ich laut.

Er sah mich an. »Das wäre für alle besser gewesen.«

»Ich denke, er weiß es jetzt«, meinte ich.

»Weißt du es denn auch?«

Ich riss die Augen auf. »Was soll das heißen?«

»Dass ich euren Flirt mitbekommen habe«, sagte er. »Auch an dem Abend, bevor wir bei Leo Sex hatten. Er hat mit dir im Restaurant gesprochen. Und dir gesagt, dass er in dich verknallt ist.«

»Nicht ganz so deutlich, aber ich habe ihm klar gemacht, dass ich sein Verhalten nicht gut finde«, versetzte ich nachdrücklich.

Er sah mich merkwürdig an. Warum gab er mir das Gefühl, dass ich an allem Schuld war?

Er holte tief Luft. »Warum hast du ihn und nicht Leo im Einkaufszentrum geschützt?«

»Weil ich näher an ihm dran war und das Messer gesehen habe. Ich wusste, dass du nicht rechtzeitig zur Stelle sein würdest«, erklärte ich.

Er glaubte mir nicht. Meine Eingeweide fühlten sich wie ein Eisklumpen an.

Was war das zwischen uns?

Warum kam das bekannte Unbehagen wieder zurück?

Er schaffte es immer noch, dass ich mich unzulänglich fühlte.

»Sieh mich nicht so an«, bat ich leise.

Seine Schultern sackten hinab. »Du hast recht. Und du schuldest mir nichts, auch keine Erklärung«, räumte er ein.

»Du hast mir nie gesagt, dass du meine Gefühle erwiderst.«

»Ich dachte, das hätte ich dir bewiesen«, sagte ich, wohlwissend, dass das keine Antwort war. Wie hätte ich ihm sagen sollen, dass meine Gefühle mich restlos überforderten? Dass ich zuvor nie in einer solchen Situation war? Dass ich einfach nicht wusste, was ich fühlte?

»Sex ist kein Beweis für Zuneigung«, belehrte er mich.

»Bei mir schon.« Ich wich seinem Blick aus, um mich nicht noch mieser zu fühlen. Wut bildete sich in meinem Bauch, weil er mich so schlecht behandelte.

Leo kam aus dem Badezimmer zurück. Ihr Gesicht war kreidebleich, ihre Augen gerötet. Sie hatte eindeutig geweint. »Ich brauch ein bisschen frische Luft«, murmelte sie und griff nach ihrer Jacke.

Matt sprang sofort auf. »Meinst du, dass das eine gute Idee ist?«, fragte er.

»Für diese Frage ist es viel zu spät«, sagte sie und schlüpfte durch die Wohnungstür. Matt fluchte und rannte ihr hinterher.

Ich brauchte noch zwei Sekunden, um das Gespräch mit Seth abzuschütteln, dann setzte ich ihnen nach.

Er folgte mir auf dem Fuß.

Es stand so viel zwischen uns. Ich war wütend, aber ich spürte, dass er das auch war. Ich konnte ihm jetzt nicht helfen. Unsere Schützlinge gingen vor.

»Ziva!«, rief Seth mir nach. Ich wurde langsamer und drehte mich zu ihm um. Unten erreichten Leo und Matt das Erdgeschoss. Seth blieb drei Stufen über mir stehen, er überragte mich wie ein Turm.

»Was war das zwischen Matt und dir?«, fragte er.

»Nichts«, wiegelte ich ab.

»Nichts? Dann erklär mir doch bitte deine Reaktion eben, als du aussahst, als hättest du nur darauf gewartet, dass er noch einmal sagt, wie toll er dich findet.«

»Das habe ich nicht!«, fuhr ich ihn an. »Und ich bereue jeden Tag, dass ich ihm nicht eher gesagt habe, dass er das lassen soll.«

»Eher?« Seth riss die Augen auf. »Wie viele Gelegenheiten gab es denn?«

»Das ist doch egal! Jede einzelne war grundfalsch und hat den Menschen verletzt, der mir am wichtigsten ist. Ich muss zu ihr!« Sein Blick durchbohrte mich, doch ich beeilte mich, die beiden einzuholen.

Seth rief erneut meinen Namen.

»Komm schon!«, rief ich. »Wir müssen hinterher!«

»Ich will mit dir reden!«, rief er wütend. »Ich will jetzt endlich wissen, was das zwischen uns ist. Sei doch einmal ehrlich zu mir, Ziva! Die beiden müssen mal für eine Minute allein klarkommen, verdammt!«

Mein Herz machte einen schmerzhaften Satz, doch ich ignorierte ihn und flog die Treppe hinunter. Ich erreichte das Erdgeschoss und stürmte durch die Tür.

Vor mir setzte Matt Leo nach und rief ihren Namen. Sie rannte vor ihm weg und blind über die Straße.

Ich schrie auf und sprintete hinterher. Hinter mir hörte ich Seth keuchen, doch er war noch weiter weg als ich.

Ein Motorroller kam die Straße hinuntergerast. Er war viel zu schnell.

Ich hörte den Knall schon, bevor der Unfall passierte. Ohne klaren Gedanken stürzte ich hinterher und stemmte mich gegen das Fahrzeug. Hob ihn an, warf ihn beiseite. Dann sah ich das ganze Blut.

Ich fiel auf die Knie und griff nach dem leblosen Körper. Seth erreichte mich und blieb wie angewurzelt stehen.

Mein Mund fühlte sich merkwürdig taub an, meine Lippen kribbelten. Meine Arme waren blutbedeckt.

Das schlimmste, was passieren konnte, war eingetreten.

Ich sah hoch zu Seth und fühlte mich machtlos. Mein Kopf dröhnte und ich hatte das Bedürfnis, laut zu schreien.

Das durfte einfach nicht passiert sein!

Ich war kurz vorm Durchdrehen.

Bitte, bitte nicht!

Ich hatte kein Gefühl mehr in meinen Händen.

Blut tropfte von meinen Fingern zu Boden.

Was sollte ich tun? Was ...

»Oh mein Gott!«, schluchzte Leo.

Sie stand vor mir und starrte auf Matt. Sie war vor ihm über die Straße gelaufen, doch Matt hatte den Roller nicht kommen sehen. Er hatte nur auf sie geachtet.

Leo war kreidebleich.

Ich kam auf die Füße und wich zurück, als sie sich über ihn beugte. Der Fahrer des Motorrollers rappelte sich auf und zog den Helm vom Kopf. Es war eine junge Frau, ihre Augen waren vor Schock weitaufgerissen.

»Er ist mir vor den Roller gelaufen!«, stammelte sie.

»Rufen Sie einen Rettungswagen!«, rief Leo und barg Matts Kopf auf ihrem Schoß.

Die Frau holte mit zittriger Hand ihr Smartphone hervor und wählte die 112.

Leo beugte sich über den Verletzten und rief seinen Namen. Er atmete, aber die Platzwunde an seinem Kopf blutete heftig. Ich sah an mir hinunter. Meine Haut war klebrig rot, mein ganzes Shirt besudelt.

Leo weinte, ihre Tränen tropften auf sein Gesicht. »Das ist alles meine Schuld«, flüsterte sie, doch sie hatte unrecht: Es wäre mein Job gewesen, das zu verhindern.

Meine einzige Aufgabe.

Ich hatte versagt.

Ich war nicht schnell genug.

Seth war nicht schnell genug.

Er hatte Matt nicht geschützt.

Absichtlich.

Ich drehte mich zu ihm um. Sein Gesicht war aschfahl.

Er wusste es. Und uns beiden war bewusst, dass es Konsequenzen bedeutete.

Die Sirenen des Rettungswagens kamen näher.

Ich machte einen Schritt auf Seth zu, doch ich wusste nicht, was ich sagen sollte. Es gab keine Entschuldigung für seinen Fehler.

»Seth«, begann ich, brach aber ab. Mein Gehirn ratterte.

Was konnten wir tun?

Wie konnte ich ihn schützen?

Wie konnten wir das wieder in Ordnung bringen?

Was konnten wir Zachariah sagen?

Irgendwas musste ich doch tun können!

Die Schuldgefühle fühlten sich so schwer an, dass sie mich beinahe in die Knie zwangen.

Ohne mein Zutun schüttelte ich den Kopf, doch mein Gehirn war wie gelähmt.

Eine Energiewoge elektrisierte die Luft.

Ich bekam Gänsehaut, als ich die Ursache sah: Zachariah erschien vor uns. Sein breites Gesicht war ernst, noch ernster als sonst. Alles gelangweilte Desinteresse war daraus verschwunden. Er behielt Seth im Blick, ich sah seine Enttäuschung.

Zu spät. Wir hatten keine Zeit mehr, um uns etwas anderes einfallen zu lassen.

Zachariahs Blick ging hinüber zu Matt, der in seinem eigenen Blut lag. Seine silbrigen Augen wanderten zurück zu Seth, sein Gesicht eine stumme Anklage.

Angst verzerrte Seths Züge. »Es tut mir so leid«, stammelte er, doch Zachariah schüttelte den Kopf.

»Spar dir das für die Anhörung auf. Du wirst abgezogen, Seth. Sofort. Dein Verhalten ist unverzeihlich.« Er sah wieder auf den am Boden liegenden Matt und auf Leo, die ihn immer noch festhielt.

»Ausgerechnet du«, sagte er dann. Seths Gesicht wurde noch blasser und sein Blick zuckte zu mir herüber.

Was bedeutete das?

Der Rettungswagen kam an und Sanitäter sprangen auf die Straße. Zwei stürzten zu Matt, einer ging zu der Rollerfahrerin.

Seth presste die Lippen zusammen und sah mit geballten Fäusten zu Boden. Es gab nichts, was er zu seiner Verteidigung sagen konnte.

Und es gab nichts, was ich tun konnte, um ihm zu helfen.

Unser Vorgesetzter wandte sich mir zu. Seine Miene war misstrauisch und wachsam. »Ich habe gerade niemanden, der für Seth übernehmen kann, aber ich kümmere mich darum. Du musst auf beide aufpassen, bis ich jemanden habe, Ziva. Spätestens morgen. Ich verlasse mich auf dich.«

Mein Mund wurde trocken.

Ausgerechnet jetzt!

Panik machte sich in mir breit.

Ich befeuchtete meine Lippen, um Zachariah zu sagen, dass ich das nicht schaffte, doch ich sah auch Seths flehenden Blick.

Ich hatte keine Wahl.

Ich war der einzige Schutz, den Leo und Matt hatten, und ich wusste nicht, was Zachariah mit mir machte, wenn ich ablehnte. Diese Option gab es auch gar nicht, machte mir sein Gesicht unmissverständlich klar.

Ich holte tief Luft. »Dann werde ich ihnen etwas sagen müssen.«

Zachariahs Mund war nur ein schmaler Strich. »Du hast die Erlaubnis, ihnen zu sagen, was sie wissen müssen.«

Er winkte Seth zu sich. Dieser warf mir noch einen letzten Blick zu, dann legte Zachariah seine Hand auf Seths Arm und die beiden verschwanden mit einer weiteren Energiewoge.

Ich war allein mit der Aufgabe, für die ich nicht bereit war. Ich starrte auf die Stelle, an der sie eben noch gestanden hatten und kämpfte mit meiner Angst.

Die Sanitäter legten Matt auf eine Trage. Leo rappelte sich auf, ihre Kleidung war blutverschmiert. Sie sah verloren aus, wusste nicht, was sie machen sollte.

Ich musste handeln. Jetzt. Ich wusste nicht, wie akut die Gefahr war, doch seit Freitagabend rechnete ich mit allem.

Ich wechselte ungesehen die Ebene und legte ihr meine Hand auf den Arm. »Leo?«

Sie entdeckte auf meine blutigen Arme. »Gwenny«, flüsterte sie fassungslos. »Aber was machst du denn hier?«

»Wohin bringen Sie ihn?«, fragte ich die Sanitäter und nahm ihre Hand. Sie starrte mich an und schüttelte verständnislos den Kopf. Ihre Hand zitterte.

»Nach St. Georg«, erwiderte er. »Sind Sie die Freundin?« Ich nickte vage und er gab mir eine Visitenkarte. »Melden Sie sich in die Notaufnahme, wenn Sie mit der Polizei alles geklärt haben.«

Ich beobachtete, wie sie Matt in den Rettungswagen schoben und der Rollerfahrerin hineinhalfen.

Die Polizei traf ein und wir mussten eine Aussage machen, bevor wir ihm folgen konnten.

Leo bekam kaum ein Wort heraus, ich sah sie den Kopf schütteln, als ich den Unfallhergang detailliert schilderte.

Schließlich bat ich darum, dass wir ins Krankenhaus fahren durften, und die Beamten ließen uns gehen.

»Wir müssen deine Sachen holen«, sagte ich zu ihr. »Und dann zu Matt.«

»Kannst du mir das alles bitte erklären? Was machst du hier? Warum sind deine Sachen blutig? Warum weißt du, wie der Unfall passiert ist?«, wollte sie wissen. »Das kannst du doch gar nicht wissen.«

»Ich werde es dir erklären, aber lass uns erst reingehen.« Ich packte ihre Hand und zerrte sie hinter mir her zur Haustür. Ich hatte Matt den Schlüssel abgenommen und schloss auf.

»Gwenny, ich verstehe das alles nicht«, sagte Leo.

»Das ist auch nicht so einfach«, erwiderte ich. Ich überlegte fieberhaft, was ich sagen sollte. Ich könnte behaupten, dass ich sie besuchen wollte. Ich könnte so tun, als hätte sie einen Schock erlitten und mich nicht gesehen, als ich erste Hilfe leistete.

Ich brachte es nicht über mich. Ich wollte sie nicht schon wieder anlügen. Zachariah hatte mir die Freigabe gegeben und ich ahnte, dass ich ohnehin in den nächsten Stunden Dinge tun musste, die ich ihr nicht erklären konnte.

Ich sammelte Mut, um die nächsten Worte zu sagen.

»Ziva«, erwiderte ich.

»Was?«

»Ich heiße Ziva.«

Sie blieb stehen und starrte mich an.

»Was?«, fragte sie wieder mit dünner Stimme.

»Ich heiße Ziva und ich bin dein Schutzengel.«

13

L eo starrte mich wortlos an.
Mehrmals setzte sie an, etwas zu sagen, doch schließlich schüttelte sie den Kopf. »Das ist ein verdammt schlechter Zeitpunkt für einen Witz«, sagte sie tonlos.
»Weiß ich, deswegen ist es keiner.« Ich ergriff ihre Hand und zerrte sie hinter mir die Treppe hinauf. »Schnell, wir müssen eure Laptops holen und dann ins Krankenhaus zu Matt. Es ist dringend.«
Ich schloss die Tür zu Matts Wohnung auf und machte mich daran, die Computer zusammenzusuchen.
Leo blieb vor dem Sofa stehen und starrte mich an. Ihr Gesichtsausdruck war verloren, sie schlang ihre Arme um ihren Oberkörper.
Ich hielt im Packen inne.
Ich schuldete ihr eine richtige Erklärung. Ein paar hastig hingeworfene Sätze waren zu wenig und wurden unserer Beziehung nicht gerecht. Sie musste es verstehen, damit sie mir weiter vertrauen konnte.
Ich brauchte ihre Unterstützung.
»Es tut mir leid, dass ich es dir so an den Kopf geworfen habe«, sagte ich. Sie betrachtete mich stumm. »Ich weiß gar nicht, wo ich anfangen soll.« Ich rieb mir den Nacken.
»Besondere Menschen haben einen Schutzengel, der über sie wacht«, sagte ich. Ich klang wie beim Einführungskurs meiner Ausbildung. »Deswegen bin ich bei dir. Es ist

meine Aufgabe, immer an deiner Seite zu sein und auf dich aufzupassen. Das ist momentan nicht leicht.«

»Immer an meiner Seite?«, wiederholte sie.

Ich nickte. »Ich kann mich unsichtbar machen«, erklärte ich und wechselte kurz zwischen den Ebenen hin und her. Leo schwankte und musste sich am Sofa festhalten.

»Ich halluziniere«, flüsterte sie. »Ich habe einen Nervenzusammenbruch.«

»Nein, hast du nicht«, sagte ich und schob sie auf die Polster. »Aber du hast ziemlichen Ärger am Hals. Und Matt auch.«

Sie sah mich an. »Das weiß ich.«

»Ich weiß«, erwiderte ich. »Aber wir müssen dringend ins Krankenhaus zu Matt. Ich muss meinen Job machen.«

Ihre Augen verengten sich zu schmalen Schlitzen. »Was hat das mit Matt zu tun?«

»Matt hat auch einen Schutzengel. Seth. Elias«, schob ich hinterher, als sie mich ratlos ansah. »Er und ich sind Kollegen. Wir passen auf euch auf, das haben wir zuletzt zusammen getan.« Ihre Augen wurden riesig. »Seth hat vorhin versagt. Er hat zugelassen, dass Matt verletzt wird. Unser Boss hat ihn deswegen abgezogen. Das wird nicht angenehm für ihn, er muss vor einen Untersuchungsausschuss. Unser Boss hat mir einen Befehl erteilt: Ich muss auf euch beide aufpassen, bis der Ersatz für Seth kommt. Das ist hoffentlich morgen. Bis dahin müssen wir durchhalten.«

»Euer Boss?« Leo schüttelte den Kopf. »Jetzt verstehe ich gar nichts mehr. Wer ist das? Gott?«

»Nein, mein Boss ist der zuständige Leiter der Schutzengeleinheit in Norddeutschland. Zachariah. Himmelsengel. Ein furchtbarer Bürokrat. Er kam vorhin und hat Seth geholt. Der Himmel ist schlimmer als jede Behörde«, winkte ich ab und bot ihr meine Hand. Sie zögerte. »Ich bin immer noch ich, Leo«, sagte ich sanft. »Alles, was wir zusammen erlebt haben, ist so passiert.«

»Nur dass du angeblich ein Engel namens Ziva bist und nicht meine Freundin Gwen«, erwiderte sie matt und starrte auf meine Finger.

»Ich bin beide«, sagte ich.

»Und Elias ist auch ein Engel«, sagte sie. Ich nickte und sie stöhnte. »Ich habe mir Engel anders vorgestellt als euch beide. Nichts für ungut.«

Ich nahm ihre Finger und zeigte es ihr. Sie musste es mit eigenen Augen sehen, um es verstehen und akzeptieren zu können. Ihre Augen wurden noch größer, als ich ihr mein Himmelslicht zeigte, und Tränen traten hinein. Ich badete sie darin und erfüllte ihr Herz damit.

»Oh mein Gott«, flüsterte sie.

»Ja, in seiner Mannschaft spiele ich«, nickte ich. »Aber es gibt ein Gremium aus Erzengeln, das über den Himmel herrscht.« Ich zuckte mit den Schultern. »Das erkläre ich dir, sobald wir mit diesem Mist hier durch sind, okay? Ich muss dich unbedingt in Sicherheit bringen. Keine Ahnung, wann die Typen das nächste Mal auftauchen.«

Leo fischte ihr Tablet zwischen den Polstern hervor. Sie entsperrte es und kontrollierte das Programm, das zum Vorschein kam. Ihre geröteten Wangen wurden wieder blass. »Es kann nicht lange dauern«, flüsterte sie.

»Was? Wieso?«

Leo drehte mir das Display zu. »Deswegen.«

›**Wir finden dich**‹, stand zwischen den Codezeilen.

Ich schluckte. Sie hatten Matts und Leos Arbeit bemerkt, obwohl sie so vorsichtig waren. Und sie suchten nach ihnen. Im schlimmsten Fall waren sie auf dem Weg hierher.

Leo stand da und starrte auf das Display, ihre Lippen waren zusammengepresst. Ich sah ihre Angst.

»Bei mir bist du in Sicherheit«, versprach ich ihr. »Ich weiche dir nicht von der Seite.« Sie sah mich forschend an, dann nickte sie. Bisher hatten wir es zusammen immer hinbekommen. Sie wusste, dass auf mich Verlass war.

»Das ist gut, aber wir müssen ins Krankenhaus.« Endlich kam Leben in Leo. Sie schob das Tablet zu den Laptops in ihren Rucksack und ging zur Tür. »Komm, Ziva. Wir müssen meinen Ex-Freund retten. Das ist sein Tablet.«

Draußen auf der Straße hielt ein Auto. Wir hörten Türen schlagen. Unsere Blicke trafen sich, dann eilte ich zum Fenster und sah hinunter.

Mir wurde eiskalt.

Ein schwarzer Van. Wieder *Star Security Hamburg*.

»Sie sind hier«, sagte ich. Jetzt musste es schnell gehen. Ich rannte hinüber zu Matts Kleiderschrank und riss zwei T-Shirts heraus. Eins warf ich Leo zu.

Wir mussten versuchen, an ihnen vorbeizukommen, ohne dass sie uns bemerkten. Leo zog ihr blutverschmiertes Shirt aus und das andere über, ich tat das gleiche. Dann wusch ich meine Hände und Arme und sprintete mit ihr hinaus auf den Hausflur.

Sie waren schon im Treppenhaus.

Ich sah sie warnend an, dann setzte ich ein künstliches Lächeln auf. »Ich sage dir, das wird cool«, meinte ich laut und hakte mich bei ihr ein. Leo zuckte zusammen, sagte aber nichts. »Du wirst schon sehen, es ist gut, mal wieder unter Leute zu kommen«, redete ich weiter und zerrte sie die Treppe hinunter. Die Männer kamen uns entgegen. »Du hast ihm jetzt lange genug nachgetrauert, das verdient der Scheißtyp gar nicht.«

Die Security-Typen erreichten uns im zweiten Stock. Sie waren zu dritt: bullige Kerle, schwarze Kleidung. Sie sahen so finster aus, dass ich stehenblieb und sie anstarrte, das hätte jeder normale Mensch auch getan.

Leo stand schräg hinter mir. Ich erkannte zwei von ihnen. Der Blick des Ersten streifte erst mich, dann Leo, doch sie drängten sich einfach an uns vorbei. Sie suchten nicht nach zwei Frauen, die sich über Verflossene unterhielten.

Wir mussten uns gegen die Wand pressen, damit wir uns nicht berührten. Leo hielt den Atem an und klammerte sich an ihrem Rucksack fest.

»Da kriegt einer Ärger«, meinte ich zu Leo und zerrte sie zum nächsten Treppenabsatz. Der letzte Kerl zuckte, blieb aber nicht stehen. Wir hasteten die Treppe hinunter und umrundeten eine ältere Nachbarin, die gerade hereinkam.

»Haben Sie das mit dem Unfall mitbekommen?«, fragte sie im Plauderton. »Wie schrecklich. War das jemand, der hier wohnt?«

»Tut mir leid, wir haben gar nichts mitbekommen«, erwiderte ich und zog Leo hinaus in den Innenhof. Sie holte ihre Vespa aus der hintersten Ecke und schob sie vorsichtig nach vorn zur Straße.

»Geh noch ein Stück weiter«, sagte ich. »Damit sie uns nicht sehen können.« Leo nickte und setzte ihren Helm auf, dann sah sie mich zögernd an. »Kannst du ...«

»Ehrlich gesagt bist du erst einmal in deinem Leben ohne mich gefahren«, erwiderte ich und nahm hinter ihr Platz.

»Ich habe tausend Fragen.« Sie startete den Motor.

»Ich werde dir alle beantworten, sobald wir dazu Zeit haben«, versprach ich.

Wir erreichten das Krankenhaus und liefen zur Notaufnahme. Dank der Visitenkarte war Matt schnell gefunden.

Er war bereits untersucht und stationär aufgenommen worden. Eine Krankenschwester führte uns zu seinem Zimmer. Er hatte Glück und war allein, das zweite Bett war nicht belegt.

»Er hat eine Gehirnerschütterung und sein linkes Bein ist gebrochen«, sagte die Schwester zu Leo, seiner vermeintlichen Freundin. Ich hielt mich im Hintergrund und sondierte die Lage: Viele Flure, viele Türen.

Unübersichtlich, die Leute konnten von überall kommen. Matts Name stand an dem Türschild. Das musste ich schnellstmöglich korrigieren.

»Sein Bein?«, fragte Leo mit dünner Stimme. Ich zuckte innerlich zusammen. Das war schlecht und behinderte uns, wenn wir fliehen mussten.

Ich biss mir auf die Unterlippe. Es wurde immer schlimmer. Ich brauchte Hilfe, aber ich bekam keine.

»Ich verdiene eine Beförderung, wenn wir das hier überstehen«, murmelte ich und lief den Flur einmal ab. Als ich zurückkam, war Leo bereits im Krankenzimmer.

Die Schwester kam mir entgegen. Ich betrachtete sie argwöhnisch, doch die Wahrscheinlichkeit, dass sie etwas mit den Typen zu tun hatte, war gering.

Ich betrat das Zimmer. Leo saß an Matts Bett. Er war wach und hatte einen Verband um seinen Kopf, sein linkes Bein war geschient. Seine Augen wurden größer, als ich an sein Bett trat.

»Gwen?«, fragte er vorsichtig.

»Wir müssen dir was sagen«, unterbrach Leo ihn abrupt und sah mich auffordernd an.

»Ich habe Leo hergebracht, weil ich euch beide schützen muss«, sagte ich. Matts Augenbrauen zogen sich zusammen. »Matt, ich heiße Ziva und bin Leos Schutzengel. Ich habe Seths Dienst übernommen. Seth ist dein Schutzengel, du kennst ihn als Elias. Er ist abgezogen worden, weil er dich nicht vor dem Unfall bewahrt hat. Seine Vertretung kommt frühestens morgen.« Meine Stimme war kühl, beinahe unbeteiligt. Ich musste mich emotional zurückziehen, sonst schaffte ich das alles nicht.

»Warte mal, was?«, fragte Matt und fasste sich an den Kopf. Er sah Leo an. »Du lachst gar nicht«, sagte er beinahe vorwurfsvoll.

»Ich wünschte, ich könnte«, erwiderte sie. »Aber es gibt keinen Grund dazu. Wir stecken bis zum Hals in der Scheiße.«

Er sah von einer zur anderen und wartete immer noch darauf, dass eine von uns den Mund verzog. Als nichts kam, seufzte er. »Okay, also Gwen und Elias sind Schutzengel«, sagte er müde. »Und Elias ...«

»Wurde abgezogen«, nickte ich.

»Wann kommt er denn zurück?«, fragte Matt. Ich sah ihn an. Dieses Problem hatte ich noch nicht bedacht.

»Ich fürchte, gar nicht«, sagte ich langsam.

Er wurde blass, dann lachte er hilflos. »Aber das könnt ihr doch nicht machen. Er ist mein bester Freund seit fast zwanzig Jahren. Ihr könnt doch nicht ...«

»Ich verstehe dich, aber das ist nicht meine Entscheidung«, unterbrach ich ihn und bereute meine Ehrlichkeit. Das brachte uns nicht weiter. »Ich weiß, es ist alles verwirrend, aber die Zeit rennt uns davon. Sie haben euch bemerkt. Als Leo und ich bei dir los sind, kamen drei von den Typen ins Haus.« Leo holte das Tablet heraus und reichte es Matt hinüber.

Er sank in sein Kissen und sah krank aus. »Scheiße.«

Dem war nichts hinzuzufügen.

»Ich mache weiter«, sagte Leo.

»Bist du sicher?«, fragte Matt verzweifelt. »Ich kann versuchen, dir zu helfen, aber mir ist schlecht und ich habe Kopfschmerzen. Die Schmerzmittel helfen kaum.«

»Alles gut«, winkte sie ab. »Hilf mir einfach, soweit es geht. Wir sind nah dran, das spüre ich. Ich muss versuchen, die letzten Beweise zu finden. Diese Leute werden keine Ruhe geben, solange es nicht durchgestanden ist, und es ist zu spät zum Aufhören. Ich will jetzt die Drahtzieher finden. Mit allen Beweisen. Wahrscheinlich ist das die einzige Chance, die wir haben.«

»Und was willst du dann damit machen?«, fragte ich.

»Ich rufe gleich Rosalie an«, erwiderte Leo. »Ihr neuer Freund ... ach, das weißt du ja alles schon.« Ich nickte.

»Das spart etwas Zeit«, sagte sie und lächelte schwach. »Aber sie hat noch mehr Kontakte zu anderen Journalisten. Sie hat sich schon darum gekümmert und ein paar Leute aufgetan, die nichts lieber tun möchten, als einen Wirtschaftsskandal aufzudecken.«

»Das wird ihrem Freund nicht gefallen«, murmelte ich.

Leo winkte ab. »Noch sind sie nicht verheiratet. Rosa will mir genauso helfen wie du. Er spielt da eine untergeordnete Rolle.« Und ich wusste, dass in solchen Dingen auf Rosalie Verlass war, also nickte ich.

»Wenn sie diesen Journalisten die Unterlagen ebenfalls zuspielt, können die Beweise wenigstens nicht verloren gehen. Nicht mal, wenn sie uns doch schnappen.« Leo sah aus dem Fenster. Matt schloss die Augen. Er sah elend aus.

»Ich werde alles dafür tun, dass das nicht passiert«, versprach ich.

Leo blickte mich ernst an. »Das weiß ich.«

»Sobald Seths Ersatz da ist, wird die Lage entspannter«, sprach ich weiter, obwohl das nicht gesagt war. Morgen konnten sie uns ebenso suchen wie heute.

Nur dass wir dann wieder zu zweit waren, und ich hoffentlich einen erfahrenen Profi an der Seite hatte.

Apropos ...

Ich schlug mir mit der Hand an die Stirn. »Natürlich, ich Idiotin!«, murmelte ich und holte mein Handy hervor. Matt und Leo beobachteten mich schweigend. »Leo, fang an. Ich habe auch noch einen Kontakt«, sagte ich und wählte. Rahel meldete sich prompt. Gut, dass wir unsere Nummern ausgetauscht hatten.

»Ziva, bist du okay? Ich habe von Seths Abzug gehört.«

Natürlich. Die Buschtrommeln waren auch im Himmel unaufhaltsam. Ich schilderte ihr kurz, was geschehen war.

»Das ist alles andere als ein Anfängerfall«, gab sie zu. »Und dann auch noch mit zwei Schützlingen. Verdammt, Zachariah müsste schneller jemanden holen, der für Seth einspringt. Ziva, es tut mir leid, ich bin auf einer Konferenz in Berlin und kann es nicht tun.«

»Davon war ich auch nicht ausgegangen«, erwiderte ich.

»Aber vielleicht kannst du etwas anderes für mich tun.«

»Was ist es?«, fragte sie sofort.

»Leo ist einer Geldwäschesache auf der Spur, es geht auch um Gelder vom Senat. Wenn sie die Drahtzieher gefunden hat, muss schnell gehandelt werden.« Ich machte eine Pause. »Könntest du dafür sorgen?«

»Ja«, sagte Rahel ohne zu zögern. »Wenn es um Steuergelder geht, versteht hier niemand Spaß. Schick mir bitte, was ihr habt, ich leite es an den Innensenator weiter.«

»Wir sind noch nicht am Ende«, gab ich zu.

»Das macht nichts. Ein Verdacht reicht aus, wenn er über mich kommt, um zumindest jemanden darauf anzusetzen. Ich kümmere mich darum, Ziva«, versprach sie. »Und ich drücke alle Daumen, dass du es hinbekommst. Sei stark.«

»Ich gebe mein bestes.« Ich dankte ihr und legte auf.

Zwei angespannte Blicke waren auf mich gerichtet. »Meine Kollegin Rahel schützt die Bürgermeisterin«, erklärte ich und schrieb ihre E-Mail-Adresse auf ein Blatt Papier. »Schick ihr alles, was du hast. Sie hilft uns.«

»Vielleicht sollten wir uns im Rathaus verstecken«, meinte Matt mit einem schwachen Lächeln.

»Lieber nicht. Das ist noch unübersichtlicher als dieses Krankenhaus«, entgegnete ich. Auf den Gedanken war ich auch schon gekommen, aber es war ausgeschlossen, Matt dorthin zu bringen. Außerdem half es uns auch nicht weiter, wenn Rahel dreihundert Kilometer weit weg war.

Leo fasste ihre Unterlagen zusammen und schickte sie an Rahel. »Ich hoffe, dass jemand etwas damit anfangen kann«, sagte sie. »Für einen Nicht-IT-ler ist das nur Kauderwelsch.«

»Sie wird es an jemanden weiterleiten, der das kann«, sagte ich. »Bitte ruf Rosa an. Wir müssen jetzt alles nach vorn werfen.«

Ich fühlte mich in relativer Sicherheit, solange Leo noch nicht aktiv weitermachte. Doch sobald sie online ging, um zu recherchieren, konnten sie ihnen wieder auf die Spur kommen. Schlimmstenfalls hatten sie ihren Rechner bereits infiltriert und noch ganz andere Möglichkeiten.

Ich musste mir einen Plan zurechtlegen, Strategien ausarbeiten, um die beiden bestmöglich zu schützen.

Fürs Erste musste Matts Name von der Tür verschwinden. Und am besten auch aus allen Unterlagen, die leicht einzusehen waren. Es war gut möglich, dass sie seinen Namen bereits kannten und nicht nur auf gut Glück zu ihm nach Hause gekommen waren.

Ich musste auf alles vorbereitet sein, auch darauf, dass mir, wenn ich vor die Zimmertür trat, einer der Kerle entgegenkam.

Hinter mir telefonierte Leo mit Rosalie und erklärte ihr alles. Ich hatte schon erwartet, dass sie darauf bestand, ins Krankenhaus zu kommen, vor allem nachdem Leo in einem Nebensatz erwähnte, dass ich hier war, doch Leo wehrte sie ab.

»Es ist so schon gefährlich genug«, sagte sie bestimmt. »Ich brauche dich zu Hause an deinem Rechner. Das nützt mir viel mehr, als wenn du hier bei uns am Bett hockst. Bitte hol Paul dazu und hilf uns so.« Rosalie widersprach noch einmal, dann lenkte sie ein und versprach, Leos Unterlagen an zwei ihr bekannte Investigativ-Journalisten zu schicken, bei denen sie sicher sein konnte, dass sie vertraulich damit umgingen. Paul war ohnehin bei ihr und konnte gleich anfangen.

»Das wäre erledigt«, seufzte Leo, als sie das Telefonat beendet hatte. Matt zuckte zusammen, sie hatte ihn aus dem Schlaf gerissen.

»Ich bin euch keine Hilfe«, entschuldigte er sich.

Ich zuckte mit den Schultern. Das ließ sich nicht ändern.

»Ich gehe raus und sehe mich um. Schließt die Tür ab, wenn es irgendwie geht«, sagte ich, doch das würde niemanden aufhalten.

Im Hinausgehen entfernte ich das Namensschild von Matts Tür und nach kurzem Nachdenken die von allen anderen auch. Dann begann ich meinen Rundgang.

Es dauerte, mich mit den Räumlichkeiten vertraut zu machen. Ich deponierte einen Rollstuhl in einer Abstellkammer, damit ich Matt zur Not transportieren konnte, ohne ihn tragen zu müssen - zumindest bis zur nächsten Treppe. Dann kehrte ich ins Krankenzimmer zurück, um mich zu vergewissern, dass sie in Sicherheit waren. Es ging Matt nicht gut, er dämmerte immer wieder weg.

So konnte er Leo nicht helfen.

Sie hingegen saß mit finsterer Miene an dem kleinen Tisch im Raum und hackte auf ihre Tastatur ein.

»Bist du wieder im System?«, fragte ich und sah ihr über die Schulter. Sie nickte stumm. »Bist du vorsichtig?«

Jetzt sah sie auf. »So gut ich kann. Ist es für dich jetzt besser oder schlechter, dass du in Person bei mir bist?«

»Es hat seine Vor- und Nachteile«, antwortete ich. »Ich kann besser eingreifen, wenn ich hier bin, aber wenn ich auf der Astralebene bin, verbrauche ich weniger Energie.«

»Was bedeutet das?«, fragte sie. »Löst du dich auf?«

»Nicht ganz, aber so ähnlich«, erwiderte ich. »Wenn ich keine Energie mehr habe, kehre ich in den Himmel zurück und lade meine Reserven auf.«

»Ist es da schön?«, wollte sie wissen.

Ich zuckte mit den Schultern. »Ich finde, es sieht aus wie eine Behörde: weiße, endlos lange Flure mit vielen Türen. Ich bin lieber hier bei dir.«

»Also kein Paradies«, meinte sie und wandte sich wieder ihrem Bildschirm zu. Ich sah ihr den Stress an. Mit unserem Gespräch wollte sie sich ein wenig ablenken. Jetzt verharrten ihre Finger auf der Tastatur. »Du sagtest, du bist lieber hier bei mir. Bist du sonst immer bei mir? Also *immer* immer.«

»Ja, bis auf sehr wenige Ausnahmen bin ich das«, bestätigte ich. Sie schwieg, dann röteten sich ihre Wangen.

»Dann hast du sicher schon einiges zu sehen bekommen«, flüsterte sie und sah zu Matt hinüber.

Ich zuckte mit den Schultern. »Ich versuche, dir das Höchstmaß an Privatsphäre zu lassen, aber ja«, gab ich zu.

Leo senkte den Kopf und starrte auf ihren Bildschirm. »Das muss ich erst mal verarbeiten«, flüsterte sie. Sie atmete tief durch und machte weiter.

Ich wusste nicht, was ich dazu sagen sollte, also trat ich ans Fenster und sah hinaus. Mittlerweile neigte sich der Tag dem Abend zu und ich fragte mich, wie die Nacht wurde. Wenn ich daran dachte, spürte ich Beklemmung.

Momentan schienen wir in relativer Sicherheit zu sein, doch Leos Arbeit blieb sicher nicht unbemerkt. Sie hatten uns schon mehrmals gefunden und offenbar hatten sie Leute, die etwas von ihrem Handwerk verstanden.

Ich sah hinüber zu Leo, die mir den Rücken zudrehte, und zu Matt, der gerade schlief.

Ich ballte die Hände zu Fäusten, als Verzweiflung in mir aufstieg, und kämpfte sie nieder.

Für solche Gefühle hatte ich keine Zeit.

Ich musste es hinbekommen, es gab keine Alternative.

»Ich gehe noch einmal über den Flur. Kannst du mir die Tür öffnen?«, fragte ich. Leo stand auf und beobachtete mit großen Augen, wie ich die Ebene wechselte.

»Das ist echt unheimlich«, sagte sie und öffnete die Tür. Ich streifte ihren Arm und sie bekam Gänsehaut. »Total unheimlich«, wiederholte sie.

Für sie war das so, aber ich war froh, auf der Astralebene zu sein und meine Energiereserven zu schonen. Ich musste damit haushalten, denn heute Nacht bekam ich sicher keine Gelegenheit, in den Kontrollraum zu wechseln.

Ich betrat den Flur und sah mich um. Die Besuchszeit neigte sich dem Ende zu und es war nicht mehr viel los.

Im Schwesternzimmer war gerade niemand.

Das war meine Chance.

Ich lief los und umrundete den Empfangstresen. Dann schnappte ich mir das Klemmbrett, auf dem die Zimmerbelegung stand, und stopfte die Zettel in meine Jeans.

Mit einem Zittern wechselte das Papier die Ebene und verschwand.

Nach den Zimmerschildern war damit der zweite Schritt erledigt, doch das verschaffte uns maximal ein paar Minuten, wenn jemand nach Matt fragte.

Als Nächstes entdeckte ich den Stapel mit den Krankenakten. Ich fischte Matts heraus und versteckte sie in einem Schrank, dann setzte ich mich an den PC im Schwesternzimmer. Der Bildschirm war gesperrt, die aktuelle Uhrzeit hüpfte in Regenbogenfarben über das ansonsten schwarze Display. Ich fluchte leise und durchsuchte die Zettel, die auf dem Schreibtisch lagen.

Vielleicht war hier irgendwo ...

Ich hob die Schreibtischunterlage an und entdeckte einen kleinen Zettel, auf dem Passwort stand. Ich gab es ein und rollte mit den Augen, als der Bildschirm entsperrt wurde. So viel zum Thema Datenschutz, aber der Flur wurde videoüberwacht. Zumindest etwas.

Ich brauchte einen Moment, bis ich mich in dem System zurechtfand, dann öffnete ich Matts digitale Patientenakte.

Was jetzt?

Löschen konnte ich ihn nicht, er musste versorgt werden.

Mir kam eine Idee und ich änderte seinen Namen im System. Jetzt konnten sie von mir aus auch den Raumplan erneut ausdrucken, es war kein Matteo Fünfstück mehr zu finden. Stattdessen lag Karl Vierstein in Zimmer dreizehn.

Hoffentlich machte der Name niemanden stutzig, aber mir fiel gerade nichts anderes ein, als die Hörspiele aus Leos Kindheit.

Ich wünschte, dieser Fall wäre so einfach zu lösen.

Ich hörte Schritte auf dem Flur, eine Krankenschwester kam zurück. Schnell schloss ich das Fenster und sperrte den Bildschirm. Sie kam in den Raum und goss sich seufzend eine Tasse Kaffee ein. Noch bevor sie das Porzellan an den Mund heben konnte, klingelte ihr Telefon.

Sie seufzte noch lauter und nahm das Gespräch an. Ich ging langsam zur Tür.

»Wie war der Name?«, fragte sie genervt. »Fallendorf? Mit zwei l?«

Ich wirbelte alarmiert herum. Fallendorf.

Sie suchten nach Leo.

Die Schwester ging an den Tresen und griff nach dem Klemmbrett. Sie sah, dass es leer war, und schnaubte frustriert.

»Warten Sie.« Sie trat wieder zurück an den PC und rief eine neue Datei auf.

Ich schluckte. Von dieser wusste ich nichts.

Verdammt.

»Nein, ich habe hier keinen Herrn Fallendorf.« Der Anrufer sagte etwas und sie schüttelte den Kopf. »Nein, ich gebe Ihnen nicht die Namen aller Patienten durch, wie stellen Sie sich das vor? Wir sind ein Krankenhaus, wir haben den Datenschutz zu beachten. Tun Sie das, die Krankenhausleitung wird Ihnen dasselbe sagen! Schönen Abend noch!« Sie legte auf. »Was für ein Idiot!«

Eine weitere Krankenschwester kam, der sie brühwarm von dem Anruf erzählte. Ich stahl mich an ihr vorbei ins Schwesternzimmer und sah die Liste an. Sie aktualisierte sich automatisch, bemerkte ich.

Auch hier war aus Matt Karl geworden.

Sie suchten nach Leo. Das ließ nur einen Schluss zu: Sie hatten anhand der Recherchen einen Anhaltspunkt und Leos Usernamen über *Bellmann* herausgefunden. Ihre Kennung lautete l.fallendorf, sie gab keinen Aufschluss über ihr Geschlecht.

Doch wenn die Gangster darüber kamen, dauerte es nicht mehr lange, bis sie auch Matt, Pay, Ludi und Sem ins Visier nahmen.

Dann stellten sie schnell fest, dass sie heute Vormittag bei Matt und nicht bei Leo zu Hause waren. Matt war geortet worden, deswegen die Drohnachricht auf seinem Rechner, doch er war so vorsichtig, dass sie seinen Namen nicht herausgefunden hatten.

Doch Leos kannten sie bereits. Mein Schützling hatte an irgendeiner Stelle einen Fehler gemacht.

Doch woher wussten sie von dem Unfall?

Die Erkenntnis durchfuhr mich wie ein Blitz: Die Nachbarin, die uns im Treppenhaus angequatscht hatte!

Bestimmt hatte sie die Kerle auch angesprochen. Die hatten eins und eins zusammengezählt und riefen jetzt bei den nahegelegenen Krankenhäusern an. Es war nur eine Frage der Zeit, bis sie bemerkten, dass sie nach dem falschen Namen fragten.

Wir waren noch längst nicht außer Gefahr.

Ich hastete über den Flur zurück zu Matts Zimmer und quetschte mich hinein. Ich wechselte die Ebene und Leo fuhr zusammen. »Oh Gott, mach das nicht«, stöhnte sie.

»Wie weit bist du?«, fragte ich.

»Es wird langsam, aber ich kämpfe gerade mit einer Firewall«, sagte sie. »Ich versuche, ins Backend zu kommen, um dort ...« Sie brach ab, als sie mein verständnisloses Gesicht sah. »Sorry, ich arbeite dran, aber das dauert noch. Ich habe parallel ein paar Recherchen bei *Jungclaus* gemacht und die Infos durch eine Suchmaschine gejagt. Dabei ist mir aufgefallen, dass Björn Tenner, der Geschäftsführer von *Jungclaus*, gerne Zeit mit Dr. Bremer verbringt. Sie tauchen immer wieder auf Fotos zusammen auf.«

»Steckt Bremer hinter der Geldwäsche?«, fragte ich.

Leo befeuchtete ihre Lippen und sah zu Matt hinüber.

Jetzt erst fiel mir auf, dass er wach war, das Tablet hatte er in den Händen.

»Das versucht Matt gerade herauszufinden. Er überprüft Bremers Mail-Account«, sagte sie.

»Mal sehen, ob der Typ so dämlich ist, das über seinen Firmen-Account zu machen«, erwiderte er. »Ich habe aber auch schon zwei seiner Telefonnummern und rufe parallel Chatprotokolle ab.« Ich starrte ihn an. »Guck doch nicht so, wenn man Zugriff auf die hinterlegte Nummer hat, geht das fast von allein.« Er stöhnte und fasste sich an den Kopf. »Man muss nur wissen, wie.«

Ich nickte und betrachtete ihn nachdenklich. Er sah nicht fit aus und ich bezweifelte, dass er noch lange durchhielt.

Es musste gehen.

Irgendwie.

Matt musste immer wieder Pausen machen, doch er kam voran. Seine Finger flogen über das Tablet und er arbeitete verbissen. Ich hörte ihn zischend Luft holen und drehte mich zu ihm um.

»Seht euch das an«, sagte er und drehte uns sein Tablet zu. Ich sah ein Chatprotokoll, dass Dr. Bremer mit einem Kontakt namens BT geführt hatte.

›*Update ist installiert. Testlauf war positiv*‹, schrieb BT.

›*Ist das wirklich sicher?*‹, fragte Bremer.

›*Ja, ist es. Vertrau mir und freu dich einfach über den Gewinn, den es dir einbringt, Ich habe nur die besten Leute eingesetzt*‹, antwortete BT. ›*Du wirst sehen, es funktioniert. Deine Sorgen sind unbegründet.*‹

›*Wenn vH es mitbekommt, haben wir ein Problem*‹, schrieb Bremer zurück.

›*Wenn er seinen Bonus sieht, wird er nicht mehr nachfragen*‹, lautete die Antwort. ›*Deal ist Deal.*‹

»BT muss Björn Tenner sein«, sagte Matt. »Und vH ist sicher von Hauckwitz, der zweite Geschäftsführer. Er hängt auch mit drin. Jetzt haben wir eine wirklich heiße Spur. Wenn wir nachweisen, dass es sich bei dem Update um die Schnittstellenmanipulation handelt und er sie in Auftrag gegeben hat, haben wir ihn am Arsch. Nein, nicht nur ihn, alle beide. Wir müssen nur den Nachweis finden.«

»›Deal ist Deal‹«, las ich vor. »Das klingt so, als hätte Bremer versucht, einen Rückzieher zu machen.«

»Wer weiß, womit Tenner ihn überzeugt hat«, sagte Matt. »Vielleicht finden wir es heraus, wenn wir tiefer graben.«

»Ich bin ja schon dabei«, sagte Leo gestresst. Sie sah erschöpft aus, gönnte sich keine Pause. Ich wusste, dass sie Rahel und Rosa immer wieder mit Neuigkeiten versorgte. »Schick mir bitte den Chat, damit ich ihn an Rosa weiterleiten kann. Paul wird wissen, was damit zu tun ist. Dann müssen wir uns um die Transaktionen kümmern. Ich komme hier nicht weiter. Ich übersehe irgendwas«, sagte sie unglücklich.

Matt klopfte neben sich aufs Bett. Sie warf ihm einen langen Blick zu, stand aber auf und setzte sich neben ihn.

Das Bild wirkte so vertraut.

Ich bedauerte es wieder, dass sie sich getrennt hatten. Meinetwegen. Es war nicht meine Schuld, aber ich fühlte mich verantwortlich.

Matt beobachtete mich manchmal noch, aber jetzt hatte er ein eher klinisches Interesse an mir. Die verträumten und bewundernden Blicke waren analytischen gewichen. Das war in Ordnung für mich.

Zumindest würde es das bald sein. Ganz bestimmt.

Auch er hatte schon angemeldet, dass er viele Fragen hatte. Und er hatte sich noch zweimal nach Seth erkundigt.

Ich hatte ihm versprochen, mit Zachariah zu reden, ob die beiden sich wenigstens voneinander verabschieden konnten. Ich sagte es Matt nicht, aber die Chancen standen eher schlecht. Mein Boss hatte keinen Sinn für solche emotionalen Dinge.

Matt und Leo beugten sich nun gemeinsam über ihren Laptop. Währenddessen lief ich im Zimmer auf und ab und beschloss, wieder auf den Flur zu gehen. Ich brauchte Bewegung, sonst drehte ich vor Anspannung durch.

Leo nickte kaum merklich, als ich ihr Bescheid sagte, dann schlüpfte ich auf der Astralebene durch den Türspalt.

Mittlerweile war es halb zehn Uhr abends. Die Krankenschwestern waren auf den Fluren unterwegs, an zwei Zimmern leuchtete das Ruflicht. Sie hatten Leo zweimal gebeten, zu gehen, doch Matt jammerte so überzeugend, dass er sie an seiner Seite brauchte, dass sie bleiben durfte.

Vorerst.

Das verschaffte mir noch etwas mehr Zeit, bevor ich mir etwas einfallen lassen musste.

Die Fahrstuhltüren gingen auf. Mein Nacken prickelte schon ungut, bevor ich mich in die Richtung drehte.

Zwei leider allzu bekannte Männer kamen herein, einer lief schnurstracks zum Empfangstresen.

Die Schwester kam aus dem Hinterzimmer, ihre Miene war kühl. »Ja bitte?«

»Ich suche nach Herrn Fallendorf«, sagte er. Ihre Augen wurden schmal, es war die gleiche Schwester, die früher am Abend am Telefon war.

»Haben Sie vorhin hier angerufen? Ich habe Ihnen doch schon gesagt, dass es hier keinen Patienten namens Fallendorf gibt.«

Seine Miene wurde noch finsterer und sie wich einen Schritt zurück. »Dann Fünfstück«, sagte er.

»Sie sollten schon selbst wissen, nach wem Sie suchen«, erwiderte sie bissig. Ich bewunderte ihren Mut, doch es durchfuhr mich wie ein eisiger Blitz. Sie wussten jetzt auch, wie Matt hieß, und hatten die richtigen Schlüsse gezogen. Die Luft wurde immer dünner.

»Fünfstück. Schauen Sie nach«, knurrte er.

Sie machte ein saures Gesicht und sah auf ihre Liste. »Habe ich hier nicht.«

Er langte über den Tresen und riss ihr das Klemmbrett aus der Hand. Als sie protestierte, schnauzte er sie an, sie solle die Klappe halten. Tatsächlich wich sie jetzt zurück und Angst verzerrte ihr Gesicht.

Ich biss mir auf die Lippe. Matt stand nicht auf der Liste und die Schwester hatte bei seiner Einlieferung noch keinen Dienst. Sie war zwar bei ihm im Zimmer, kannte ihn aber nur als Karl Vierstein.

»Kein Fünfstück«, sagte er in Richtung seines Begleiters.

»Aber er muss hier sein«, sagte dieser. »Ganz sicher.«

»Wer ist heute hier angekommen?«, fragte der Erste.

Die Krankenschwester schüttelte den Kopf. »Das darf ich Ihnen nicht sagen. Datenschutz«, sagte sie, doch ihre Stimme zitterte. Er hieb mit der Faust auf den Tresen und sie zuckte zurück.

»Marita, ist alles okay?« Zwei weitere Schwestern kamen den Flur hinunter. Die beiden Männer tauschten einen schnellen Blick, dann gingen sie wortlos zurück zum Fahrstuhl. Die Liste nahmen sie mit. Ich war mir sicher, dass sie nicht zum letzten Mal hier waren.

Ich zerrte die alte Liste aus meiner Jeanstasche. Die Aufnahme- und Geburtsdaten standen darauf. Neben Matt waren heute noch drei andere Leute eingeliefert worden, eine Frau und zwei Männer.

»Scheiße«, murmelte ich und lief zurück zu Matts Zimmer. Ich schlich mich hinein und wurde sichtbar. »Wie weit seid ihr?«

Dieses Mal zuckten sie nicht so schlimm zusammen, doch ich riss sie aus der Konzentration.

»Nah dran«, sagte Matt zu meiner Überraschung. »Es fehlen noch ein paar Details, aber wir sind nah dran. Ziva«, fügte er hinzu, als müsse er meinen Namen üben. Leos Augenbraue zuckte hoch. Ich nickte nur unverbindlich. Es bestand beiderseits kein Interesse mehr.

Gar keins.

Ich mied die Blicke der beiden und stellte mich an die Tür. »Sie waren hier«, sagte ich. Jetzt zuckten sie doch zusammen. Leos Augen wurden riesig. »Momentan haben sie sich damit zufriedengegeben, dass keiner eurer Namen auf der Stationsliste steht, aber sie haben schon nach dem Aufnahmedatum gefragt. Sie werden zurückkommen. Ich bin mir ganz sicher.«

»Dann müssen wir hier weg«, sagte Matt und versuchte, aus dem Bett zu steigen.

Leo hielt ihn fest. »Vergiss es«, sagte sie, als er stöhnend in sein Kissen zurücksackte. »Du gehst nirgendwohin.« Sie sah mich an. »Wie lautet der Plan, Ziva?« Auch sie sprach meinen Namen wie ein Fremdwort aus. Ich wünschte mir, sie würde mich weiter Gwen nennen, doch darüber waren wir hinaus.

»Ihr macht weiter, ich bereite alles vor. Zur Not müssen wir hier weg, dafür habe ich einen Plan«, sagte ich. Ich wagte nicht zu hoffen, dass Seths Ersatz noch in dieser Nacht kam. Ich musste es allein schaffen.

Ich musste Leo und Matt so lange den Rücken freihalten, wie es ging. Rief ich die Polizei, würden sie die beiden trennen.

Außerdem drohte ihnen Ärger, weil sie sich in die Firmen gehackt hatten. Wir mussten über Rosalie und Rahel gehen.

Rahel hatte sich bei mir gemeldet, sie leitete jede Information an ihren Kontakt im Innenministerium weiter. Ihre Kollegen hatten bereits signalisiert, dass sie sich die Daten genauer ansahen. Sie hatten verstanden, wie groß die Sache werden konnte.

Das war gut, aber das rettete Leo und Matt nicht, wenn die Männer zurückkamen.

Ich musste etwas tun.

Irgendwas.

Ich ging zurück auf den Flur und hielt mich in der Nähe des Fahrstuhls auf. Erst ein paar Augenblicke später bemerkte ich, dass die beiden Männer nicht verschwunden waren. Sie standen in einer Ecke, die schlecht einzusehen war, und studierten die Liste. Mit einem bangen Gefühl ging ich zu ihnen hinüber.

»Vier«, knurrte der erste. »Drei Männer, eine Frau.«

»Er hat gesagt, dass einer von ihnen auch eine Frau sein könnte«, sagte Nummer zwei. »Die beiden, die es damals auf dem Tisch getrieben haben.«

»Ich weiß«, grollte Nummer eins. »Hast du sie gesehen?« Der andere zuckte mit den Schultern. »Egal, wir finden sie. Also überprüfen wir alle vier. Du gehst links herum.« Der Zweite nickte.

Mein Herz machte einen Satz. Wenn sie sich trennten, musste ich versuchen, sie auszuschalten.

Vielleicht bekam ich das hin.

Nummer zwei übernahm die Seite, auf der sich Matts Zimmer befand, Nummer eins musste um eine Ecke gehen.

Ich drehte auf dem Absatz um und sprintete zurück. Ich quetschte mich durch den Türspalt und wurde sichtbar.

»Sie sind hier!«, keuchte ich. Die beiden fuhren zusammen, Leo sprang auf, doch ich hatte keine Zeit für Erklärungen. »Leo, gib mir deinen Laptop. Dein Tablet. Irgendwas!«

»Aber Ziva, was ...« Leo griff nach ihrem Tablet und drückte es mir in die Hand. »Bitte rede mit mir. Was hast du vor?« Ich sah ihre Angst, aber ich durfte die Zeit damit nicht verschwenden. Ich konnte es ihr hinterher immer noch erzählen. Dann verzieh sie mir hoffentlich.

Ich drückte das Gerät an meine Brust und sammelte mich. »Ich versuche, die Kerle abzulenken und auszuschalten«, sagte ich mit der Hand an der Türklinke. »Bitte bleibt hier und verhaltet euch ruhig. Macht weiter. Ich schütze euch, so gut ich kann.«

Damit schlüpfte ich wieder hinaus und stellte mich so in den Flur, dass der Mann mich sehen musste, und starrte auf das Tablet. Sie hatten Leo nicht richtig erkennen können, eventuell fiel ihnen nicht mal auf, dass sie blond war und ich dunkelhaarig.

Nummer zwei kam aus dem dritten Zimmer von links. Angestrengt sah ich auf mein Display und tat so, als würde ich konzentriert etwas eintippen, dabei schüttelte ich leicht den Kopf.

Er sah mich und blieb stehen. Verharrte lauernd. Aus dem Augenwinkel beobachtete ich, wie er mich taxierte. Er sah den Laptop. Er zählte eins und eins zusammen. Jetzt bewegte er sich langsam in meine Richtung.

Er hatte angebissen.

»Wissen Sie, wo ich hier besseres WLAN habe?«, fragte ich die Schwester am Empfang, als hätte ich ihn nicht gesehen.

Sie sah nur kurz entnervt auf und deutete mit dem Daumen in Richtung des Aufenthaltsraumes.

Damit hatte ich schon gerechnet.

Perfekt.

Ich dankte ihr knapp und ging in den Raum. Er lag um eine Ecke und war vom Flur aus nicht einzusehen, nur durch ein kleines Fenster in der Tür konnte man hineinsehen. Ich achtete darauf, dass der Mann mir folgte, und verschwand in dem Zimmer.

Drinnen wechselte ich auf die Astralebene und stieg auf den Stuhl neben der Tür. Ich war viel kleiner als er, aber gut ausgebildet. Und ein Engel. Größere und schwerere Gegner auszuschalten hatte ich gelernt, außerdem hatte ich das Überraschungsmoment auf meiner Seite.

Ich *musste* es einfach hinbekommen.

Ich hörte seine Schritte auf dem Flur und atmete tief ein.

Jetzt nur nichts falsch machen.

Er öffnete die Tür und blieb irritiert stehen, als er den Raum leer vorfand. Er drehte sich um, doch es gab keinen Fluchtweg. Die Fenster waren verschlossen. Leos Tablet hatte ich an der Fensterfront auf einem Stuhl abgelegt. Er entdeckte es und ging hinüber.

»Was zum Teufel ...«, murmelte er und drehte mir den Rücken zu.

Jetzt!

Ich stieß mich von meinem Stuhl ab und sprang ihm ins Genick. Gleichzeitig musste ich alle Muskeln anspannen und den richtigen Punkt finden, um ihn außer Gefecht zu setzen. Nur ein richtiger Griff und ich hatte ihn.

Er wehrte sich mit Leibeskräften und grunzte laut, doch ich drückte seine Kehle zu, sodass er nicht schreien konnte. Ich musste mich mit aller Kraft festklammern, damit er mich nicht abschütteln konnte. Er war verdammt stark. Und in Panik, weil sein Gegner unsichtbar war.

Endlich fand ich durch seinen Stiernacken den Punkt und drückte ihn so fest ich konnte. Er brach unter mir zusammen wie ein Stehauf-Männchen.

Schweiß rann über meine Schläfen und durchtränkte Matts T-Shirt, mein Atem ging heftig. Mein Herz schlug mir bis zum Hals.

Ich hatte es geschafft.

Kurz schloss ich die Augen und gönnte mir einen Moment des Triumphs, bevor ich weitermachte.

Einer von zweien, von denen ich wusste. Jetzt musste ich mir Nummer eins vornehmen. Und hoffen, dass sie keine Verstärkung dabei hatten.

14

Der Kerl hatte Handschellen an seinem Gürtel, als wäre er ein echter Sicherheitsmann.

Ich wollte mir lieber nicht ausmalen, was sie mit Leo und Matt vorhatten, falls sie sie erwischten. Ich vermutete, dass es mit der Zerstörung der Laptops nicht getan war. Sie wollten ihnen wehtun. Sie spüren lassen, mit wem sie sich angelegt hatten. Vielleicht hatten sie sogar den Auftrag bekommen, sie auszuschalten.

Vor allem für Leo könnte das richtig schlimm werden.

Sie würden sie nicht in die Finger kriegen, schwor ich mir. Auf gar keinen Fall.

Ich fragte mich die ganze Zeit, ob Dr. Bremer, Leos und Matts Chef, von dieser Suche wusste. Ob er es guthieß, dass auf die beiden Jagd gemacht wurde.

Wahrscheinlich ja, Gewissensbisse würden solche Leute an ihren Taten hindern.

Dieser Scheißkerl! Wie konnte man mit so einem Charakter eine Firma wie *Bellmann* leiten, bei der es darum ging, Bedürftigen zu helfen?

Bedürftigkeit war anscheinend Ansichtssache.

Ich schob den Sicherheitsmann in die hinterste Ecke des Raumes und machte das Licht aus. Wenn alles gut ging, hatte ich ihn für eine Weile außer Gefecht gesetzt und aus den Fesseln kam er so schnell nicht raus. Ich arbeitete gründlich und hatte ihn an die Heizung gefesselt.

Das sollte mir genug Zeit verschaffen, um mich um den anderen zu kümmern.

Schritt eins.

Danach konnten die beiden weitermachen und ich hielt Wache, falls weitere kamen.

Schritt zwei.

Falls es so kam, musste ich mir einen neuen Plan überlegen. Als sie Leo am Freitag bei Bellmann gesucht hatten, waren sie auch zu viert. Es gab mehr von ihnen, keine Ahnung, wie viele. Ich musste jederzeit damit rechnen, dass weitere auftauchten.

Ich nagte an meiner Unterlippe.

Der Triumph war flüchtig, ich konnte ihn nicht genießen, solange diese Gefahr noch über uns schwebte.

Noch war die Nacht nicht vorbei. Und wer wusste schon, ob der Tag mehr Sicherheit brachte.

Ich betete, dass Seths Ersatz bald kam, und verfluchte ihn zum zehnten Mal für seinen Fehler. Er war eigentlich viel zu gut, um so eine Dummheit zu begehen.

›Es ist meinetwegen passiert‹, dachte ich und biss fester auf meine Lippe, um den Druck loszuwerden. Es war nicht meine Schuld, aber ich war der Grund. Seths und mein ungeklärter Status.

Ich hätte viel früher mit ihm reden müssen.

Diesen Fehler würden wir ewig bereuen, das spürte ich.

Ich konnte von Glück sprechen, wenn ich ihn noch einmal zu Gesicht bekam und die Sache bereden konnte.

Einen letzten prüfenden Blick warf ich noch auf meinen Gefangenen, dann schnappte ich mir Leos Tablet und verließ den Aufenthaltsraum. Ich eilte zurück zu dem Flur, in dem Nummer zwei sein musste.

Atemlos blieb ich stehen und lauschte, ob ich irgendwo seine Stimme mit dem schweren Akzent hörte.

Es war beinahe beängstigend still.

Ich lief den Gang einmal ab, doch nichts war zu hören.

Wo waren die Krankenschwestern? Hatte die Resolute Ärger gemacht? Hatte er sich um die Frau gekümmert, falls sie den Sicherheitsdienst rufen wollte?

Ich lief auf den Empfangstresen zu.

Das musste ich herausfinden. Auch wenn die Frau nicht mein Schützling war. Sie konnte nichts für die Gefahr, in die wir sie gebracht hatten.

Ich wollte den Tresen gerade umrunden, als ich einen Schrei hörte.

Mir gefror das Blut in den Adern.

Leo!

Ich rannte zu Matts Zimmer. Vor der Tür stoppte ich.

Wenn ich einfach hineinrannte, vergab ich das Überraschungsmoment und konnte ihn nicht mehr überrumpeln. Im schlimmsten Fall löste ich damit eine Katastrophe aus.

Die Tür war nicht ganz zu, das Schloss rastete nicht richtig ein, es sei denn, man zog länger am Griff. Das hatte ich schon zuvor festgestellt.

Ich hörte die Stimme des Mannes.

»Ihr kommt mit«, sagte er mit seinem harten Akzent.

»Und dann?«, fragte Leo. »Er kann nicht, er hat eine Gehirnerschütterung. Wenn er versucht, aufzustehen, wird er ohnmächtig. Außerdem ist sein Bein gebrochen.« Sie war so mutig.

»Ist mir egal. Mitkommen!«

Ich spähte durch den Türspalt und drückte ihn ein wenig auf, damit ich mich hindurchquetschen konnte. Der Kerl stand direkt vor der Tür und versperrte Leo den Fluchtweg. Er hielt eine Waffe auf sie gerichtet.

»Und was machen Sie dann mit uns?«, fragte Leo weiter. Ihre Stimme zitterte, doch ihr Gesicht war entschlossen. Ich war so stolz auf sie.

Jetzt musste ich an ihm vorbeikommen, damit ich sie schützen konnte. Sie beide.

Matt lag in seinem Bett, seine Augen waren angstvoll auf die Pistole gerichtet. Leo stand vor dem Bett und schützte ihn. Mein Herz pochte. Sie war so ein toller Mensch, doch in diesem Moment war ihr Mut mehr Dummheit.

»Wir haben doch gar nichts Schlimmes gemacht«, sagte Leo. »Nur ein bisschen herumgeschnüffelt. Das war spannend, aber weiter machen wir nichts. Okay? Wir lassen es sein, wenn Sie wollen. Für uns war es ein Spaß. Sport. Wir wollten herausfinden, wie gut wir sind. Hat sich jetzt erledigt. Sie sind sauer, schon verstanden. Wir lassen es. Hier, wollen Sie die Geräte haben?«

»Ich bin doch nicht dumm«, knurrte der Mann. »Ich weiß, dass ihr Kopien angefertigt habt. Und entweder wart ihr zu dämlich, um die Warnungen zu verstehen, oder es ging doch über den bloßen Spaß hinaus.«

Leo verzog den Mund. Ich kannte diesen Gesichtsausdruck bei ihr. Es war wieder Zeit für eine dumme, trotzige Aktion. Adrenalin flutete meine Adern. »Dann wissen Sie ja auch, dass wir schon die Kopien an andere geschickt haben könnten, die sich um die Sache kümmern und sie aufdecken«, sagte sie angriffslustig

Der Finger des Mannes zuckte am Abzug. »Dann sterben euretwegen noch mehr Menschen.«

Leo zuckte zurück, ihr Gesicht war aschfahl. Matt setzte sich auf und ergriff ihre Hand. Der Blick, den die beiden tauschten, sagte mehr als tausend Worte.

Ich musste endlich an diesem Kerl vorbeikommen.

»Und Sie kommen sehr lange ins Gefängnis«, sagte sie und deutete auf ihr Laptop, das aufgeklappt auf dem Tisch stand. »Wir übertragen live. Jeder im Stream kennt bereits Ihr Gesicht.«

Der Mann schoss auf den Laptop. Leo warf sich auf das Bett und Matt stürzte sich über sie. Der Knall war ohrenbetäubend und hallte in dem kleinen Raum nach.

Ich tauchte unter dem Arm des Mannes durch, der jetzt derbe fluchte. Nein, das war wirklich nicht klug von ihm. Spätestens jetzt rief jemand den Sicherheitsdienst.

Er zielte auf Leo.

Ich schrie und machte einen Satz zwischen die beiden.

Ich flog wie in Zeitlupe und wechselte die Ebene.

Vor meinem Gesicht tauchte ihres auf, ihre Augen waren vor Schock geweitet.

Noch ein Knall.

Viel lauter als der Erste.

Sie riss den Mund auf.

Ich hörte Schreie, fast so laut wie der Schuss.

Wer hatte geschrien?

War sie getroffen?

Oh Gott, Leo!

Ich war nicht schnell genug.

Ich schaffte es nicht.

Ich konnte unmöglich ...

Dann setzte der Schmerz ein.

Er raste durch mich hindurch wie ein Blitz und blendete mich, doch ich hatte keine Zeit.

Adrenalin schoss durch meine Adern und ich mobilisierte alle Kräfte, die ich noch hatte. Viel war es nicht, doch ich sprang auf das Fußteil des Betts und nutzte meine Himmelskraft, um mich in die Luft zu katapultieren.

Im Sprung holte ich aus und traf den Mann mit der Spitze meines Fußes an der Schläfe.

Im Fallen sah ich, wie das Licht in seinen Augen erlosch.

Wir gingen gleichzeitig zu Boden.

Der Aufprall jagte eine weitere Schmerzenswelle durch meinen Körper. Ich bekam keine Luft mehr und wimmerte. Dann packte mich jemand und zog an meinen Armen, doch ich war wie ein nasser Sack. Es dauerte, bis ich mich soweit zusammengerissen hatte, dass ich auf die Füße kam. Mein ganzer Körper stand vor Schmerzen in Flammen und meine Sicht war schwarz gerändert.

Meine Lungen pfiffen beunruhigend bei jedem Atemzug.

Warme Feuchtigkeit breitete sich auf meinem Oberkörper aus und lief über meinen Körper.

»Oh Gott«, machte Leo. Sie starrte auf meine Brust. »Oh Gott, Ziva.«

Ich sah hinunter und entdeckte die Schusswunde. Er hatte mich links getroffen, genau zwischen Schulter und Brust. Wäre ich ein Mensch, hätte das meine Lunge zerstört. Das erklärte auch das Pfeifen.

Ich hatte mich in eine Kugel geworfen. Für Leo.

Ich würde es wieder tun, wenn nötig. Schwindel erfasste mich und ich musste mich an Matts Krankenbett festhalten. Ich drückte ihre Hand und schob sie zum Bett. »Mach weiter.«

Sie riss die Augen auf. »Was?«

»Mach weiter«, wiederholte ich mit zusammengebissenen Zähnen. »Hier wird gleich alles voll Leute sein, die dich abhalten. Versuch, es fertig zu bekommen.«

»Ich kann nicht«, sagte sie, ihre Hände zitterten und Tränen liefen über ihre Wangen. Ihr Blick verharrte auf meinem Blut, das silbrigrot aus meiner Wunde rann.

»Du musst«, sagte ich nachdrücklich und deutete auf den Mann. »Nur so kannst du dich schützen. Wenn alle Details draußen sind, nützt es ihnen nicht mehr, euch etwas anzutun. Dann können sie nur noch verschwinden. Leo«, sagte ich beschwörend. »*Mach weiter.*«

»Komm her«, sagte Matt und streckte die Hand aus. Ich sah auf seine Finger und zögerte, erst dann verstand ich, dass er sie meinte.

Mir fiel ein Stein vom Herzen, doch er hatte ein paar scharfe Kanten.

Ein Hauch Enttäuschung breitete sich in mir aus.

Ich kämpfte ihn nieder.

Leo ging mechanisch zu Matt und ergriff seinen Laptop, dann erklang wieder das Klappern der Tastatur. Ich sah hinüber zu ihrem zerstörten Gerät.

»Wir haben alles in einer Cloud. Der Verlust ist nicht schlimm«, sagte Matt nüchtern und streichelte Leos Schulter. Tränen liefen über ihre Wangen, doch der Trotz war wieder da. Dieses Mal war er produktiv.

Ich nickte ihm zu und verschwand in die Astralebene. Ich musste kurz mit meinen Gefühlen kämpfen und außerdem musste ich sparsam mit meiner Energie sein. Viel war nicht mehr übrig. Außerdem durfte mich keiner sehen, denn behandeln konnte mich keiner der Ärzte.

Der Mann lag wie ein gefällter Baum auf dem Boden. Ich hatte ihn voll erwischt. Seine Pistole lag neben ihm. Ich trat sie in die Zimmerecke, außerhalb seiner Reichweite.

Draußen kam Tumult auf, eine Sirene ertönte und Stimmengewirr schallte über den Flur.

Dann Schritte.

Ich trat an die Tür und sah durch den Spalt hinaus. Wir mussten uns etwas Gutes einfallen lassen, warum wir uns jetzt erst bemerkbar machten.

Ich stöhnte und fasste mir an den Kopf. Die Schmerzen waren anstrengend und raubten mir Kraft. Ich betete, dass jetzt keine Verstärkung für die beiden Angreifer kam. Dass die anderen zwei von Freitag nicht draußen auf dem Flur standen, die Pistolen schon im Anschlag. Es war nicht ausgeschlossen, dass unten oder im Gebäude weitere Männer von der Sicherheitsfirma warteten, die nach ihren Kumpanen suchen wollten.

Leute liefen über den Flur. Ich sah Sicherheitsmänner und zwei Ärztinnen, ihnen folgten drei Krankenpfleger.

»Schwester Marita hat mich angerufen und gesagt, dass hier komische Typen sind, doch sie wusste nicht, wo sie hingegangen sind«, berichtete einer atemlos. »Ich musste dann zu einem Atemstillstand und konnte sie nicht mehr erreichen.«

»Sie bleiben hier!«, legte einer der Wachleute fest und hielt die Mediziner auf. Ich kannte ihn nicht, er musste ein echter vom Krankenhaus sein. »Jemand hat etwas von Schüssen gesagt.«

»Schüsse?« Eine der Ärztinnen blieb stehen. »Das meinen Sie nicht ernst! Haben Sie die Polizei gerufen?«

»Natürlich«, schnappte der Wachmann. »Sie sind unterwegs. Und jetzt möchte ich wissen, wo Schwester Marita ist.« Er ließ das Krankenhauspersonal stehen und ging mit seinen beiden Kollegen vorsichtig den Flur hinunter.

»Kein Risiko«, hörte ich ihn sagen. »Nur Lage sondieren. Die Polizei rückt bereits an.«

Ich ging zurück in Matts Zimmer und wechselte die Ebene: »Wie sieht's aus?« Meine Energiereserven waren beinahe erschöpft und ich konnte mich kaum noch auf den Beinen halten.

Leo rieb sich die Nasenspitze, sie sah gestresst aus, Matt war bleich und einer Ohnmacht nahe.

»Wir geben unser Bestes«, sagte sie und hackte weiter auf ihre Tastatur. Sie war erschöpft, aber wir mussten weitermachen und alles auf eine Karte setzen.

Uns blieben nur noch ein paar Minuten, bis hier alles voller Leute war.

»Schau mal«, sagte Matt und deutete auf ihren Bildschirm. Ihre Augen weiteten sich. »Das ist es, oder?«, fragte er. »Da, die IP-Adresse gehört zu Tenner, diese zu Bremer. Und das da ist der IT-ler. Ruf es auf.« Leo tat es und lächelte erschöpft.

»›Schnittstelle ist installiert‹«, las sie flüsternd vor. »›Buchungen werden angepasst. Auf eine gute Zusammenarbeit. Danke für Deine Unterstützung‹. Darunter ein Link.« Sie klickte darauf und *Limix* öffnete sich. »Das ist es. Zusammen mit den anderen Daten können wir beweisen, dass die beiden das angeleiert haben.« Tränen traten in ihre Augen und sie sank in Matts Kissen. »Oh Gott ...«

Draußen auf dem Flur waren laute Schritte und Stimmen zu hören.

Die Polizei war da. Ich ging zurück zur Tür.

»Im Aufenthaltsraum liegt einer!«, rief jemand.

»Die Krankenschwester war in einem Behandlungszimmer. Sie ist bewusstlos«, rief jemand anderes.

»Es waren zwei, sagt die andere Schwester.«

»Dann müssen wir alle Zimmer überprüfen, der andere muss hier noch sein!«

»Schick die Sachen an Rahel und Rosa!«, zischte ich. Leo nickte matt und beeilte sich.

»Sagt ihnen, dass jemand kam und ihn ausgeschaltet hat. Gerade eben«, wies ich Matt an. »Und dass ihr zu viel Angst hattet, dass noch mehr Leute kommen.« Er nickte.

Leos Hände flogen über die Tastatur, dann klickte sie auf Enter und sank in Matts Kissen.

»Was für eine Aufregung«, murmelte sie und schloss die Augen. Er legte die Arme um sie und drückte sie an sich. Die Tür ging auf und zwei Polizisten kamen herein. Sie machten große Augen, als sie den Bewusstlosen am Boden liegen sahen. Dann sahen sie mein Blut.

»Oh, da bin ich wohl zu spät gekommen«, sagte eine bekannte männliche Stimme neben mir.

Ich drehte mich um und sah dem Engel neben mir ins Gesicht. »Hallo Levi.«

»Hallo Ziva. Ich bin so schnell gekommen, wie ich konnte.« Dass Levi hier war, ließ nur einen Schluss zu: Zachariah hatte endlich verstanden, dass mein Auftrag wichtig war, und schickte mir Verstärkung.

Wenn auch erst sehr spät.

Ich mochte Levi, bei ihm waren wir alle in guten Händen. Dank seiner Erfahrung würde hoffentlich nichts mehr passieren. Mir fiel ein Stein vom Herzen. Jetzt hatten wir das Schlimmste hinter uns. Mir wurde schwindelig und ich musste mich an Matts Bett festhalten.

Sein Blick fiel auf meine Schusswunde. »Du bist verletzt. So kannst du unmöglich weitermachen. Ich fordere die Task Force an. Du musst zu den Heilern.«

»Die Task Force?«, fragte ich matt und beobachtete, wie er mit der flachen Hand ein Muster in die Luft zeichnete. Warme Himmelsenergie umhüllte uns und verschwand dann. Das musste der Ruf gewesen sein. Wut fuhr durch meine Eingeweide. »Warum kannst du sie rufen und ich nicht?«, fragte ich und versuchte, nicht schroff zu klingen.

»Weil Zachariah dir den Auftrag allein übertragen hat. Mir nicht, deswegen kann ich sie rufen.« Levi bemühte sich um einen neutralen Gesichtsausdruck, doch es gelang ihm nicht ganz. Ich bemerkte seinen Ärger trotzdem.

Er fand meinen Alleingang nicht gut. Doch Levi war, obwohl er als Himmelsbote eine Stufe über mir stand, ebenfalls an Zachariahs Befehl gebunden. Auch er konnte nichts weiter tun.

Trotzdem war ich froh, dass er da war. Seine Anwesenheit nahm mir die Last von den Schultern und das Adrenalin ließ nach. Auch wenn das bedeutete, dass ich den Schmerz noch stärker spürte.

»Du solltest jetzt wirklich in den Himmel wechseln«, wiederholte er.

»Das werde ich. Aber zuerst muss ich Leo Bescheid sagen«, sagte ich.

»Du hast dich ihr zu erkennen gegeben«, stellte er nüchtern fest.

»Ich hatte keine andere Wahl.«

»Schon gut, ich kenne solche Aufträge«, sagte er begütigend und sah hinüber zu den Beamten, die Leo und Matt befragten. Dem Bewusstlosen wurden Handschellen angelegt, nachdem die Polizisten die Pistole gesichert hatten. Leo stand dicht bei Matt. Ich sah, dass er seine Hand auf ihre gelegt hatte.

Wieder kullerte der kleine spitze Stein durch meinen Brustkorb. Das musste an der Verletzung liegen.

»Gut gemacht, Ziva«, sagte Levi. Ich riss mich von den beiden los und sah ihn an. »Das war kein Anfängerauftrag und du hast beide Schützlinge durchgebracht. Das hätte nicht jeder geschafft. Du kannst stolz auf dich sein.«

Ich lächelte, doch ich fühlte mich nicht stolz, sondern eher, als wäre es gerade noch einmal gut gegangen.

Es war so knapp. Wäre ich nur den Bruchteil einer Sekunde später losgesprungen, hätte Leo die Kugel abbekommen. Das war nichts, was ich einfach vergessen konnte.

Mir wurde schwindelig und Levi musste mich auffangen. Mein Atem ging stoßweise und meine Sicht war verschwommen.

Mist, ich war echt hinüber. Ich schaffte es nicht mehr, auf Leo zu warten.

»Du solltest jetzt wechseln«, sagte er. Wärme überzog meinen Körper, als er das Tor zum Himmelreich öffnete und mich sanft hindurchschob. »Keine Widerrede. Ich passe auf Leo und Matt auf. Die Task Force ist unterwegs, ihnen kann nichts passieren.«

Ich ging nur widerwillig, doch als ich den weißen Flur der Schutzengelabteilung betrat, wurde mir schwarz vor Augen. Meine Knie gaben unter mir nach und ich lehnte mich schwer gegen die weiße Wand.

Eine Tür ging auf und jemand half mir auf. Ich wurde in einen Raum gebracht und auf eine Liege gelegt, dann hüllte mich tröstlich warmes Licht ein.

Die Heilungskammer.

Ich schloss die Augen und genoss die Wärme, den Frieden des Himmlischen Lichts.

Meine Energiereserven füllten sich und ich spürte, wie die Wunde in meiner Brust abheilte und verschwand. Vielleicht blieb mir auch eine Narbe als Trophäe für diesen Einsatz, so wie es bei Rahel der Fall war.

Ich musste ihr noch für ihre Hilfe danken.

Das Licht drang durch meine Augenlider und klärte meinen Kopf. Ich spürte, wie ich langsam wegdämmerte.

Ob Seth hier irgendwo in der Nähe war?

Ich wollte gern mit ihm sprechen und ihm sagen, dass es Matt gut ging.

Ich wollte wissen, was Zachariah mit ihm machte und ob er an seinen Posten zurückkehren durfte.

Ich musste ...

Ich dachte den Gedanken nicht zu Ende und schlief ein.

Als ich erwachte, fühlte ich mich, als hätte ich einen mehrwöchigen Wellnessurlaub hinter mir. So hatte ich mich bisher erst einmal gefühlt. Damals waren Leo, Rosalie und ich für ein Wochenende an der Ostsee und hatten uns Massagen und andere Anwendungen gegönnt. Ich war die ganze Zeit sichtbar und hatte nichts zu tun.

Das Gefühl war wunderbar.

Jetzt war mein erster Gedanke, wie es Leo ging.

Ich lächelte schwach.

Noch vor einem halben Jahr hatte ich ihr übelgenommen, dass sie nur sie war. Jetzt war ich der Überzeugung, dass sie jemand Besseres als mich verdient hätte.

Ich stand von dem Genesungsstuhl auf, zog frische Kleidung an und verließ den Raum. Ich musste mich kurz orientieren, in diesem Teil des Himmels war ich nicht oft.

Ich kam an einem Fresko vorbei, das die vier Obersten Erzengel vor der Großen Freiheit zeigte: Strenge Gesichter mit grauen Augen. Ob jemand Uriel, dem wir Schutzengel unterstanden, über meinen Einsatz informierte?

Mein Mundwinkel zuckte. Er hatte sicher andere Dinge zu tun, als sich um so was Banales zu kümmern.

»Ziva?« Rahels Stimme riss mich aus meinen Gedanken. Sie kam den Flur hinunter und legte mir die Hand auf den Arm, als sie mich erreichte. »Ich habe gehört, was passiert ist. Die Geschichte verbreitet sich wie ein Lauffeuer. Alle haben schon von deiner Heldentat gehört«, berichtete sie. »Gut gemacht, Ziva. Wie fühlst du dich?«

»Gut, danke. Die Heilung funktioniert einwandfrei«, erwiderte ich und betastete meinen Brustkorb. »Danke nochmals für deine Unterstützung. Das hat mir Kraft gegeben, weiterzumachen.«

Zu meiner Überraschung winkte sie ab. »Du kannst dir gar nicht vorstellen, was diese Sache für Kreise zieht«, sagte sie. »Unser IT-Experte hat sich die Mails von Leo angesehen und ist damit sofort in den Senat gestürmt. Alle sind völlig aus dem Häuschen. Sie haben noch in der Nacht eine Razzia bei *Bellmann* und *Jungclaus* durchgeführt und die beiden Geschäftsführer festgenommen.«

»Genau das wollten Leo und Matt nicht«, murmelte ich. »Es sollte niemand seinen Job verlieren.«

»Das ist noch nicht gesagt«, erwiderte Rahel. »Erstmal passiert nichts. Dass deine Kleine es allerdings gleichzeitig an die Presse weitergeleitet hat, kam nicht so gut an.«

»Sie musste sich schützen«, rechtfertigte ich Leos Handeln. »Sie musste damit rechnen, dass es übel endet. Wenn du die Männer gesehen hättest, die gekommen sind, um sie und Matt zu erschießen, würdest du es verstehen.«

Rahel tätschelte meine Schulter. »Es ist alles in Ordnung, mach dir keine Gedanken. Ich verstehe es ja. Das bringen wir wieder in Ordnung. Gut gemacht, Ziva. Auch, wie du die beiden beschützt hast. In einem Krankenhaus, oder? Und du hast Seths Schützling mit übernommen. Das ist sehr beeindruckend. Alle sind deswegen ganz aufgeregt.«

Das konnte ich mir vorstellen, doch freuen konnte ich mich nicht darüber. Noch immer hatte ich im Hinterkopf, wie knapp ich am Versagen (und Leos Tod) vorbeigeschrammt war. Von Matt ganz zu schweigen.

Matt ...

Ich durfte nicht mehr über ihn nachdenken, das hatte keinen Sinn. Seine und Leos Körpersprache waren deutlich.

Ich sollte vernünftig sein. Und mich darüber freuen, dass ich meinen Auftrag erfüllt hatte, ohne dass jemand zu Schaden kam.

Das war die Hauptsache.

Alle anderen Gefühle waren nachrangig. Es brachte mir nichts, mich daran zu klammern, dass ich mich in seiner Gegenwart gut gefühlt hatte.

Das war ohnehin vorbei, denn ich war überzeugt, dass er erkannt hatte, dass er Leo liebte. Wenn er viel Glück hatte, verzieh sie ihm und gab ihm noch eine Chance.

Ich grub meine Fingernägel in meine Handflächen.

Wie passte ich dazu?

Ich, mit Levi auf dem Balkon von Matts Wohnung, Nacht für Nacht?

Der Streit mit Seth würde mir vermutlich fehlen, obwohl ich von Levi viel lernen könnte.

Trotzdem spürte ich den Wunsch, endlich etwas anderes zu machen. Einen neuen Auftrag zu bekommen.

Neu anzufangen.

Aber was sollte ich tun?

Ich war ratlos, wie es mit mir weitergehen sollte, und mit meinen Gefühlen überfordert.

Mal wieder.

Langsam gewöhnte ich mich an diesen unangenehmen Zustand.

»Ich denke, Zachariah wartet auf dich«, meinte Rahel. »War ganz schön hart von ihm, dass er dich mit den beiden allein gelassen hat«, fügte sie hinzu, als ich nichts sagte.

»Ja, das hätte schiefgehen können«, erwiderte ich. Sie hatte so viel für mich getan, dass ich wenigstens eine kurze ehrliche Antwort geben konnte. »Rahel, ich stehe in deiner Schuld.«

Sie grinste. »Vielleicht hast du ja auch mal die Möglichkeit, mir zu helfen. Wenn du die neue Bundeskanzlerin schützt und ich jemanden, der korrupte Politikerin jagt.«

»Ich werde dir das nie vergessen«, versprach ich. Sie lächelte wieder und begleitete mich zu Zachariahs Büro.

»Viel Glück. Bin gespannt, was du berichtest«, sagte sie und ging zum Kontrollraum.

Ich zögerte kurz und starrte auf die Tür.

Wieder fragte ich mich, wo Seth war.

Ich gab es nicht gern zu (und hätte es nie für möglich gehalten), aber ich vermisste ihn. Ich hätte ihn in den letzten Stunden gebraucht. Dass Zachariah ihn abgezogen hatte, mochte den Regeln entsprechen, doch es hatte alle in große Gefahr gebracht.

Zu zweit wäre der Einsatz im Krankenhaus auch kein Kinderspiel, aber deutlich leichter.

Das musste ich Zachariah sagen.

Ich wollte ehrlich sein.

Auch wenn das meinem Boss sicher nicht gefiel.

Ich atmete noch einmal tief durch, dann klopfte ich.

Zachariah saß an seinem Schreibtisch und sah auf, als ich eintrat. Seine Augenbraue hob sich, er betrachtete mich ganz genau. Ich nickte ihm zu.

»Ich hatte dich früher erwartet«, begrüßte er mich.

»Anscheinend brauchte ich etwas länger Ruhe«, erwiderte ich. Ich wollte mich nicht von ihm kleinmachen lassen. Nicht jetzt.

Nicht in diesem Moment, wo ich gerade versuchte, doch ein kleines Bisschen stolz auf mich zu sein.

Der Himmelsengel zuckte mit den Schultern. »Es ist ja nicht so, dass wir Zeitdruck hätten. Berichte mir von deinem Einsatz. Ich habe von Levi nur eine kurze Zusammenfassung bekommen, die er aus den Schützlingen herausgeholt hat. Ich möchte deine Sicht der Dinge hören.«

Ich hielt mich kurz und beschrieb die wichtigsten Punkte. Alles andere interessierte ihn ohnehin nicht. Und doch sah ich seine Verblüffung, während ich sprach.

Er hatte die Lage unterschätzt, erkannte ich. Bis eben. Obwohl meine Schützlinge gejagt und ich angeschossen worden war.

Was für ein Bürokrat. Kein Wunder, dass Levis Erscheinen so spät erfolgt war. Er hatte gedacht, es wäre nichts Ernstes.

Ich versuchte, deswegen nicht wütend zu werden, aber es fiel mir schwer.

»Also haben die beiden die Korruption aufdecken und publik machen können?«, hakte er nach. Wenigstens hatte er es jetzt verstanden.

»Ja. Ich habe eben kurz mit Rahel gesprochen, sie hat es mir bestätigt.« Ich machte eine kurze Pause. »Ich muss gestehen, dass ich an meine Grenzen gekommen bin, Zachariah. Ich dachte zwischendurch, dass es mir nicht gelingt, beide zu schützen.«

»Ist es aber«, hielt er dagegen. »Allen Bedenken zum Trotz.«

»Was bedeutet das?«, fragte ich.

»Dass ich zwischenzeitlich nicht den Eindruck hatte, dass du für deine Aufgabe geeignet bist«, sagte Zachariah ungerührt. Ich starrte ihn an. »Deine ständigen Beschwerden erweckten auf mich den Anschein, dass du selbst daran zweifelst. Ich habe Seth aufgetragen, dich genau zu beobachten und mir Bericht zu erstatten.« Seine Augenbraue hob sich und endlich verstand ich, warum er damals, als ich bei Bellmann gewesen war, ins Himmelreich musste: Sein Bericht für Zachariah war fällig.

»Und was haben diese Nachforschungen ergeben?«, fragte ich mit belegter Stimme.

»Seth hat nichts Negatives über dich berichten können«, sagte Zachariah unbeteiligt. »Vorletzte Nacht hast du bewiesen, dass du deiner Aufgabe würdig bist.«

Falls ich noch einen letzten Beweis für Seths Gefühle gebraucht hatte, war er mir gerade serviert worden. Er hatte mich geschützt, obwohl er genug Gründe gehabt hätte, meine Fehler vor Zachariah auszurollen.

Mein Herz flatterte und fühlte sich leichter an als sonst.

»Dann bin ich froh, dass du es jetzt erkannt hast«, sagte ich so neutral wie möglich, doch meine Stimme war frostig. Ich riss mich zusammen. Ich hatte noch etwas Wichtiges zu sagen. »Eins möchte ich meinem Bericht noch hinzufügen«, sprach ich weiter.

Zwischen seinen Augenbrauen bildete sich eine steile Falte. Ich wusste, dass sie Gefahr bedeutete, aber ich musste weitersprechen. Mein Versprechen mir selbst gegenüber einhalten.

Jetzt musste ich den richtigen Ton treffen.

»Ich hätte Seths Hilfe gebraucht«, sagte ich vorsichtig. »Ich weiß, dass du dich an die Regeln gehalten hast und die Gefahr schwer zu kalkulieren war, aber diese Nacht hätte böse enden können. Zu zweit wäre die Lage besser zu kontrollieren gewesen.« Zachariahs Augenlid zuckte. Meine Botschaft war angekommen.

»Du meinst, dass Seths Abzug ungünstig war? Du weißt, wie es zu dem Fehler gekommen ist? Und warum?«

»Ich weiß nur, dass Seth im entscheidenden Moment einen Fehler gemacht hat«, sagte ich nach kurzem Zögern. »Das heißt nicht, dass er Matt nicht schützen *wollte*.«

Zachariah verzog den Mund. »Und in diesem Punkt bin ich mir nicht sicher. Ihr beide seid euren Schützlingen viel zu nah. Und einander.«

Ich spürte, dass meine Wangen heiß wurden, doch ich ließ mir nichts anmerken. »Ich glaube, dass meine enge Beziehung zu Leo ein Vorteil ist. Vor allem in der letzten

Nacht, denn sie vertraut mir. Sogar, als ich ihr gestehen musste, wer ich bin.«

Er nickte knapp. »Du hast deine Aufgabe gut erfüllt und das wird gesehen, Ziva. Der Fall ist relevant und wird vermutlich noch weitere Kreise ziehen. Leonores Aufgabe ist noch nicht erfüllt.«

Ich straffte mich und spürte innerlich einen Stich.

Wie hatte ich Leo nur jemals für langweilig und nicht schützenswert halten können?

»Das Gleiche gilt für Matteo.« Zachariah beobachtete mich genau. »Dein Erfolg von letzter Nacht reicht noch nicht, um die nächste Stufe zu erreichen. Dafür bist du auch noch viel zu jung. Aber du hast anderen deines Engelsalters nun einiges voraus. Es gibt eine Aktennotiz, die zu gegebener Zeit berücksichtigt wird.«

Ich hatte Leo nicht belogen: Der Himmel war eine Behörde. Ich sollte mich wohl über die Aktennotiz freuen.

»Trotzdem darf ich dir schon jetzt eine Belohnung anbieten«, fuhr Zachariah fort. »Eine Wahl, das passiert nicht oft, aber ich erinnere mich an unser Gespräch vor einigen Monaten: Du darfst wählen, welche deine nächste Aufgabe sein soll. Du kannst Leonore weiterhin beschützen, wenn das dein Wunsch ist. Du kannst auch den Schutz von Matteo übernehmen. Oder den eines anderen Menschen.«

Ich starrte ihn an und wollte etwas sagen, als er den Finger hob. »Als letzte Option könntest du in den Innendienst wechseln. In die Abteilung, die ich für Seth vorgesehen habe: Überwachung und Planung.« Er nickte. »Jetzt kannst du antworten.«

Doch ich wusste nicht, was ich sagen sollte. Das waren beinahe zu viele Optionen. Zu viele Möglichkeiten, die sich mir boten.

Ich könnte mit Seth zusammen sein.

Ich könnte mit Matt zusammen sein.

Ich könnte ein neues Kapitel aufschlagen, in dem keiner von ihnen vorkam.

Dieses eine Mal konnte ich das tun, was ich wollte.

Ich konnte selbstsüchtig sein.

Ich musste einfach nur wählen.

Er bot es mir an. Und beobachtete mich genau.

Ich kannte die Antwort bereits.

Es gab nur eine richtige.

»Ich bleibe bei Leo«, antwortete ich. Zachariah zog die Augenbrauen hoch. Damit hatte er nicht gerechnet.

Er sollte sich langsam daran gewöhnen, dass ich für Überraschungen gut war.

»Trotz deiner Worte und der Überforderung, die du geschildert hast?«, hakte er nach.

Ich atmete tief aus. »Ja, trotzdem«, sagte ich. »Ich habe in der Vergangenheit nicht alles richtig gemacht, aber mir ist Leo wichtig. Unsere Beziehung auch. Ich habe viel Zeit investiert und das war ebenfalls richtig. Ich möchte weiterhin ihr Schutzengel sein, Zachariah. Und noch etwas«, kam ich ihm zuvor, als er etwas sagen wollte. Er rümpfte die Nase. »Matt hat sich nach Seth erkundigt. Die beiden stehen sich auch nahe, trotz Seths Fehler. Matt hat gefragt, ob sie sich nicht noch einmal sehen könnten. Er möchte sich wenigstens verabschieden.«

Der Mund meines Bosses war nur noch ein schmaler Strich, er war alles andere als begeistert von dieser Idee.

»Die Regeln sehen einen Abzug vor. Keinen weiteren Kontakt«, sagte er schmallippig.

Ich schluckte meinen Ärger hinunter und bemühte mich um Respekt. »Ich weiß und ich achte den Kodex. Und Levi ist ein besserer Beschützer als Seth und ich zusammen. Trotzdem bin ich mir sicher, dass Matt Seth bevorzugen würde, wenn man ihn fragte. Und dass Seth gern eine Gelegenheit hätte, seinen Fehler wiedergutzumachen.« Jetzt wagte ich mich weit vor und sagte lieber nichts mehr.

Zachariah schwieg mit unbewegter Miene. Ich beobachtete ihn genau und bemerkte das zuckende Augenlid.

Er war sauer. Sein gutes Recht, aber ich musste diesen Punkt anbringen. Das wenige an Einfluss, das ich nehmen konnte, wollte ich für Matt und Leo einsetzen. Und für Seth und mich.

Seth und mich.

Ich musste mit ihm reden. Ich schuldete ihm noch eine Erklärung.

Wenn mein Boss ablehnte, sah ich ihn im schlimmsten Fall erst in ein paar Jahrzehnten wieder, wenn mein Einsatz mit Leos Tod endete. Oder nie, wenn Zachariah richtig wütend auf mich wurde.

Ich könnte, aber ich wollte nicht so lange warten.

»Ich werde darüber nachdenken«, sagte er endlich, dann wandte er sich wieder seinen Unterlagen zu. Ich war entlassen, also stand ich auf, bedankte mich für das Gespräch und verließ das Büro.

Ich hatte alles richtig gemacht, das fühlte ich.

Trotzdem musste ich durchatmen, als ich die Tür hinter mir zugezogen hatte.

Mir schwirrte der Kopf.

Ich wollte zurück zu Leo und mich vergewissern, dass es ihr gut ging.

»Hallo Ziva«, hörte ich eine vertraute Stimme.

15

Ich drehte mich um und sah in Seths kantiges Gesicht. »Hey«, sagte ich und plötzlich war mir alles zu viel. Meine Gefühle brachen aus mir heraus, ich konnte sie nicht mehr zügeln. Es ging alles zu schnell und es war, als bräche in mir ein Damm. Unterdrückte Tränen stiegen in meine Augen und ich schlang die Arme um meinen Oberkörper, als Schluchzer mich durchschüttelten.

Seth kam zu mir und nahm mich in den Arm. Seine Wärme hüllte mich ein. »Alles ist gut«, raunte er in mein Ohr. »Du hast es geschafft. Es tut mir so leid.«

Ich schloss die Augen und ließ mich von ihm hin und her wiegen. Seine Umarmung war tröstlich. Sie fühlte sich gut an. Erinnerungen rasten durch meinen Körper und die Sehnsucht nach Berührungen wuchs ins Unerträgliche.

Ich wollte nicht, dass er mich losließ. Ich brauchte ihn jetzt bei mir. Ich presste mein Gesicht an seine Brust und spürte seinen Herzschlag an meiner Wange.

Langsam beruhigte ich mich und das Schluchzen ließ nach, auch wenn die Tränen noch flossen. Er hielt mich einfach fest und schwieg.

Ich atmete seinen Duft ein und fühlte mich hohl und gleichzeitig übervoll.

Ich müsste los, doch ich wollte mich noch nicht von ihm trennen. Ich musste endlich mit ihm sprechen. Ihm endlich alles sagen, was ich bisher verschwiegen hatte.

»Hast du noch einen Moment Zeit?«, fragte ich leise.

Die Task Force war noch im Einsatz, ich wusste nicht, wie lange. Ich sollte noch ein paar Minuten haben.

Ich musste sie mir einfach nehmen.

Niemand konnte sagen, wann ich ihn wiedersah. Ich wusste nicht, was Zachariah mit uns vorhatte.

»Sicher. Hier hat man viel mehr Zeit«, sagte er. »Und stell dir vor: Pausen.«

»Was ist das denn?«, fragte ich lächelnd und endlich versiegten meine Tränen. Er erwiderte mein Lächeln und beinahe hätte ich erneut geweint.

Es tat so gut, ihn zu sehen. Es tat so gut, ihn in meiner Nähe zu haben. Ich hatte nicht gewusst, wie sehr ich ihn vermisst hatte.

Bis jetzt.

Das scharfkantige Steinchen in meiner Brust verwandelte sich in einen runden Kiesel und löste sich dann auf. Ich wusste, dass es nicht zurückkam.

Das war gut so.

Ich fühlte mich besser.

Er nahm mich an der Hand und zog mich in einen Ruheraum. Auch so etwas hatte ich hier nie zuvor gesehen. Eines der Sofas sah fast aus wie Leos. Seth setzte sich auf seine Lehne. Meine Hand hielt er immer noch.

Ich sah auf unsere verschlungenen Finger und wollte ihn nicht loslassen.

Ich musste ihm endlich alles sagen. Ich musste endlich ehrlich zu ihm sein.

»Mir tut es auch leid«, sagte ich. »Es war auch meine Schuld, dass Matt den Unfall hatte.«

Er behielt mich im Auge. »Ich habe unseren Streit nicht vergessen«, gab er zu. »Ich denke ständig nach.«

»Das verstehe ich und ich möchte die Sache mit dir klären. Mir ist es auch wichtig und ich ... ich hätte das schon viel eher tun sollen, aber ich war zu feige. Wir wissen, wie es ausgegangen ist«, sagte ich und holte tief Luft. »Ja, Matt hat mit mir geflirtet. Das war unangebracht. Und es hat mir gefallen.« Er presste die Lippen zusammen, sagte aber nichts, also sprach ich weiter. »Nach unseren ganzen Streits fühlte ich mich minderwertig, als könnte ich gar nichts. Andauernd hast du mich zurechtgewiesen und mir vor Augen gehalten, welche Fehler ich mache. Ich fühlte mich ständig mies. Und dann kam er und hat mir gesagt, dass er mich toll findet.« Ich zuckte hilflos mit den Schultern. »Das war eine nette Abwechslung.«

»Also noch etwas, das auf meine Kappe geht«, murmelte Seth.

»Genau wie auf meine«, stellte ich richtig. »Ich habe nicht korrekt gehandelt und ihn nicht in seine Schranken gewiesen. Damit habe ich vor allem Leo verletzt. Und dich schlussendlich auch. Das mit dir und mir ist eine verrückte Sache. Ich konnte dich nie leiden. Jetzt tue ich es. Ich habe dich während des Einsatzes vermisst. Zusammen hätte ich weniger Angst um die beiden gehabt.«

»Wir waren ein gutes Team«, gab er zurück.

Ich nickte. »Zachariah hat mir von deinem Auftrag erzählt«, sagte ich. Seth versteifte sich.

»Ich durfte dir darüber nichts sagen.«

»Das verstehe ich. Du hättest gute Gründe gehabt, um ihm zu sagen, was er hören wollte. Aber du hast es nicht getan.«

»Das hätte ich auch nie«, sagte er heftig. »Ich wusste, dass du deinen Job gut machst. Die Fehler, die dir unterlaufen sind, hätten mir auch passieren können. Sie sind mir auch passiert«, schob er nach. »Du weißt, warum ...«

Er brach ab und sah zur Seite. Ich nahm seine Hand und drehte mit der anderen seinen Kopf in meine Richtung.

»Rede mit mir«, bat ich.

Seine Augen waren weich, doch er kämpfte mit den Worten und rieb sich den Nacken. »Ich überlege, wie ich es dir sagen soll, ohne dass es wieder blöd rüberkommt.«

»Sag es mir einfach. Zur Not schreie ich dich an«, sagte ich nur halb im Scherz.

»Ich wollte dir nie ein blödes Gefühl geben«, begann er. »Und niemals hätte ich Zachariah etwas Negatives über dich gesagt. Ich würde dich immer schützen, wenn ich es kann. Ich will nur sagen, dass ich auf dich warte, Ziva. Egal, wie lange das dauert, und wenn es Jahrhunderte sind. Irgendwann hängen wir wieder zusammen, dafür werde ich sorgen, und dann kann ich dich hoffentlich davon überzeugen, dass man mich mögen kann. Dass *du* mich mögen kannst«, korrigierte er sich.

Reue durchzuckte mich, dass ich das Angebot, in den Innendienst zu wechseln, abgelehnt hatte.

Ganz kurz.

Dann fand ich mich damit ab.

Es war meine Entscheidung.

Die richtige Entscheidung.

Leo ging vor. Das hatte ich geschworen, als ich meinen Dienst als ihr Schutzengel antrat.

Seth verstand das, er würde es mir nie vorwerfen.

»Das tue ich doch schon«, sagte ich leise. »Das habe ich dir doch gerade gesagt.«

»Männer sind stumpf«, informierte er mich achselzuckend. »Es macht keinen Unterschied, ob Mensch oder Engel. Du musst es mir schon ganz genau sagen.«

»Du bist ein Idiot. War das deutlich genug?«, fragte ich. Er nickte. »Gut.« Ich stand auf und küsste ihn.

»Ich habe Zachariah gebeten, noch einmal über deinen Abzug nachzudenken«, sagte ich an seinen Lippen. »Das will er tun, aber ich traue mich nicht, darauf zu hoffen. Ich denke aber, dass du zumindest die Gelegenheit bekommst, noch einmal mit Matt zu sprechen.«

Seths Augen glänzten leicht und er wandte sich schnell ab. »Das wäre toll«, sagte er mit belegter Stimme. »Das war noch eine Sache, die mich sehr belastet. Ich glaube nicht, dass ich zurückgehen darf, aber wenn ich noch einmal mit ihm sprechen könnte, würde das alles einfacher machen.«

»Das weiß ich«, sagte ich sanft. »Deswegen habe ich es versucht.«

Er küsste mich. »Ganz schöner Mist, wenn man keine eigenen Entscheidungen fällen darf, oder?«, fragte er.

Ich zog ihn hoch und setzte mich auf die Kante des Sofas. Wie damals in Leos Wohnung.

»Unser Spielraum ist klein, aber er ist vorhanden«, sagte ich und zog ihn an mich. Seine silberblauen Augen verdunkelten sich, als er sich über mich beugte.

Leo war nicht mehr im Krankenhaus, sondern in ihrer Wohnung, als ich das Himmelreich verließ. Mittlerweile war es Dienstagnachmittag. Ich hatte sie über vierundzwanzig Stunden nicht gesehen.

So lange waren wir noch nie voneinander getrennt.

Ich wusste, dass es ihr gut ging, trotzdem war ich nervös. Es war, als hätte ich meinen Job nicht richtig gemacht.

Ich atmete tief ein und schüttelte das dumme Gefühl ab. Ich war hier, weil ich es wollte. Es fühlte sich gut an, wieder da zu sein.

Die Trennung kam nur zustande, weil ich meinen Job gemacht *hatte*. Das war das Einzige, was zählte.

Ich betrat den Flur ihrer Wohnung und sah den Task Force-Engel, der sie auf der Astralebene bewachte. Er bemerkte mich und nickte mir zu.

»Bist du wieder im Dienst?«, fragte er. Ich nickte. »Gut, dann übergebe ich an dich.«

Ich dankte ihm und er wechselte ins Himmelreich.

Ich starrte auf die Stelle, an der er gestanden hatte, und fragte mich, warum mir die Task Force nicht geholfen hatte. Levi hatte mir zwar einen Hinweis gegeben, aber ich spürte in dieser Sache noch Redebedarf.

›Das ist doch ein schönes Thema für mein nächstes Gespräch mit Zachariah‹, dachte ich trotzig. Wenigstens erklären konnte er es mir.

Leo war in ihrem Wohnzimmer und saß auf der Couch. Sie hielt ihr Handy in der Hand und chattete.

Ich wechselte die Ebene und klopfte gegen den Türrahmen. Sie sah mich und sprang auf.

»Gott sei Dank, es geht dir gut!« Sie riss mich in ihre Arme und drückte mich eng an sich. »Du warst plötzlich verschwunden und keiner wollte mir sagen, wo du hingegangen bist.«

»Ich musste in den Himmel, um die Wunde behandeln zu lassen«, sagte ich. Sie drückte mich auf Armlänge von sich weg und starrte auf meine Brust. Ich zog den Ausschnitt des Shirts beiseite und zeigte ihr die kleine weiße Narbe, die zurückgeblieben war.

Doch eine Trophäe.

»Ich finde das alles immer noch unglaublich«, murmelte sie. »Und ich hatte Angst, dass du auch einfach verschwindest, so wie Elias. Nachdem ich dich immer gerufen hatte, kam schließlich Levi und hat mir gesagt, dass du wegmusstest.« Sie schob die Unterlippe vor. »Er ist leider sehr unkommunikativ und wollte nicht mit mir reden.«

Da kannte er meine Leo schlecht. Wenn sie etwas unbedingt wollte, trat ihre Zurückhaltung in den Hintergrund.

»Was ist dann passiert?«, fragte ich.

»Ich bin mit zur Polizeiwache gefahren, aber es kamen sofort Leute vom LKA.« Sie runzelte die Stirn. »Oder vom SEK? Ich weiß es nicht mehr, jedenfalls denke ich, dass sie von Rahel kamen. Sie haben mich stundenlang ausgequetscht und wollten jedes einzelne Detail meiner Recherchen erfahren. Danach sind sie mit mir meine Unterlagen durchgegangen, bis ich zu erschöpft war, um zu sprechen. Heute Morgen haben wir weitergemacht. Ich bin erst seit einer Stunde wieder da. Morgen geht es dann weiter.«

Ich legte ihr die Hand auf den Arm und wir setzten uns auf das Sofa. »Ich habe kurz mit Rahel gesprochen. Sie hat schon angedeutet, dass deine Nachforschungen größere Kreise ziehen.«

Leo zuckte mit den Schultern. »Es sieht so aus, ja. Mir tut es nur leid, dass sie *Bellmann* fürs Erste geschlossen haben. Die Razzia gestern war sogar im Fernsehen. Genau wie die Schießerei im Krankenhaus.« Sie sah unglücklich auf ihre Hände. »Jetzt verlieren doch Leute ihre Jobs.«

»Warte erstmal ab«, meinte ich. »Vielleicht geht es bei *Bellmann* weiter. Der andere Geschäftsführer ist noch da.«

»Von Hauckwitz? Tja, der hat auch ein Problem, denn er hat Bonuszahlungen aus der Geldwäsche bekommen. ›vH‹, erinnerst du dich? Er wurde auch verhaftet.« Sie zuckte mit den Schultern. »Die Ermittler haben Matt und mich gefragt, ob wir unterstützen können, weil wir so tief in der Materie drin sind, als externe Berater. Ich hab erstmal ja gesagt und ihnen auch erzählt, dass Pay, Ludi und Atalanta mitgeholfen haben. Vielleicht können sie ebenfalls unterstützen. Genug Zeit haben wir alle meinetwegen ja jetzt.« Sie zuckte unglücklich mit den Schultern.

»Matt wird auch dabei sein, sobald die Gehirnerschütterung abgeklungen ist. Er ist Feuer und Flamme.«

Das konnte ich mir gut vorstellen.

»Haben sie dir gesagt, wie es weitergeht?«, fragte ich.

»Ich glaube, sie wissen es selbst noch nicht«, gab Leo zu. »Die beiden Männer, die du überwältigt hast, wurden festgenommen, es gab offene Haftbefehle gegen sie. Wegen der anderen Leute von dieser Sicherheitsfirma sind sie vorsichtig, auch da sind Leute festgenommen worden und ein paar sind auf der Flucht. Die Beamten meinen zwar, dass die Gefahr für uns nicht mehr akut ist, weil eh schon zu viel passiert ist, aber Matt und ich stehen momentan unter Polizeischutz. Hast du die Beamten draußen gesehen?«

Ich trat ans Fenster und sah hinunter. Am Straßenrand stand gut sichtbar ein Streifenwagen.

»Du hast ja auch noch mich«, sagte ich. »Selbst wenn da noch jemand kommt, kannst du dich darauf verlassen, dass ich bei dir bin.«

»Ich weiß«, lächelte sie. »Und ich bin froh darüber. Ich habe dir noch gar nicht Danke gesagt.«

»Weißt du, das ist meine Berufung. Ich wollte schon ein Schutzengel werden, seitdem ich das erste Mal davon gehört habe«, sagte ich. »Und jetzt habe ich die Bestätigung, dass das genau das Richtige für mich ist.«

»Du bleibst also bei mir?«, fragte sie. Ich nickte. »Gut. Ich hatte schon Angst, dass du auch verschwindest wie Elias - Seth, meine ich.« Sie verzog den Mund. »Matt leidet darunter. Ich kann es verstehen. Du würdest mir auch fehlen.«

»Ich bleibe bei dir«, wiederholte ich. Sie nickte, dann zogen sich ihre Augenbrauen zusammen.

»Eine Frage habe ich noch: Wenn du sagst, dass du immer bei mir bist, meinst du dann *immer immer*? Also wirklich rund um die Uhr?« Wir hatten im Krankenhaus schon kurz darüber gesprochen, aber das hatte sie anscheinend vor lauter Stress vergessen.

»Ja«, sagte ich gedehnt. Ihre Augen weiteten sich und ihr Blick ging zwischen dem Bad und ihrem Schlafzimmer hin und her, dann sah sie mich wieder an. Ich nickte nur knapp, was sollte ich dazu sagen?

»Mein Gott«, murmelte sie dann. »Ich dachte, ich hätte das Gespräch geträumt. Das ist krass.«

»Ich habe immer versucht, dir so viel Privatsphäre wie möglich zu gewähren«, wiederholte ich leise, was ich ihr schon im Krankenhaus gesagt hatte. Doch erst jetzt kam es wirklich bei ihr an. Ihr Gesicht wurde flammend rot.

»Du verstehst, dass ich mich gerade total unbehaglich fühle, oder?«, fragte sie.

»Ja, das verstehe ich, aber das brauchst du nicht«, beschwichtigte ich. »Das ist für mich nur ein kleiner Teil des Jobs. Ich achte kaum darauf und konzentriere mich auf andere Dinge.«

»Vielleicht, aber für mich bedeutet das, dass du dabei bist, wenn ich auf dem Klo hocke oder Sex habe.«

»Tue ich in der Regel nicht, aber jetzt, wo du davon weißt, werde ich mich noch mehr zurückhalten«, versprach ich. »Mach einfach die Tür zu. Ich bleibe draußen.«

»Es ist ein bisschen krank«, sagte sie.

»Ja, aus menschlicher Sicht wahrscheinlich«, gab ich zu.

Sie blinzelte. »Es wirkt noch kranker, wenn du das so sagst. Als wärst du kein Mensch.«

»Bin ich auch nicht. Nicht mehr. Ich war früher einer. Dann bin ich gestorben und wurde zum Engel«, erklärte ich ihr.

Sie sah mich erschrocken an. Das machte es also nicht besser. Ich grinste schief. »Ist lange her, mach dir keinen Kopf.«

»Das sagt sich so einfach, wenn jemand, der einem nahesteht, über seinen Tod redet. Erinnerst du dich an dein menschliches Leben?«, fragte sie. Ich schüttelte den Kopf. »Wie schade, das hätte mich interessiert.« Sie sah auf ihre Hände und schnaubte. »Sag mal, wird Levi bei Matt bleiben?« Ich hatte mir schon gedacht, dass diese Frage sie beschäftigte.

»Ich weiß es nicht. Ich habe meinen Boss gebeten, noch einmal darüber nachzudenken, dass Seth zurückkommt. Es ist sehr unwahrscheinlich, aber ich gebe die Hoffnung noch nicht auf«, sagte ich.

Ihr Handy vibrierte. Eine Nachricht von Matt. Sie hatte immer noch das kleine Grinsesmiley hinter seinem Namen abgespeichert. »Wie sieht es denn zwischen euch beiden aus?«, fragte ich.

Leo holte tief Luft. »Ich weiß es noch nicht. Die Sache mit dir war krass. Normalerweise könnte ich das nicht verzeihen, aber da ist was zwischen uns. Ich brauche noch ein bisschen Zeit, um mir darüber klar zu werden. Wir hatten noch keine Gelegenheit, zu sprechen, aber er hat mich gefragt, ob wir essen gehen können, wenn er wieder fit ist. Ich denke, das kann ich riskieren.«

Ich nickte. Das war ein guter Plan.

»Rosalie kommt heute Abend her, wir haben viel zu bequatschen und ich muss mich bei ihr auch noch für ihre Hilfe bedanken. Die beiden Journalisten, denen sie die Informationen weitergeleitet hat, sind wirklich gut und ihr Freund Paul hat ebenfalls ganze Arbeit geleistet. Auch sie werden in die Ermittlungen einbezogen«, sagte Leo.

»Davon abgesehen sagte sie, dass sie Neuigkeiten hat. Wie möchtest du dabei sein? Sichtbar oder unsichtbar?«

»Das überlege ich mir noch. Kommt drauf an, ob sie wieder verrückte Geschichten erzählt. Wenn das der Fall ist, bin ich raus, ich wurde angeschossen und brauche Ruhe«, sagte ich zwinkernd.

Leo lachte. »Ausgeschlossen ist das natürlich nicht.« Sie stand auf und umarmte mich erneut. »Ich bin froh, dass ich dich habe, Ziva.«

Ich erwiderte ihre Umarmung und strich ihr Haar hinter ihr Ohr, wo sie ein weißes Muttermal in Form eines Herzens hatte. Wieder war ich froh, dass ich mich für sie entschieden hatte.

Mein Schützling.

Wenn es darauf ankam, riskierte ich mein Leben für ihres. Jederzeit.

Vier Wochen später

Ich beobachtete Leo, wie sie erneut ihr Kleid glattstrich und ihre Haare in den Knoten auf ihrem Kopf stopfte, nur um sie dann gleich wieder herauszuziehen.

Kritisch betrachtete sie sich im Spiegel.

Sie seufzte. »Was sagst du?«

»Du siehst hübsch aus«, meinte ich und lehnte mich an die Flurwand.

»Eigentlich ist es auch Quatsch, sich so schick zu machen«, erwiderte sie augenrollend. »Es ist ja nicht so, als wäre das unser erstes Date.«

»Ich finde es gut, dass du das machst«, sagte ich.

Sie lächelte matt und schlüpfte in ihre Doc-Martens. »Mal sehen, wie der Abend wird.«

»Genau wie jeder andere, den ihr zusammen verbringt«, mutmaßte ich.

»Jeden anderen Abend haben wir kein Date«, korrigierte sie mich.

»Das stimmt natürlich«, gab ich zu. »Sonst wärst du ja immer so nervös.« Sie streckte mir die Zunge raus, konnte sich ein Lächeln aber nicht verkneifen.

»Und, freust du dich auf einen weiteren Abend mit Levi?«, fragte sie mit einem Glitzern in den Augen.

Ich runzelte die Stirn. »Wenn du das so sagst, klingt es, als hätten wir auch ein Date. Wir hängen nur zusammen ab und er gibt mir Ausbildungstipps.« Ich mochte ihn zwar, aber er war leider nicht so unterhaltsam wie Seth.

Wer hätte gedacht, dass die Lage einmal so aussehen würde zwischen uns?

Ich hatte mit Leo nicht explizit darüber gesprochen, aber sie wusste, dass da etwas zwischen uns war. Und dass wir uns im Kontrollraum trafen, wenn die Zeit es zuließ.

Ein kleines Lächeln stahl sich auf mein Gesicht. Das war meist eine gute Zeit. Davon hatte ich ihr am Rande erzählt, aber sie bedauerte mich meistens dafür, dass wir uns nur so selten sahen.

Für sie war die Vorstellung, dass wir erst in Jahrzehnten oder noch fernerer Zukunft zusammen sein konnten, furchtbar. Für mich war die Lösung nicht optimal, aber ich konnte damit umgehen. Es war besser als nichts und gab mir Zeit, alles zu verarbeiten, was zwischen uns passierte. Langsam machten mir meine Gefühle keine Angst mehr.

Matt war endlich so weit wieder auf dem Damm, dass sie heute ihr erstes Date hatten. Es war Anfang Juli und sie trafen sich im Stadtpark zu einem Picknick, das schaffte er problemlos mit seinem Bein.

Leo schnappte sich ihren Rucksack und ihren Helm. »Heute denke ich dran«, sagte sie zwinkernd. Ich erwiderte ihr Grinsen. Wir kamen mit der Situation immer besser zurecht. Es war beinahe, als hätten wir eine WG.

Ich folgte ihr hinunter zu ihrer Vespa, wechselte die Ebene und setzte mich auf den Sozius. So musste ich keinen Helm tragen und Leo fuhr sicherer.

Sie unterstützte bei den Ermittlungen gegen den *Bellmann*-Komplex und fand immer mehr Gefallen daran. Ich vermutete, dass es bald für sie und Matt ein Angebot geben würde, dass sie fest einstiegen. Ansonsten kam auch die Firma langsam wieder auf die Beine.

Das war gut, auch für Sem, Pay, Ludi, Atalanta und die anderen Angestellten, die nichts dafür konnten. Die Kollegen aus der Softwareentwicklung halfen ein wenig mit, doch Leo und Matt waren ein fester Teil der Ermittlungen. Ebenso die Journalisten und Rosalies mittlerweile Ex-Freund Paul, die immer weitere Informationen ausgruben.

Die ganze Sache war ein Riesending. Es zog Kreise durch ganz Deutschland und immer mehr erschreckende Details kamen ans Licht.

Ein Untersuchungsausschuss war eingerichtet worden, zu dem Leo und Matt als Zeugen geladen wurden. Es gab bereits so viele Angeklagte in den verschiedensten Firmen und Bundesländern, dass sich die Bundesstaatsanwaltschaft eingeschaltet hatte. Keiner von uns hätte je gedacht, dass der kleine Fehler auf Martinas Rechner eine solche Lawine lostreten würde.

In diesem Fall waren wir noch lange nicht am Ende.

Das war in Ordnung. Ich freute mich darauf, weiter für Leo da zu sein.

Wir erreichten den Stadtpark und gingen zusammen auf die Wiese. Ich behielt die Umgebung im Auge. Es hatte keine weiteren Attacken gegeben, aber ich wollte vorsichtig sein und meinen Job gut machen.

›Leonores Aufgabe ist noch nicht erfüllt‹, hatte Zachariah gesagt. Meine somit auch nicht.

Leo erspähte ein freies Plätzchen mit Blick auf den See und legte die Decke auf die Wiese. Anschließend holte sie den Salat heraus, den sie vorbereitet hatte, und legte die Bierflaschen bereit.

»Willst du dich wirklich nicht zu mir setzen?«, fragte sie und klopfte neben sich auf die Decke. »Komm schon.«

»Na gut. Aber nur solange, bis Matt kommt«, sagte ich. »Das ist euer Abend. Ich bleibe mit Levi in Sicht- und außer Hörweite.«

»Es macht mir wirklich nichts aus«, sagte sie. »Du weißt doch sowieso schon alles.«

»Egal. Ich bin nur eine Randfigur«, erwiderte ich.

Sie zuckte mit den Schultern. »Wie du meinst.« Sie sah an mir vorbei und winkte. »Ah, da kommen die beiden.«

»Die beiden?« Ich drehte mich verwundert um, normalerweise war Levi eher auf der Astralebene mit Matt unterwegs. Die beiden hatten noch keine Freundschaft schließen können und ich vermutete, dass es dabei blieb.

Mein Blick saugte sich an Matt und seinem Begleiter fest. Das Bild war so vertraut, dass ich erst eine Sekunde später darüber stolperte.

Ich starrte auf die breiten Schultern, das kantige Kinn, die blonden Haare.

Langsam kam ich auf die Beine und ging ihnen mit tauben Knien entgegen.

Er lächelte mich an.

»Mit mir hast du nicht gerechnet, oder?«

Ich schüttelte stumm den Kopf.

Leo stellte sich zu Matt, sie grinste.

»Du wusstest davon«, warf ich ihr vor. Sie nickte und grinste noch breiter. »Verräterin.«

Dann schlang ich meine Arme um Seth, legte meinen Kopf in den Nacken und sah ihm in die Augen. »Also hat Zachariah es sich noch einmal überlegt?«

»Ich glaube, da hatte ein gewisser Schutzengel seine Finger im Spiel«, schmunzelte er.

»Hast du ein Glück, dass sich jemand für dich einsetzt, obwohl du so ein Klugscheißer bist.«

Er biss sich auf die Lippe und zog mich näher an sich. »Hab ich ein Glück, dass du dieser jemand bist.«

Ich küsste ihn und fühlte mich so gut wie nie zuvor in meinem zweiten Leben.

Ende »Watching over You«

Danke

Wie immer ist die letzte Seite für Dankbarkeit reserviert und wie immer ist der erste, bei dem ich mich bedanken möchte, mein Mann, der sich so geduldig mein Gejammer wegen meiner Bücher anhört, sie Korrektur liest und mir Feedback gibt, das ich in den Wahnsinn treibt.
Du hast es nicht leicht mit mir, danke, dass es dich gibt.

Ein weiterer großer Dank geht an meine Freundin Sandra, die ebenfalls unermüdlich meine Manuskripte liest und beinahe so viel darüber nachdenkt wie ich selbst. Ich wüsste gar nicht, was ich ohne deine Sprachnachrichten und Kommentare täte! Du machst meine Bücher besser, danke!

Außerdem möchte ich mich bei Anna für das schönste Cover bedanken, das je meinen Namen getragen hat. Danke für dieses großartige Finish!

Es gibt noch viele andere, die (bewusst oder unbewusst) einen Anteil an diesem Buch hatten, weil ich sie wegen Softwareentwicklung ausquetschen durfte, weil sie mir Details geliefert haben, die ich mit eingebaut habe, oder weil sie mir von jemandem erzählt haben, der Pate für eine Figur steht.

Und natürlich möchte ich mich bei dir bedanken, weil du mein Buch gekauft und gelesen hast. Ich hoffe, du hast es genossen und warst zwischendurch genauso aufgeregt wie ich während des Schreibens.

Dieses Buch war ursprünglich ganz anders gedacht, als eine Romantasy, und der Fokus sollte viel stärker auf den romantischen Verwicklungen liegen. Es ist ein halber Thriller geworden und das hat sich beim Schreiben richtig gut angefühlt.

Ich hoffe, die Geschichte hat dir gefallen. Sie spielt weitestgehend im Universum meiner „Im Bann der Unterwelt"-Reihe und nimmt Bezug auf ein paar Ereignisse aus Band 1 und 5. Falls du diese Reihe noch nicht kennst und Romantasy magst (dieses Mal wirklich), schau doch mal bei Helene vorbei.

Bis bald und alles Liebe

Deine Kristin